북해

항해 불가 지역

케스로아 왕국

케니트

왕국

크샤세
크

메지얀

초원
지대

울바르

맥

엘란드 산맥

모고르

산

크

메르

사

왕국

시르

사로트

세아 왕국

비잔 왕국

세아

비잔툼

몬스터
지역

웨
스
트
해

로아르

게르

로아 귀족
연맹

게르 왕국

사우스 해

노이스 해

초원
지대

한 제국

한단

르 해

카시오 해

소오

소오크 왕국

이스트 해

파천의 주군

피천의 주군 1
이재현 판타지 장편 소설

초판 1쇄 찍은 날 § 2004년 6월 20일
초판 1쇄 펴낸 날 § 2004년 6월 30일

지은이 § 이재현
펴낸이 § 서경석

편집장 § 문혜영
편집책임 § 권민정
편집 § 장상수 · 최하나
마케팅 § 정필 · 강양원 · 이선구 · 김규진 · 홍현경

펴낸곳 § 도서출판 청어람
등록번호 § 제1081-1-89호
등록일자 § 1999. 5. 31
어람번호 § 제1-0505호

주소 § 경기도 부천시 원미구 심곡1동 350-1 남성B/D 3F (우) 420-011
전화 § 032-656-4452 팩스 § 032-656-4453
http://www.chungeoram.com
E-mail § eoram99@chollian.net

ISBN 89-5831-147-9 04810
ISBN 89-5831-146-0 (SET)

|삼국지와 판타지의 결합|

파천의 주천

이재현 판타지 장편 소설

Lord of Broken
the Heaven

1

도서출판

청어람

1

목차

작가의 말

　작년 초여름, 많은 소설들을 섭렵하면서 문득 '나도 적어보고 싶다' 이런 생각이 머리를 스쳤습니다. 결국 저는 무작정 쓰기 시작했지요. 다른 작가분들처럼 분명 훌륭하고 재미있는 글을 적을 수 있을 것이라 자신하면서 말입니다. 그런데… 그건 저만의 착각이더군요. 막상 시작해 보니 글을 쓰는 것은 실로 저의 기존 생각을 180도 바꾸어 버릴 정도로 난해한 작업이었습니다.

　머리 속에는 분명 영화처럼 필름이 좌르르 돌아가는데 저의 표현은 밀려드는 정보를 감당하지 못해 다운 먹고, 그렇게 정지된 머리를 쥐어뜯으며 절규한 적이 셀 수 없이 많았습니다. 그뿐이 아니었죠. 글이 마음먹은 대로 쓰여지지 않자 괜히 짜증을 부리다가 어머니의 'mothers fear' 를 맞아 밥 굶는 것도 수차례. 분을 풀 곳이 없어 대신 장렬히 전사한 마우스만 아마 서너 개는 될 겁니다.

　하지만 이럼에도 분명히 글은 즐거운 것이라고 생각합니다. 절대적인 신이 되어 자신만의 세계, 자신만의 꿈을 펼칠 수 있는 좋은 놀이터지요. 그것은 정말 말로 표현하기 힘들 정도로 매력적인 것입니다. 중간에 슬럼프도 여러 번 닥쳐 힘든 적도 있었지만 지금도 이 생각만큼은 변함이 없습니다.

　'파천의 주군' 은 분명 재미있게 쓰였다고 생각합니다. 저는 독자 분들께서 힘든 일이 있어 피곤하실 때, 혹은 중요한 시험을 망쳐서 울고 싶을 때, 사는 것이 무료하고 심심할 때 제 소설을 읽어주셨으면 하는 바람입니다.

　마지막으로 이 소설이 책으로 나오기까지 칭찬과 위로로 저의 버팀목이 되어주신, 일일이 열거할 수 없는 많은 분들께 거듭 감사드립니다. 따가운 비평과 쓴소리로 저를 채찍질해 주신 분들께도 거듭 감사의 말씀을 전합니다.

—유세리아스.

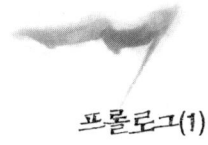

프롤로그(1)

언덕 위에는 수많은 병사를 내려다보는 네 사람이 있었다. 그들 앞에 펼쳐진 경치는 아무리 무감각한 사람이라 할지라도 감탄을 자아내게 할 정도로 아름다웠다. 마치 하얀 천 위에 물의 요정이 수라도 놓은 듯 사파이어 빛의 영롱한 자태를 뽐내는 바다, 어머니의 따스한 품을 떠올리게 하는 저 드넓게 펼쳐진 대지, 금방이라도 요정들이 까르르 웃으며 날아오를 것 같은 포근하고 순수함을 완벽하게 갖춘 숲까지. 그 외에도 모든 대자연의 아들들이 서로 조화하여 신의 걸작품을 이루고 있었다. 그런데 그 가운데에는 수많은 인간이 그 조화를 방해하며 몰려 있었다.

"주군, 제가 병사들을 풀어 이곳을 조사해 본 결과 아무래도 다른 세계로 넘어 온 것이 확실한 듯합니다."

"그대가 그렇게 판단했다면… 그런 거겠지. 휴우."

주군이라고 불린 사람은 수염을 쓰다듬으며 고개를 끄덕였다. 그의 시선은 언덕 아래의 수많은 군사에게 가 있었다. 그는 매우 걱정스러움과 당황함이 가득한 표정을 지으며 말했다.

"봉효, 우리들뿐이라면 초야에 묻혀 농사를 짓는 것도 괜찮을 것이네. 그러나… 주군 된 자로서 저렇게 많은 수의 충성스런 인재를 버리는 건 정말 힘든 일이야."

"그렇습니다. 주군께서 저들을 버리신다면 새로운 세계에 적응 못할 것은 확실한 것, 반드시 따돌림을 받거나 고향을 생각하며 괴로워하다 정신 착란을 일으킬지도 모릅니다."

"허허허. 봉효, 나에게 너무 겁주는 거 아닌가? 나 조조 맹덕은 결코 그런 사람이 아닐세."

이름이 같은 것은 결코 우연이 아니었다. 그들이 조조 맹덕과 곽가 봉효였으니까. 그러나 그들 외에도 다른 두 사람이 더 있었다. 겉으로는 웃고 있었지만 마음속은 매우 불안해하며 떨고 있었다. 차원을 넘어온 것이 말이 쉽지, 막상 그런 일을 당한 사람들에게는 두렵고 떨릴 만한 일이었다. 이들도 당연히 인간이었기에 새로운 세계를 보고 당황하고 있었다. 단지 그것을 겉으로 표현하지 않을 뿐이었다. 병사들을 시켜서 탐색 작업을 했을 때 그들도 분명히 도망칠 수 있었다. 지독한 불안감과 두려움에 잠식되어서 말이다. 조조나 곽가 같은 인물들만이 이런 감정을 갖게 되는 건 아니다. 이들이나 그들이나 똑같은 인간들이다. 그래서 병사들도 무섭거나 당황하는 감정을 분명 가지고 있을 것이다. 그러나 그들 중 단 한 명의 이탈자도 없었던 것에는 특별한 이유가 있었다.

상관이 무서워서? 그건 절대 아니다. 만약 인간의 심리를 아는 사람이라면 그 이유를 알 수 있을 것이다. 그것은 바로 집단이 가지는 특성이었다. 아무리 모르는 곳으로 날아왔더라 하더라도 집단을 이루고 있다면 그 불안한 감정이 다소 줄어들 수 있다. 일 대 다수로 싸움을 벌일 때 특히 그런 점이 많이 발휘된다. 한 사람이 아무리 강하다 하더라도 그의 상대가 열 명, 혹은 그 이상의 사람이라면 다수 측은 당연히 스스로들의 불안감을 조금이나마 떨치게 되어 어떤 일이든 저지르게 되는 것이다. 마찬가지로 이들의 눈앞에 있는 병사들도 한두 명 온 것이 아니었다. 그들은 자신의 상관, 동료 등 친분있는 사람들과 함께 날아왔다. 가뜩이나 이렇게 몰려 있어도 불안한데 그걸 피해서 혼자 도망갈 병사가 있을 리 없었다.

차원이 바뀌고 세상이 바뀌는 일을 겪었음에도 이들 네 사람은 전혀 다른 세상 앞에서 두려워 떨고 있지만은 않았다. 오히려 그것이 계기가 되어 새로운 결심을 하게 되었다. 이들은 약해 빠진 평범한 존재들이 아니었다.

"솔직히 군사께서 뭐라고 하시는지는 잘 모르겠습니다. 그러나 저 허저는 세상이 멸망할지라도 주군을 따르며 섬길 겁니다. 두렵더라도 주군을 의지해 나아갈 겁니다."

"전위 역시 주군께 영원히 충성을 다할 겁니다. 이 세상의 어떤 존재라도 주군을 해할 수는 없을 겁니다."

허저와 전위가 부복하며 충성을 맹세하자 곽가도 가만있을 수 없었던 모양이다.

"비록 다른 세계에 왔을지라도 당신께서는 저 곽가가 한눈에 반해 버린 조조님이 틀림없으십니다. 영원히 주군으로 모시며 충성을 다할 것입니다."

잇달아 낯뜨거운 말이 계속되자 조조는 무척이나 어색해했다. 자신에게 부복한 세 사람을 일으킨 그는 입가에 쓴웃음을 지으며 말했다.

"자네들이 내 얼굴에 금칠을 하는구만. 하나 난 솔직히 좀 두렵네. 차원이 바뀌고 세상이 개벽을 한 것도 물론 무섭고 떨리는 일이지만, 그것보다 더 무서운 것은 내가 저들의 피를 이용한 인간미라곤 찾아볼 수 없는 그런 사악한 존재로 오해받을까 하는 일이지. 하나 나와 저들을 위해서라도 이곳에서 다시 새로운 역사를 만들어야겠지. 두려워도 피하지는 않을 걸세. 설사 후세에 신랄한 비판을 받게 되더라도 말이야. 그리고 이 두려운 감정을 버리고 이곳에서 나의 역사를 다시 써 나갈 걸세."

하지만 말하는 그의 목소리가 매우 침울해져 있었다. 말은 그렇게 해도 자신이 오해받는 것을 부담스러워하는 것 같았다. 하긴 인간이라는 존재임에 틀림없는 그가 그런 평가를 받는다면 정말 견디기 힘든 일일 것이다. 아울러서 뭔가 불안한 감정까지 깃든 그의 목소리에서는 현실에 대한 두려움이 약간은 엿보였다. 그가 역사를 이루어낸다 하더라도 그것이 비판받고 멸시를 받는다면 더 견디기 힘들 것이다.

낮고 침울하기까지 한 말에 곽가는 진지한 표정을 지었다. 그리고는 자신이라면 어땠을까 생각했다. 훨씬 더 힘들었을 것이다. 만약 자신이 조조의 입장이었다면 현실을 도피했을 것 같았다. 그렇기에 눈앞의 이 조조라는 사내가 다시금 존경스러워졌다. 그는 자신이 갖고 있지 못한 것들을 가진 존재였다. 그렇기에 한눈에 반해 버린 것일까? 곽가는 뭔 소린지 전혀 이해 못 한 듯 어리벙벙한 표정의 다른 두 사람을 쳐다보았다. 저들도 분명히 눈앞의 존재에게 반한 사람들이다. 자신과 같이 말이다. 보일 듯 말 듯한 미소를 지은 그는 자신감 넘치는 말로 위로했다.

"이미 주군께서는 그렇게 살아오고 계시지 않습니까? 누가 뭐라든 백성을 위하고 인재를 아끼시는 태도는 훗날 역사가 증명해 줄 겁니다. 설사 이곳의 가치관이 다르다 하더라도 말입니다. 힘을 내십시오. 그리고 이곳에서 당신의 뜻과 이상을 펼치십시오. 곁에서 목숨을 다해 도와드리겠습니다."

곽가는 두렵고 떨리는 마음을 부여잡고 정성껏 주군인 조조에게 말했다. 아무래도 지극히 냉철하고 현실적인 이들이 그 두려움과 떨림을 극복하는 데에는 오랜 시간이 걸리지 않을 것 같았다. 벌써부터 곽가에게서 그런 모습을 엿볼 수 있었다.

프롤로그(2)

근처의 언덕에 또 다른 두 사람이 있었다. 노인과 젊은이였는데 이들은 할아버지와 손자 관계같이 다정하게 보였다.

"휴. 민한⋯ 이 어리석은 녀석을 어찌 그 거친 세상에 내보낸다는 말인가⋯⋯."

"스승님, 걱정하지 마옵소서. 제자는 잘할 수 있나이다. 하온데 어찌⋯⋯."

민한은 스승의 어리석다는 말에 동의할 수 없었던 모양이었다. 다소 언짢아하는 기분을 정확히 간파했던 스승이 퉁명스럽게 대꾸했다.

"넌 어리석다. 나에게 7년 동안 배운 게 고작 검 하나라니, 정령술이야 그만두더라도 마법은 어째서 3클래스밖에 마스터하지 못했단 말이냐?"

"그, 그것은 수학이 너무 제자에게는 버거웠던⋯⋯."

민한의 말은 오히려 역효과를 불러왔다.

"수학이 너무 어려워서 4클래스를 익히지 못한다? 그깟 미적분학 때문에?! 쯧쯧… 이렇게 어리석으니 내 너를 안심하고 보내지 못하는 것이다."

하지만 민한도 그 나름대로 어려운 사정이 있음은 당연했다.

"스승님, 수학은 어려운 학문이옵니다. 그렇게 어려운 수학을 어떻게 푼단 말입니까. 3클래스 마스터… 그것마저도 제자로서는 죽을 각오로 간신히 덤벼들어 얻어낸 노력의 산물이옵니다."

아무래도 이번엔 민한의 말이 절대적으로 맞는 것 같았다. 그깟 미적분학? 수학에 한 맺힌 이들이 들으면 당장에 짱돌이 날아올 만한 말을 태연히 내뱉는 민한의 스승이었다. 사실 마법적 재능은 선천적으로 타고난다. 그러나 세상에 그 어떤 일도 쉬운 일은 없다. 당연히 그에 걸맞는 능력을 가지려면 고난이도의 수식을 가볍게 줄줄이 풀 줄 아는 화려한 수학 실력을 겸비해야만 했다. 게다가 위험천만한 상황에서 그걸 태연히 푸는 사람이 몇이나 될까? 그래서인지 수식을 계산하다가 죽는 마법사가 꽤 되었다. 마법사는 칼이 날아오는 상황에서도 태연하게 중얼거리는 담대함. 어려운 수학 문제를 짧은 시간 내에 풀어내는 초인적인 두뇌 회전 등 많은 능력을 필요로 하는 직업이다. 민한이 이런 말을 토로하는 것도 어찌 보면 당연한 일이었다. 메모라이즈도 한계가 있기 때문에 위에 언급했던 능력들을 겸비한 자가 고위 마법사가 되는 것이 현실이었다. 마법에 대해 더 이상 말했다가는 꾸중만 들을 것이 틀림없었기에 민한은 다급히 검에 관한 이야기로 화제를 전환했다.

"하지만 검에 대해서는 어느 정도의 성취가 있었사옵니다. 다 스승님의 은덕입니다."

"겨우 1년 전에 초급 마스터의 경지에 오른 놈이 성취를 운운하다니. 고작 그것으로 만족한다면 너는 앞으로 어찌할 셈이냐? 보아라. 넌 이제야 중급의 마스터에 불과하다."

6년 만에 마스터의 경지에 올랐다면 그것은 실로 기적이었다. 아무리 훌륭한 스승이 옆에서 도와준다 하더라도 최소한 20년은 검을 배워야 오르는 경지가 마스터였다. 일반인이 이루고자 한다면 죽어서도 이루지 못할 경지가 마스터였다. 그런데 고작 6년 만에 마스터라니… 실로 경천동지할 만한 일이었다.

"하, 하오나… 하급, 중급, 상급, 최상급. 그래듀에이션 초급, 중급, 상급, 최상급. 이 경지들을 단 6년 만에 통과한 건 기적에 가까운 일이옵니다. 스승님, 이 점을 살펴주십시오."

"쯧쯧. 되었다. 그만 하자꾸나. 그나저나… 드디어 때가 이르렀어. 내가 널 이곳으로 데려온 것도 그 이유 때문이다. 어리석은 네 녀석을 위하여 다시 한 번 설명해 주마."

민한이 오기 전 차원 이동을 해온 존재는 놀랍게도 둘이나 더 있었다. 천 년 전 바람처럼 나타나 대륙을 제패했던 시스 대제가 바로 그중 하나였다. 민한의 스승은 백 년 전 드래곤들 사이에서 태어난 한 헤츨링, 그 또한 이세계의 기운을 가졌다고 이야기했다. 그리고 10년 전. 그 다음인 세 번째로 민한이 차원 이동을 해왔던 것이다.

"그런데 이상한 건 한 혜성의 움직임이다. 원래 이 혜성은 천문학자들 사이에선 '천 년'이라는 혜성으로 불리고 있다. 그 이유는 물론 천 년에 한 번씩 나타나기 때문이었어. 그런데 이상하게도 이 혜성이 이젠 천 년이 아니라 천 년, 백 년, 십 년, 이렇게 주기가 줄고 있다. 다른 것들은 전혀 이상이 없고……. 뭔가 이상하지 않느냐? 게다가 그 주기는 다른 차원의 존재들이 이곳으로 올 때와 기가 막히게 들어맞는 수치다. 민한아… 이게 단지 우연의 일치라고 보느냐?"

그런데 스승은 갑자기 안색이 굳어지면서 덧붙이길 이번에는 그 수치가 뜻밖에도 어긋난다고 덧붙였다. 추측대로라면 민한이 온 지 1년후, 즉 다시 1년 만에 또 다른 존재가 나타나야 했다. 그런데 이번엔 똑같이 10년 만에 나타났다. 혜성과 함께 말이다. 하지만 안타깝게도 민한의 스승도 그저 그런 존재들이 나타나는 것만 겨우 알고 있다고 했다. 이 사실은 다른 인간들은 전혀 모르는 사실이었고 소수의 드래곤들이나 아는 일이라고 덧붙였다. 특별한 존재들만 안다는 사실에 민한은 궁금한 것이 떠올랐던 모양이다.

"제자가 여쭙고 싶은 것이 있습니다."

"오냐. 말해 보거라."

스승은 오랜만에 흘러나오는 질문에 흔쾌히 고개를 끄덕였다. 그 흐뭇해하는 모습에 민한은 거침없이 질문을 쏟아냈다.

"소수의 드래곤들이나 알고 있다는 사실을 어찌 스승님께서 알고 계시는 것이옵니까?"

"허허. 민한이가 그것이 궁금했던 게로구나. 하지만 안타깝게도 질문에 대답을 해주지 못하겠다."

"그렇군요……."

점점 어두워져 가는 스승의 모습에 민한은 무거워진 분위기를 전환시키고자 썰렁한 농담을 한마디 툭 던졌다.

"그렇게 분위기를 잡고 계시니 제자, 스승님께 반할 것 같사옵니다."

"……."

민한은 스승의 표정을 트집 잡으며 그를 놀려댔다.

"…가벼운 농담이었습니다. 너무 마음에 두지 마십시오. 어쨌든 제 자는 이만 스승님의 곁을 떠나겠습니다."

"쯧, 녀석하고는……. 참, 내가 준 아티펙트와 반지는 잘 가지고 있 는 게냐? 나중에는 필요없겠지만 지금은 매우 요긴하게 쓰일 것이다. 잘 간수하도록 해라."

"알겠사옵니다. 근데 아티펙트는 어째서 주신 것인지……."

민한이 궁금하다는 듯 물었다. 그러자 스승은 입술을 깨물며 그를 팩 돌아보며 다소 언성을 높였다.

"넘어온 그 존재들과 네 녀석이 말이 안 통할 수도 있잖으냐? 그렇 지 않으냐? 그들이 어디서 날아왔을지도 모를 일이니 말이다. 쯧쯧… 어째 갈수록 불안해지는구나. 그럼, 이만 가보거라."

"그렇군요……. 스승님, 그럼 전 이만 가보겠습니다. 부디 그동안 무탈하십시오."

이 말을 끝으로 빠른 속도로 그곳에서 벗어났다. 마스터다운 상당한 속도였다. 그런데 민한은 가는 도중 고개를 갸웃거리며 중얼거렸다.

"10년 후에 나타난 또 다른 차원의 이동자라니… 도대체 누굴까? 기 분이 이상하군. 스승님께서 다짜고짜 그들을 만나 같이 붙어다니라고 하셔서 어쩔 수 없이 가긴 가지만… 그런데 왜 내가 그들과 함께 붙어 다녀야 하는 건지……."

그 순간 민한의 머리에는 형형색색의 수많은 물음표가 생겨나고 있 었다.

제1장

물과 물고기

물과 물고기

병사들이 언덕 아래에 진 치기를 마쳤다. 언덕 위에서 이야기를 나누던 조조 일행은 병사들에게로 내려왔다. 그리고 앞으로의 방향에 대한 좀 더 깊은 토론을 하기 위해 지휘 막사로 들어갔다. 그 막사는 그저 지휘 막사를 의미하는 표식이 있을 뿐 다른 어떠한 장식도 없었다. 일반적인 군주의 막사에는 비교적 화려하고 뭔가 멋들어진 게 있기 마련이다. 그러나 이 막사는 장식이라고는 아예 찾아보기 힘들 정도로 밋밋했다. 조조의 막사는 평소 사치를 하지 않고 검소함을 즐겼던 그의 성격이 그대로 잘 드러나 있었다. 막사 안에서 청아한 목소리가 울렸다.

"그래, 봉효, 이제 어떻게 해야 하는가? 뭔가 대책이 필요한데 말이야."

"우선 저희들의 상태에 관해 설명하겠습니다."

마냥 한숨 쉬며 신세 한탄만 하고 있을 수는 없었다. 이미 그들에게서는 살기 위한 몸부림의 흔적이 역력해 보였다. 곽가의 말에 따르면 현재 최악의 상황이었다. 병사 수도 일만 육천가량에 불과했고, 식량의 여유분도 삼 일치 정도밖에 남지 않았다. 지리적으로도 파악된 것이 전혀 없고 어떤 언어를 쓰는지 기후, 지형은 물론이고 심지어 이 세계가 어떤 세계인지조차 아는 게 전무한 상황이었다. 그러나 한 가지 다행인 것은 일만 명의 보병과 육천의 기병으로 이루어진 군대는 본래 조조 휘하의 군대들 가운데 정예 중의 정예란 것이었다. 물론 정예이긴 해도 어쩔 수 없이 불안감에 휩싸여 있지만 말이다. 그것은 조조와 나머지 일행의 힘이면 곧 다스릴 수 있겠지만 그보다 더 큰 문제는 나머지 조조의 수족들이 없다는 상황이었다. 하후돈, 하후연, 조인, 순욱, 정욱 등 내로라하는 인물들이 현재 이곳에 단 한 명도 없었다. 분명 같이 전투를 치르던 상황이었는데 어째서 자신들만 이곳으로 날아왔는지 알 수 없었다. 그저 자신들이 어떤 이상한 빛에 휩싸여 현재의 인원이 동시에 이곳으로 날아왔다는 것밖에는 몰랐다. 그것도 신이 일일이 뽑은 듯 바로 곁에 있던 나머지 인물들은 놔두고 지금의 이 인원만 정확하게 말이다. 당황하고 있을 그들의 얼굴이 떠올랐지만 그렇다고 돌아갈 수도 없는 상태였다. 도대체 조조 일행의 머리로는 이해하기 힘든 상황이었다. 곽가가 그렇게 불안한 현 상태에 대해 설명을 늘어놓고 있을 때 밖에서 한 병사의 목소리가 들려왔다.

"군사 어른, 주변을 정찰하다가 진영 앞에서 수상스런 자를 발견해 잡아왔습니다."

"무슨 일인가?"

조조가 의문을 표시하자 곽가가 대답했다.

"아, 주군! 제가 아까 전에 명을 내려 주위를 둘러보라고 했습니다. 미처 말씀드리지 못한 점 용서하십시오."

"괜찮네."

역시 곽가가 인정한 주군답게 조조는 전혀 언짢은 기색이 없었다. 그에게 용서를 구한 곽가는 고개를 돌려 밖에 서 있는 병사에게 말했다.

"들이거라."

명이 떨어지자 밧줄로 꽁꽁 묶인 한 남자가 안으로 끌려왔다. 병사는 끌고 온 남자를 강제로 무릎을 꿇게 했다. 자신들과 전혀 다르게 생긴 그를 상당히 경계하는 듯 보였다. 곽가는 잠시 끌려온 그 남자의 생김새를 천천히 뜯어보다가 한숨을 내쉬었다.

"주군, 저자가 과연 저희들의 언어를 아는지 모르겠습니다. 이곳은 다른 세상인데다가 생김새를 보니 더욱 그러한 생각이 드는군요."

"까짓거, 몸짓 발짓으로 말이 안 통하겠습니까? 허저에게 맡겨주십시오."

"맞습니다, 주군. 저랑 허저가 몇 대 손을 봐주면 무슨 일로 이곳 주위를 얼쩡거렸는지 실토할 겁니다."

"조용히들 하시오. 으음……."

조조는 신음을 흘렸다. 과연 그랬다. 끌려온 사내는 푸른 눈과 금발의 모습을 하고 있었다. 수려하고 아름다운 모습이 언젠가 들은 적이 있는 색목인처럼 생겼다. 그러나 곧 속으로 고개를 내저었다. 설령 색목인이라 해도 자신들의 언어를 알 가능성이 희박하건만 다른 세상 인이 확실함에야 말해 보았자 입만 아플 일이었다. 한숨만 나왔다. 제발 말을 알아들었으면 했지만 그저 소망으로 그칠 것만 같았다. 안 된다. 이곳은 다른 세상이다. 중원처럼 힘이 지배하고, 계략이 난무하는 세상일지도 모른다. 살아남자면 정보가 필요했다. 자신들을 위해서라기보다 저 불쌍하고 가련한 병사들을 위해서라도 간절하게 필요했다. 조조는 약간의 가능성이라도 있을까 하는 지푸라기라도 잡는 심정으로 말을 붙여보았다.

"혹시… 내 말을 알아들을 수 있겠는가? 알아듣겠으면 고개를 끄덕여 보게."

그러자 놀라운 일이 벌어졌다. 가만히 그의 말을 듣고 있던 사내가 천천히 고개를 끄덕이는 것이 아닌가? 그 모습을 바라보고 있던 일행은 어찌나 놀랐던지 눈을 부릅뜬 채 하나같이 그 사내를 노려보고 있었다. 찔끔. 기세가 대단했던지 그는 몸을 움찔거렸다. 이윽고 조조가 웃음을 터뜨리며 말을 꺼냈다.

"허허, 우리 말을 알아들을 수 있는 사람이 있다니. 그래, 이름이 무엇인가? 나는 조조라고 하고 이쪽은 곽가, 차례대로 허저, 전위라고 하네."

"허억!!"

조조의 말에 움찔거리던 사내의 몸이 아예 뻣뻣하게 굳어버렸다. 얼마나 놀랐던지 그 모습을 둔한 전위나 허저조차 놓치지 않고 알아챌 수 있었다. 이름을 듣고 놀라다니, 뭔가 있었다. 그러나 그 궁금증은 곧 풀어지게 되었다.

"호, 혹시… 조조 맹덕, 곽가 봉효, 천하장사들인 허저와 전위?"

"날 아는 것인가? 발음도 제법 괜찮구만 그래."

"이럴… 수가……! 정말이라고요? 삼국지의 조조와 그 일당?"

조조와 그 일당? 마치 산적 패거리 같은 호칭에 이번엔 조조와 그 일당(?)들이 굳어졌다. 호칭은 마음에 들지 않았지만 저자는 자신들을 잘 아는 인물임에는 틀림없었다. 뜻밖의 수확이었다. 조조와 곽가는 희미한 미소를 지었다. 잘하면 많은 정보도 얻고, 그 밖의 것들도 알 수 있을지 몰랐다. 순간 호통이 잇달아 들려왔다.

"네 이놈, 일당이라니? 우리가 무슨 산적이라도 된단 말이냐?!"

"어린것이 죽고 싶은가 보구나!!"

"저기요, 허저님은 원래 산적이 아니셨나요? 삼국지 조조전이라는 게임에 산적으로 나오던데……. 하하하, 농담입니다."

사내의 정체가 드러났다. 그는 바로 민한이었다. 조조 일행 가운데에는 외모가 변한 사람이 아무도 없는데 오로지 그만 변해 있었다. 마치 이곳 칸 대륙의 사람들처럼 말이다. 이것도 특이한 점이라 할 수 있었다. 도대체 알 수 없는 사실이었지만……. 그러고 보니 상식적으로 생각해 볼 때 이해할 수 없는 일들이 많았다. 조조 일행이 한꺼번에 넘어온 사실, 그것도 제비뽑기로 뽑힌 듯 날아온 점, 민한만 외모가 바뀐 점, 그 밖의 모든 것들……. 빙글거리며 하는 민한의 말에 조조가 박장대소를 터뜨렸다. 어느 누가 농담일지라도 감히 천하의 허저를 산적으로 몰아붙인단 말인가? 정말 보기 힘든 명장면이었다.

"그런데 어떻게 우리를 아는 것인가?"

민한은 자신이 중국 고대어를 알아듣고 말할 수 있음에 스승이 준 아티팩트를 생각하며 정말 감탄하고 있었다. 그러나 그는 그런 내색을 하지 않고 웃으면서 태연하게 대답했다.

"저도 조조님과 같은 세계에서 왔거든요."

"……?"

민한을 제외한 전원이 할 말을 잃은 채 넋을 잃었다. 대답이 전혀 예상하지 못한 것이기 때문이었다. 아무렇지도 않게 대답하는 모습에 그들은 더욱 어이가 없었다. 민한은 이런 반응을 미리 예상이라도 했는지 이들의 충격이 어느 정도 가신 다음 말을 이었다.

"전 카네온이라고 불립니다만 본명은 조민한이고 자는 파천이라고 합니다. 대한민국이란 나라의 평범한 소년에 불과한 처지였지요. 이곳으로 오기 전까지는 말입니다. 그냥 파천이라고 불러주십시오."

물론 자는 민한이 즉석에서 그럴듯한 것으로 지어냈다. 아무래도 자가 있으면 더 멋있을 거라는 생각 때문이었다. 삼국지의 인물들 거의 모두가 자를 가지고 있어서 따라 한 것이기도 했다. 소개를 마친 민한은 이내 자신의 신세 한탄을 늘어놓기 시작했다.

민한은 십 년 전 열일곱 살의 어린 나이에 대한민국에서 이곳으로 차원 이동을 했다. 처음에는 '아싸~ 주인공이다!!' 라면서 방방 뛰었다. 그러나 일 년이 가고 이 년이 가고 삽 년이 가도록 검과 마법을 배우기는커녕 그 흔한 파이어 애로우의 그림자조차 보지 못하자 절망했다. '크으, 나는 결국 조연이었단 말인가?' 하면서 절망스런 표정을 짓는 대목에서 이해를 못하고 고개를 갸웃거리는 조조 일행이었지만 신세 한탄은 계속되었다. 그러던 차에 새로운 세상을 보게 된 지 채 열흘도 안 되어 돈이 떨어졌다. 자신이 가지고 있던 모든 것들을 팔았지만 열흘밖에는 버틸 수 없었다. 그후로 민한은 돈을 벌기 위해 안 해본게 없었다. '우선은 먹고 살아야 하지 않겠는가?' 라는 생각에서였다. 구걸로 시작해서 구두 닦이, 막노동, 접시 닦이, 성냥을 팔 때 추워서 성냥불로 몸을 녹이다가 정신을 잃고 다음날 극적으로 구조된 일, 심지어 귀족들의 암투에 휘말려 독사과를 먹고 쓰러진 적도 있었다. 민한은 그때 한 늙은 노인이 쓰러져 있는 자신에게 키스를 해주어 간신히 살아났다고 울먹거렸다(그 늙은이가 바로 민한의 스승이었다). 그래도 신이 무심치는 않았던지 일 년 만에 적성에 맞는 직업을 발견하여 열심히 일하게 되었다. 단지 밤에 일하는 직업이라 피곤하기는 했지만 스승을 만나기 전까지 그는 그 일을 약 이 년 동안 했다. 일하면서 이렇게 외칠 때마다 그 힘든 피로가 사라져 갔다. '찹쌀~떠억!! 메밀~무욱'!!

"……."

"너무 슬퍼……."

너무 드라마틱한 인생이었던지 허저가 울먹거렸다. 전위와 곽가의 눈에도 다소 붉은 기가 맺혀 있었다. 조조는 '곽가… 너마저'를 하는 듯한 표정을 잠시 지었다. 그리고는 곧 민한에게 말했다.

"그게 우릴 아는 것과 무슨 상관인가? 궁금하군. 어서 말해 보게."

"우리 나라 사람 중 어느 누가 난세의 간웅 조조를 모르겠습니까? 와룡, 봉추와 유일하게 어깨를 견줄 만한 곽가 봉효, 뛰어난 무력을 과시하는 허저, 전위님을 한 번이라도 들어본 적이 없다면 간첩이지요."

난세의 간웅이란 말을 들은 조조는 약간 쓴웃음을, 칭찬을 들은 나머지 인물들은 칭찬에 어색해했다. 민한이 조조에게 난세의 간웅이란 말을 했지만 그건 제대로 평가되지 못해서였다. 역사는 그 시대에 이루어지지 않는다. 먼 훗날의 사람들에 의해 평가되는 것이 역사다. 역사는 무엇보다도 세상에 한 획을 그을 만한 행동들이 흔적으로 남는 것이다. 사상이나 가치관이 바뀔 때마다 평가가 바뀔 수 있는 것이 또한 역사다. 원래 승자의 기록이 역사가 아닌가? 1,400년이나 지난 후 나온 나관중의 '삼국지연의'를 시발점으로 대부분의 작품 내용 속에서 조조란 위대한 인물이 신랄하게 비판되기 시작했다. 특히 나관중의 촉한정통론이 견고해지면서 조조는 간웅, 자식 조앙을 죽이면서까지 홀로 도망 나온 피도 눈물도 없는 비정한 사람, 악의 축으로서 절대 존경해서는 안 될 인물로 굳어졌다. 나관중이 이민족 원을 몰아내고 한족의 정통성을 내세우기 위해 유비를 높이고 조조를 낮추었지만 그 대가는 너무 무거운 것이었다. 이런 여파는 현재에도 쉽게 찾아볼 수 있다. 중국에서 사용되는 욕 중에 조조가 들어가는 욕이 상당히 많다는 것이 그것이다. 심지어 '조조의 사타구니를 핥을 녀석' 이라는 욕도 있다.

하지만 꼭 그런 것은 아니다. 수많은 세력을 힘겹게 물리치고 거대한 세력을 이룩한 것이 조조였다. 전쟁의 혼란이 계속되던 시절에 그나마 작은 평화를 찾아 백성들에게 삶의 터전을 마련해 준 것이 그였다. 누구보다도 민본정치, 활국구민의 뜻을 직접 실천했고 인재를 아끼고 병법 및 문학에도 밝았다. 유비나 손권과는 달리 죽기 전 스무 권의 '위무제집' 도 썼다. 정치적 역량과 군사적인 감각까지 유비와 손권과 비교해서 월등했다. 민한은 단지 삼국지의 기억을 떠올려 눈앞의 조조를 평가한 것이다. 그러나 말을 하고도 민한은 책과는 전혀 다른 조조의 모습에 고개를 갸웃거렸다. 그리고 자신이 직접 조조란 인간을 평가하고 싶다는 생각이 들었다.

"허허, 난세의 간웅이라……. 듣기 좋은 말은 아닐세그려."

"조조님이 돌아가신 지 오랜 뒤의 평가지요. 역사 말입니다."

역사라는 말에 조조는 웃음을 터뜨렸다.

"자넨 마치 우리들의 미래에서 이곳으로 온 것같이 말하는군 그래."

"그렇습니다. 분명 저는 미래에서 왔지요."

지그시 눈을 감은 조조는 눈앞의 이 민한이라는 인물을 생각했다. 자신을 난세의 간웅으로 자신있게 평가한 것도 그렇지만 매사에 자신감 넘치는 것도 마음에 들었다. 조조는 왠지 민한을 시험하고 싶다는 생각이 들었다. 입가에 작은 미소가 피어났다. 골탕이라도 먹일 생각이었다.

"파천 자넨 병법을 알고 있나? 아니면 시라도 지을 줄 아는가?"

"시험입니까? 난세의 간웅이라는 말에 약간 흥분하셨나 봅니다. 그럼 분위기를 전환하는 의미로 시나 한 수 지어보죠."

매운 계절의 채찍에 갈겨,
마침내 북방으로 휩쓸려 오다.

하늘도 그만 지쳐 끝난 고원(高原),
서릿발 칼날 진 그 위에 서다.

어디다 무릎을 꿇어야 하나,
한 발 재겨 디딜 곳조차 없다.

이러매 눈 감아 생각해 볼밖에,
겨울은 강철로 된 무지갠가 보다.

민한의 낭랑한 목소리가 막사에 울려 퍼졌다. 이육사님의 시를 슬쩍 자기 시로 바꿔치기한 파렴치한 짓을 했지만 조조 일행이 그걸 알 리 없었다. 단지 이들은 시의 내용이 혹독한 현실 상황을 초극하려는 의지를 표현한 까닭에 한숨만 짓고 있었다. 현재의 처지와 닮은 시였다.

"으음, 좋은 시로군."

"과찬이십니다."

조조의 칭찬에 민한은 가볍게 예를 취했다. 조조는 문득 눈앞의 파천이라는 이 사내를 얻고 싶다는 충동이 일었다. 자신도 모르게 그런 욕구가 치밀어 올랐다. 마치 어떤 절대자가 그에게 그런 마음을 심어주기라도 한 듯이 그러했다. 그러나 그걸 제외하고도 이전의 세상에서 역시 그 누구보다도 인재 욕심이 많은 조조였다. 후일의 일이지만 원수의 의제인 관우에게까지 그렇게 대접해 가면서, 아끼는 많은 수하들까지 잃어가면서 그를 얻고 싶어했던 적도 있었다. 그런 그의 인재를 원하는 욕구가 이번에도 유감없이 발휘되었다. 곽가는 자신의 주군인 조조의 그런 점을 잘 알고 있었기에 쓴웃음을 지었다. 조조는 지나가는 말투로 슬쩍 물었다. 그렇다고 밑져야 본전이라는 말투는 아니었다. 조조는 치밀한 인물이었다.

"섬기는 사람이라도… 있는가?"

"하하!! 누가 찹쌀떡, 메밀묵 파는 사람을 써주겠습니까?"

말은 저렇게 하지만 민한의 눈에는 자신에 대한 자부심이 가득 담겨 있었다. 조조는 그것을 용케 알아차렸다. 거두절미하고 그는 본론을 꺼냈다.

"혹시 나를 도와줄 수는 없겠는가?"

"……."

"안 됩니다!! 어떻게 오늘 처음 본 사람을 등용하실 수 있습니까?"

허저가 반대를 하고 나섰다. 전위도 묵묵히 있긴 했지만 그의 눈은 허저의 말에 동조하고 있었다. 하지만 조조의 마음은 이미 결정된 상태였다. 조조가 손을 들어 그를 막자 허저는 찍소리 한번 내보지 못하고 물러섰다. 전위도 고개를 끄덕였다. 그들에게 있어서 주군의 뜻보다 중요한 것은 없었다.

민한은 조조의 말을 들으며 심각하게 생각하는 척했다. 조조가 알리 없겠지만 그는 이미 조조를 섬기기로 결정한 상태였다. 책에서 본 것과는 너무도 다른 조조의 모습에 호기심이 생긴 것이다. 그러나 민한은 나름대로 고수였다. 제갈량이 유비에게서 자신의 가치를 높이기 위해 일부러 두 번을 튕겼던 것처럼 그 역시 두 번을 튕기고 나서야 마지못해 승낙하는 척 연기했다.

"알겠습니다. 저 파천은 조조님을 섬기기로 하겠습니다."

조조는 역시 대단한 인물이었다. 오늘 처음 본 인물을 바로 자신의 수하로 거두어들인 것이다. 그를 완전하게 신뢰하지 못하고, 높은 지위를 내릴 수도 없어서 아직은 어정쩡한 식객 비슷한 관계이지만 그래도 파격적인 대우였다.

"궁금한 것이 있습니다."

"말해 보게."

"제가 혹시라도… 첩자라면 어떻게 하시렵니까?"

그 말에 조조는 호탕한 웃음을 터뜨렸다.

"하하! 별수없는 거겠지. 곽가로 하여금 수하들을 풀어서 그대의 배후를 캘 수도 없고 말이야. 여기는 다른 차원의 세계니까. 물론 어느 정도의 뒤는 캐볼 수도 있겠지. 하지만 만에 하나라도 파천 그대가 첩자라면 그땐 내 사람으로 만들면 그만 아니겠는가?"

그다운 말이었다. 민한은 자신이 이 조조라는 사내에게 점점 빨려

들어가는 느낌을 지울 수 없었다. 실제로도 조조라는 인물은 그만한 매력이 있었다. 이제는 민한까지 끼어든 다섯 명으로 늘어난 인원이 함께 앞으로의 방향을 모색하게 되었다. 그 와중에 병사 오백 명이 정찰을 마치고 돌아왔다. 상황 파악과 주위 거리를 파악하고자 한 곽가의 명이었다. 그러나 아쉽게도 들어온 정보 가운데 쓸 만한 것은 없었다. 쓸 만하다 한 것은 죄다 민한이 알고 있는 것뿐이었다. 한참 동안 골똘히 무언가를 생각하던 곽가가 내놓은 방안은 우선 거점을 확보하자는 것이었다. 모두들 고개를 끄덕이며 그의 말에 찬성을 표시했다. 그러나 확보 방법에 있어서는 뾰족한 수가 없었다. 지리를 잘 아는 것도 아니고, 이 세상을 손바닥 보듯 하는 것도 아니었으니까. 그랬기에 곽가의 눈은 자연스레 민한에게로 향했다. 그는 민한을 시험하고픈 생각이 들었다. 이 정도의 실력도 없다면 오히려 짐만 될 테니 어느 정도 이용하고 제거해 버리는 게 나을지도 모르는 일이었기 때문이다. 그의 입술이 움직였다.

"파천님, 혹시 좋은 방법이 없으십니까?"

그의 말에 모두의 시선이 민한에게로 모아졌다. 민한은 눈을 감았다. 잠시 뒤 감겨진 눈이 뜨였다.

"봉효님의 말씀이 백 번 지당하십니다. 주군께서 오시기 전 연주라는 거점이 있었듯 이곳에서도 역시 주군의 기반이 필요합니다."

연주. 이 말의 의미는 무거웠다. 자신들을 잘 아는 것 말고도 이전의 세상에 대해서도 잘 알고 있다는 뜻이다. 민한이 이곳 토박이라면 결코 연주란 단어는 몰랐을 테니까. 조조 일행은 또 다른 뜻이 담겨진 눈으로 민한을 응시했다. 거점의 중요성은 수차 이야기해도 모자랄 정도로 중요한 것이다. 무슨 일을 하든지 그 일을 하기 위해서는 기초 기반이 필요한데 비유를 들자면 이렇다. 국가에 있어서 거점은 수도이고, 개인에게 있어서 거점은 집이다. 아직 서울역이 거점인 분들이 있으실지 모르겠지만 거점은 집에 비교되는 것이다. 어쨌거나 거점이 없으면 어떻게 될 것인가? 그것은 의외로 간단하게 답이 나온다. 그냥 달랑 만원짜리 한 장만 들고 열흘만 가출해 보면 된다. 그러면 그깟 답쯤이야 바로 나온다. 그렇다고 궁금하다고 해서 설마 직접 실험을 하는 분은 없으리라고 믿는다. 거점은 이들이 땅따먹기를 하기 위해서는 당연히 필요한 것이다. 마치 아기 새의 따뜻한 둥지처럼 말이다.

"알고 있네. 하지만 현재 우리의 사정이 매우 좋지 않네. 잘 알지 않나."

"방법이 있습니다."

누군가의 말투를 따라 하는 민한의 입가에 뜻 모를 미소가 피어올랐다. 그 미소를 이해 못한 다른 이들은 고개를 갸우뚱거렸고 오로지 곽가만이 의미 모를 만족할 표정을 지으며 알겠다는 듯 되물어왔다.

"하지만 어려운 일 아니겠습니까, 파천님?"

"역시 봉효님이시군요. 과연 공명과 자웅을 겨룰 만하십니다. 물론 공명이 누구인지는 모르시겠습니다만."

"허허, 도대체 그 방법이 무엇인가? 궁금하군. 어서 말해 보게."

그 말에 기다렸다는 듯 곽가와 민한이 동시에 대답했다.

"전쟁입니다."

한마디의 파장은 컸다. 병사도 얼마 되지 않는데 웬 전쟁이냐? 식량도 삼 일치뿐이다. 심지어 화살이 부족하다는 말도 되지 않는 소리까지 나왔다. 지금 이들이 위치한 곳은 메르 왕국. 서대륙 열 개 왕국 중 하나였다. 위로는 케스로아 왕국이 위치해 있었고 아래로는 세겔 왕국과 국경을 맞대고 있었다. 현재 메르의 정규군은 약 삼십만 정도로 추정되었다. 그런데 워낙에 케스로아와의 사이가 험악해서 십만이나 되는 병력이 북쪽에 주둔하고 있었다. 메르의 상태에 대해 말이 나오자 분위기는 더욱 가라앉았다. 솔직히 현재 조조군은 일만 육천. 거의 이십 배 수준이었다. 곽가만이 해볼 만하다는 표정이었다.

민한은 문득 삼국지의 한 구절이 생각났다. 조조가 원소랑 자웅을 결할 때의 부분이었다. 조조를 위로하고 싶었기에 그는 장황한 말을 늘어놓기 시작했다.

"예로부터 큰일을 이루고 못 이루는 것의 근본은 이러합니다. 정말로 재능이 있는 자는 결국 자신의 뜻을 이루고 그렇지 않은 자는 실패하기 마련입니다. 현 메르 왕국의 왕은 멜 13세입니다. 제가 볼 때 주군께서 이길 수밖에 없는 열 가지 이유가 있고 저 멜 13세가 질 수밖에 없는 이유가 또한 열 가지가 있습니다. 그러니 결코 저들의 병력이 강대하다 해도 어찌할 수 없습니다. 첫째, 멜 13세는 번거로운 예법과 의식에 얽매이지만 주군께서는 일의 결과를 자연스러움에 맡깁니다. 이것은 도에서 이기시는 것입니다. 둘째, 멜 13세는 백성을 도구같이 다루지만 주군께선 백성의 뜻을 자신의 뜻으로 여기고 행동하시니 이것은 의에서 이기시는 것입니다."

그의 조리있는 말에 모두의 시선이 절로 민한에게 빠져들고 있었다.

"셋째, 현재 메르 왕국의 기강이 관대함에서 해이해졌는데 멜 13세 역시 관대함으로만 일관하므로 통제가 되지 않습니다. 그러나 주군께선 매섭게 따지시니 위아래 모두 법을 지킬 줄 압니다. 이는 다스림에서 이기시는 것입니다. 넷째, 멜 13세는 겉으로는 너그러우나 속으로는 꺼려 사람을 믿지 않고 오로지 친척이나 자제들에게만 일을 맡기려 합니다. 그에 반해 주군께선 겉으론 헐렁해도 속으로는 이치에 밝으시고 쓴 사람은 의심치 아니하고 오로지 재능에 따를 뿐 그 어떤 다른 것도 구분하지 않습니다. 이는 헤아림에서 이기심입니다. 다섯째, 멜 13세는 꾀가 많으나 결단력이 없어 일이 터지면 실수가 많습니다. 그렇지만 주군께서는 계책을 세우시면 곧장 실행하고 변화, 대처에 빠르십니다. 이는 지혜에서 이기심입니다. 여섯째, 멜 13세는 명예에 의존하여 거기에 모여드는 자들은 말을 잘하거나 겉으로만 그럴듯한 자들입니다. 하나 주군께선 진정으로 대하시고 허황된 명예를 추구하지 않습니다. 또한 겸손한 자세로 모든 일에 솔선하시니 인재들이 앞 다퉈 다스림을 받으려 합니다. 이는 덕에서 이기시는 것입니다. 일곱째, 멜 13세는 눈앞에 보이는 일에만 안쓰러워하고 자질구레한 인정에 매달리나 주군께선 그런 일들을 때론 거들떠도 보지 않다가도 심각한 일에는 천하와 부딪친 듯합니다. 그래서 입은 은혜는 지나치고서야 느낍니다. 설령 보이지 않는 일이라 하더라도 주도면밀히 보살피지 않는 것이 없습니다. 이것은 어짊에서 이기시는 것입니다."

너무나 기나긴 말을 계속해서 한 모양인지 민한은 침을 꿀꺽 삼켰다. 그리고는 다시 말을 이었다.

"여덟째, 멜 13세는 신하들의 참소에 흔들리지만 주군께선 도리로써 다스려 참소에 빠지시지 않습니다. 이는 밝음에서 이기시는 것입니다. 아홉째, 멜 13세는 시비를 가리지 못하나 주군께선 옳으면 권하고 그르면 바로잡으시니 이는 매사의 처리를 분명하게 하는 것에서 이기심입니다. 마지막으로 멜 13세는 허장성세만 좋아하지 병법의 핵심은 잘 모릅니다. 그렇지만 주군께선 적은 군사로 많은 적을 무찌르심이 귀신같으십니다. 그러므로 아군은 주군을 믿고, 적들은 두려워하지요.

이것은 무에서 이기시는 것입니다."

정말로 기나긴 말이 끝을 맺었다. 정말로 가슴에 와 닿을 정도로 의미 깊은 열변이었다. 하지만 안타깝게도 민한의 말은 죄다 표절이었다. 아는 사람은 다 알겠지만 이것은 민한의 앞에 앉아 있는 저 유명한 곽봉효의 '십승십패론'이 아니던가? 민한은 가증스럽게도 제가 말한 양 얼굴에 철판을 깔고 있고 원래의 주인은 아무것도 모른 채 감탄만 하며 고개를 끄덕이고 있었다.

"정말 대단하십니다, 파천님. 정말로 주군을 잘 알고 계시는군요. 의심을 품은 제가 부끄럽습니다."

그렇다고 이제 와서 민한은 '저기… 원래는 네가 말하는 대사인데요'라고 말할 수도 없었다. 그저 어색한 표정만 지으며 웃을 따름이었다. 전위와 허저도 경악스런 모습으로 민한을 바라보았지만 그 경악의 의미가 곽가와는 사뭇 달랐다. 그 숨은 의미는 저렇게 어려운 말을 쉬지 않고 할 수 있다는 것에서 경악한 것이었다. 결코 다 이해하고 놀란 것이 아니다. 원래 곽가가 말해야 했건만 민한의 입에서 흘러나온 말은 또 그 나름대로의 효과가 있었다. 민한의 청산유수와도 같은 말을 들은 조조는 천하를 다 얻은 듯 가슴이 벅차오르고 있었다. 그러나 그의 입에서 나온 말은 겸손의 말이었다.

"내가 무슨 능력이 있다고, 파천의 말이 좀 지나치구려."

"아닙니다. 주군께선 그런 능력이 되십니다. 아니, 넘치십니다. 파천님의 말은 실로 지당한 말입니다."

곽가까지 거들고 나섰다. 열변 덕에 분위기는 어이없게도 곧장 전쟁으로 치달았다. 전위와 허저는 어째서 전쟁을 하게 되었는지도 전혀 몰랐지만 이왕 전쟁을 하게 된 거 화끈하게 싸워야겠다고 다짐하고 있었다. 거점을 얻는 것. 솔직히 외교로는 불가능한 일이었다. 외교로 '니들 땅 내놔라!' 라고 해봤자 이만도 채 안 되는 조조 등에게 돌아올 대답은 뻔했다. 그렇다고 상업적으로 잠식해 들어갈 수도 없었다. 느 닷없이 새로운 세계로 날아온 이들에게 자본이 있을 리 없었다. 그러 니 마지막 남은 방법은 오직 무력으로 빼앗는 것뿐이었다.

세부적인 계획은 곽가와 민한에게 일임되었다. 그 의미를 따져 보면 이게 얼마나 위험한 일인지 몰랐다. 민한이 첩자라면 조조는 목숨을 거는 것과도 같았다. 그럼에도 조조는 민한을 믿고 곽가와 함께 작전 을 맡겼다. 그는 이번 전투에 목숨을 걸었던 것이다. 그 대가는 두고 봐야 할 일이지만.

결국 거점으로 채택되어 전쟁이 벌어지게 된 곳은 사로트라는 곳이 었다. 사로트 성과 주위에 위치한 보조 성격인 메살, 게르크 성까지 이 총 세 개의 성이 목표였다. 현 위치에서 얼마 떨어져 있지 않은 데다가 사로트는 메르 왕국에서 세 번째로 큰 도시였다. 인구만 어림잡아도 오십만이 넘었고 다른 두 성의 인구까지 합하면 무려 칠십만에 달했다. 게다가 서대륙 최고의 상업 도시였고, 도시 가운데를 가로지르는 세느 피 강을 통해 벌어들이는 수입은 입이 절로 벌어질 정도였다. 거점으 로서 부족함이 없었다.

그러나 이렇게 중요한 도시이다 보니 많은 군대가 주둔하고 있는 건 당연했다. 왕국의 서부 요충지이기도 한 사로트에만 사만의 군대가 있 었다. 그리고 사로트를 보호하기 위해 메살과 게르크에 각기 일만이 더 주둔하고 있었다. 육만이나 되는 적들이 성을 수비만 하게 된다면 얼마 의 군대가 필요할지 몰랐다. 그런데 민한은 조조에게 확실한 승리를 장 담하고 있었다. 고작 일만 육천의 숫자로 육만에 대한 승리를 말이다.

무척이나 어두웠다. 시간이 촉박했기에 조조가 이끄는 삼천의 기병들은 빠른 속도로 이동하고 있었다. 이 정도의 속도라면 다음날 새벽쯤에 메살 성에 도착할 수 있었다. 각 성은 직선 거리로 13~15㎞ 정도의 거리에 위치해 있었다. 물론 길이 자처럼 곧은 것은 아니었다. 구불구불한 길까지 계산한다면 족히 30㎞는 넘었다. 그랬기에 조조군은 빠른 속도로 이동했음에도 불구하고 상당한 시간이 소요되었다.

매우 은밀스런 작전이었다. 보안을 위하여 지금까지 울창한 숲길로만 이동했음에도 다섯 명의 여행객과 마주쳤다. 별수없이 그들을 포로로 삼았는데 사로잡던 도중 한 남자의 손에서 이상한 화살이 나오는 것을 보았다. 조조는 문득 민한의 충고가 떠올랐다.

"주군, 손에서 뭐가 나오거나 불을 일으키는 자들을 만나면 병사를 물리셔야 합니다. 그렇지 않으면 피해가 커질 겁니다. 그럴 땐 전위님께 부탁하여 처리하도록 하십시오."

그 충고 덕택에 별다른 피해 없이 그 남자를 잡은 것이다. 전위의 쌍철극에서 푸르스름한 기가 솟구쳐 나왔을 때 경악하던 모습이 이상하긴 했지만 그다지 큰 문제는 아니었다. 새벽이 되자 조조가 이끄는 병사들이 메살 성의 코앞에 이르렀다. 모두 기병들이었기에 녹초가 되지는 않았다. 그래도 조조는 병사들이 잠시 쉬도록 명했다.

"잠시 휴식하고 명을 기다려라."

성 위의 순찰병의 모습이 어렴풋이 보일 정도로 가까운 거리였지만 숲 안이 워낙에 어두웠기에 들킬 것 같지는 않았다. 조조 역시 말 위에

탄 채로 잠시 휴식을 취했다. 만에 하나라도 벌어질 사태에 대비하기 위함이었다. 병사들도 숨소리조차 내지 않고 말을 탄 채로 휴식을 취했다. 조조가 무언가 잠시 생각하고 있는데 곽가가 곁에서 다가왔다.

"무슨 생각을 그렇게 골똘히 하고 계십니까?"

"응? 봉효인가? 아닐세. 근데 파천이란 사람 말일세, 자넨 어떻게 생각하나?"

"글쎄요……."

곽가는 말꼬리를 흐렸다. 그가 생각하는 민한은 대단한 인재였다. 그의 말대로만 이루어진다면 사로트 성은 큰 피해 없이도 차지할 수 있었다. 곽가는 이미 그 뛰어난 책략에 탄복한 상태였다. 그는 분명히 조조에게 도움이 되는 존재였다. 처음에는 그가 제안한 책략을 의심했다. 좋기는 했지만 그것은 민한이 완전하게 조조를 섬길 때에야 효과를 볼 수 있는 책략이었던 것이다. 만약 그가 배반이라도 한다면 자신들은 꼼짝없이 죽임을 당할지도 몰랐다. 하지만 조조는 민한을 믿어주었다. 이런 믿음이 이런 상황에서는 좋은 결과를 가져다 줄지 모르지만 그것이 오히려 이용당하게 된다면 엄청난 일이 생길 수 있었다. 예를 들어 조조가 여포에게 뒤통수를 맞아 연주를 잃었을 때 진궁의 계략에 휘말렸던 적이 한 번 있었다. 일부러 성안에서 배반을 하는 자가 있는 것처럼 꾸며 내응을 하겠다고 거짓을 고하는 무서운 계략이었다. 의심없이 쳐들어간 조조에게 다가온 것은 치욕스런 패배였다. 하지만 장점이 더 많다는 것 또한 사실이었다. 관도대전을 예로 들 수 있다. 허유의 말을 믿고 오소를 급습한 조조는 결국 밀리는 상황에서 오히려 대승을 거두고 하북을 재패할 수 있었던 것이다. 조조는 아마도 모험을 하기로 결정한 것이리라. 곰곰이 생각하던 곽가는 조조에게 간단명

료하게 한마디를 내뱉었다.

"뛰어난 인재인 것 같습니다."

"그런가? 그의 뒷조사를 해볼까도 싶었지만 부질없다는 느낌이 드는군. 왠지 모르게 말이야. 휴우, 어쨌든 이제 시작이군. 성문이 열리면 일천의 기병들과 전위는 나를 따라 성안으로 돌격해 간다. 봉효 그대는 남은 이천의 기병을 이끌고 후방을 지원해 주게."

"예."

얼마 지나지 않아 성문이 열리는 것이 보였다. 왕국의 중심부인 이곳에 대대적인 침공이 있을 리 없었다. 몬스터도 이미 자취를 감춘 지 오래였다. 그래서 대부분의 성들이 일찌감치 성문을 여는 것이 보편화되어 있었다. 사방이 평야이거나 시야 확보에 무리가 없는 지역은 멀리서 적이 보이면 성문을 닫으면 되었다. 그러나 메살 성은 한쪽이 울창한 숲이었다. 한밤중에는 시야 확보에 어려운 데다가 울창한 숲까지 있으니 순찰병만 두 배로 늘렸을 뿐 뾰족한 수가 없는 상태였다. 게다가 수비병들의 안이한 자세가 조조를 돕고 있었다. 그들은 거의 백 년이라는 세월 동안 전투다운 전투를 경험하지 못했다. 그 백 년 동안의 평화가 이제는 오히려 치명적인 약점이 되어 있었다.

"휴, 밤을 꼬박 새버렸군. 졸려 죽겠다."

"그러고 보니 교대 시간이잖아?"

"아~ 따뜻한 침대여~"

병사들은 저마다 이야기를 주고받으며 쏟아지는 잠을 몰아내고 있었다. 하지만 역부족이었다. 원래 근무를 설 때 잡담은 금지였다. 하지만 제대로 지켜질 리 만무했다. 나름대로 졸음을 쫓는다는 장점도 있기에 웬만한 잡담은 어느 정도 눈감아주는 상황이었다. 교대 시간이

다가오면서 병사들은 분주해지기 시작했다. 몇몇은 성문을 열어놓고 서열 높은 고참들은 일찌감치 피곤한 몸을 이끌고 숙소로 발걸음을 내딛고 있었다.

끼이익!

성문이 열리는 것이 보였다. 조조는 침을 꿀꺽 삼켰다. 그러나 그는 불안에 떨지 않았다. 오히려 검을 뽑아 들었다.

"돌격하라!"

큰 소리로 외치지 않았지만 명령은 정확히 전달되었다.

성문이 완전히 열리는 순간 무언가 울리는 소리가 들렸다. '벌레 소리를 잘못 들었나?'라고 생각하면서 눈을 비비던 한 병사는 이내 자신의 눈을 불신하는 사태에 이르렀다.

"이, 이봐!!"

"왜 그래?"

동료의 부름에 돌아다본 병사는 경악하고 말았다. 그것은 날벼락이었다. 채 성문을 닫기도 전에 그들은 들이닥쳤다. 성문을 지키며 남아 있던 서너 명의 병사들은 변변한 반항조차 못하고 피를 뿜었다. 피가 분수처럼 쏟아지는 광경이 있고서야 뒤늦게 비명이 흘러나왔다.

"으악!"

"기, 기습이다!!"

이런 소란이 있었음에도 이상하게도 성벽 위에서는 아무런 반응이 없었다. 평소대로라면 그들이 제일 먼저 적들을 발견하고 그 사실을 알렸어야 했다. 그런데 이런 소란에도 조용했다. 어둠을 피하기 위해 켜놓았던 화로들과 병사들이 들었던 횃불이 오히려 좋은 목표가 되었던 것이다. 그래서 그들은 갑자기 쏟아지는 화살 세례를 피하지 못하고 전부 쓰러졌다. 이런 상황이었으니 반응이 없었던 것이다. 메르 군은 그 사실을 아는지 모르는지 비명을 지르며 도망치기 시작했다. 용감하게 무기를 드는 병사도 간혹 있었지만 그들은 여지없이 피를 토하며 나동그라졌다. 그때 달려드는 기마대를 향해 한 남자가 달려나가기 시작했다. 곳곳에서 경악에 서린 비명이 터졌다.

"대, 대장님!!"

"안 돼!"

그는 바로 이 성문을 지키고 있던 수비대장이었다. 어차피 전투에서 이겨도 책임 추궁을 당해 사형당할 것이 뻔했다. 그렇다고 삶에 미련을 둘 만한 처자식을 가진 것도 아니었다. 용감히 싸우다가 죽는 것이 자신을 위하는 것이라 생각한 그는 그렇게 무모하게 달려나갔다. 그의 양손에는 한 자루의 바스타드 소드가 굳게 잡혀 있었다. 사나운 고함을 지르며 달려간 그는 진두지휘를 하던 조조에게 힘껏 검을 휘둘렀다. 자신의 온 힘을 다해 휘두른 검은 파공성과 함께 조조의 몸을 베어버리는 듯했다.

휘이잉!

그러나 조조가 옆으로 슬쩍 피하자 검은 아무런 피해도 주지 못한 채 빗나가 버렸다. 그리고 당황할 사이도 없이 날카로운 빛이 그의 목을 스쳐 지나갔다. 그것은 그래듀에이션 상급에 이른 조조의 검이었다. 그 순간 그의 입에서 나직한 신음 소리가 흘러나왔다.

"으윽!!"

피가 분수처럼 쏟아지며 어깨 위의 둥그런 물체가 바닥으로 굴렀다. 피와 흙이 섞여 지저분하게 변해 버린 그 물체는 편안한 안식을 찾기도 전에 뒤이어 달려드는 말발굽들에 채여 이리저리로 굴러다녔다.

"저항하는 자들은 남기지 말고 베어라! 하지만 항복하는 자들은 살려주어라!!"

조조는 성이 떠나갈 듯 크게 외쳤다. 하늘을 향한 그의 검에서 한줄기의 피가 흘러내리고 있었다. 명이 떨어지자 병사들은 저마다 목표를 찾아 분주하게 움직였다. 그도 앞으로 말을 내달렸다. 그런데 세 명의 병사가 근처에서 창을 쥐고 달려들고 있었다. 그들은 본능적으로 눈앞의 인물이 대장임을 알아본 것이었다. 그러나 그것은 용기가 아니라 객기나 발악에 가까웠다. 그들 주위로 이미 수많은 메르 군이 계속해서 날아드는 화살에 쓰러지고 있었다. 조조가 그들에게로 말을 달려나가자 세 병사 역시 고함을 지르며 그에게로 달려왔다.

써걱! 싸악! 쓰윽!!

조조는 그들 사이를 스쳐 지나가는 순간 빛과 같이 검을 휘둘렀다. 가로로 검을 휘둘러 한 명을 벤 뒤 품 안 반대편 어깨 쪽으로 향한 검을 다시 밖으로 힘차게 내질러 지그재그로 검을 휘두르며 말을 달려나가자 순식간에 세 병사의 목에서 피가 솟구쳐 나왔다. 말로는 표현 못할 야릇한 소리가 들리며 세 병사는 고꾸라졌다. 그러나 이렇게 진두지휘하는 덕에 가장 피해를 보는 것은 다름 아닌 전위였다. 조조의 친위대장인 그는 메르 군의 창을 막아가면서 조조를 은연중 보호하고 있었다. 조조가 종횡무진 메르 군의 중심을 휩쓸면서도 상처 하나 나지 않은 것은 순전히 전위의 공이었다. 가끔가다 백 명이 넘는 숫자가 한꺼번에 나타날 때도 있었다. 그러나 조조는 눈썹 하나 찡그리지 않고 용감히 앞장섰다. 전위가 옆에서 죽을 맞이긴 했지만 말이다. 어쨌거나 덕택에 사기충천한 조조군은 별 무리 없이 전투를 수행했다. 기습이 완벽하게 성공한 것인지 메르 군은 곳곳에서 무너지고 있었다.

"도적들을 막아라!!"

"와아!!"

조조와 전위의 눈앞에 한 인물이 악을 쓰며 끝까지 지휘를 하고 있었다. 말은 알아듣지 못했지만 화려한 복장을 보니 조조는 그가 누군지 대충 짐작할 수 있었다. 아마도 그는 이곳 메살 성의 성주이리라. 그런 조조의 예상은 빗나가지 않았다. 눈앞의 인물이 작지만 그래도 하나의 성인 메살 성의 성주였으니까 말이다. 그의 악에 받친 호령 때문이었는지 메르 군은 약간은 안정되는 모습을 보였다. 하지만 그것은 아주 잠시 동안뿐이었다.

"전위."

"알겠습니다."

무슨 뜻인지 바로 접수한 전위가 몇 기의 기병을 거느리고 그에게로 힘차게 다가갔다. 시퍼런 오러 블레이드를 뿜어내는 그의 쌍철극을 본 메르의 병사들이 개미 떼처럼 흩어지며 길을 비켜주었고 그 덕분에 별 어려움 없이 메살 성주에게로 가까이 다가갈 수 있었다. 세 명의 기사가 전위의 앞을 가로막았다.

"별것도 아닌 녀석들이 내 앞을 막아? 하앗!!"

육중한 쌍철극이 번뜩이자 한 명의 기사가 말과 함께 순식간에 두 동강이 나버렸다. 갑옷을 포함하여 몸을 완전히 두 동강 내버리는 그를 보고 나머지 두 명의 기사는 두려움에 주춤했다. 결국 그것은 목숨과 직결되었다.

"마지막이다!!"

"으악!!"

두 기사는 약속이라도 한 듯 동시에 비명을 내질렀다. 그들의 머리가 하늘을 날았다. 그제야 머리를 잃은 몸통이 말에서 굴러 떨어지며 묵직한 소리를 내었다. 피분수가 주위를 몰아쳤다. 주위에서 그 광경을 본 메르의 병사들이 비명을 질렀다.

"소, 소드 마스터다!!"

그러나 그것이 끝이 아니었다. 피를 한가득 뒤집어쓴 전위는 고함을 지르며 곧바로 성주에게 다가가 창을 내질렀다. 구역질이 날 만한 묘한 격타음이 들렸다.

퍼퍽!!

창은 성주의 등에 박혀들어 내장을 헤집고는 배를 뚫고 나왔다. 창날에 휘감긴 흰 물체들이 피로 범벅이 되어 흐물거리는 모습은 보는 사람들로 하여금 더욱 공포심을 자극했다. 성주는 신음조차 흘리지 못하고 즉사했다. 전위는 창을 한 바퀴 돌려 그대로 시체를 날려 버렸다. 평화 속에 오랫동안 안주해 온 메르의 병사들은 피가 튀고 살점이 나는 전투가 무섭기만 했다.

이런 경험을 하지 못했던 대부분의 병사들이 사시나무 떨 듯 떨었다. 전투의 승패는 판가름난 것이나 마찬가지였다. 생각할 것도 없다는 듯이 무기를 버리고 항복하는 병사들이 속출했다. 두 명이 검을 겨누면 창을 든 십여 명의 메르 군이 무기를 버리는 상황도 속출했다. 자다가 팬티 바람으로 도망다니는 병사들도 있었고, 왜 깨우냐며 신경질을 내다가 열받은 조조군에 의해 어이없게 세상을 뜨는 병사도 더러 있었다. 사방에서 화살이 날아들고 정신없는 통에 난전은 잠시간 지속되었다. 그러나 얼마 되지 않아 그것마저도 멈추었다. 계획적인데다가 훈련까지 잘되어 있는 조조군을 이길 수는 없었던 것이다. 싸움은 그렇게 싱겁게 끝나 버렸다.

아침이 되자 새벽의 전투 결과가 조조에게 보고되었다.

"봉효, 피해는?"

"주군, 저희 쪽의 피해는 고작 삼백사십팔 명에 불과합니다. 이중에서도 부상자가 절반이나 됩니다. 반면 일만이나 되었던 메르 군은 대파되어 삼천여 명이 죽고 부상자가 이천오백여 명, 포로도 사천이 넘습니다."

"대승이군."

조조는 이 한마디로 간단히 승리를 마무리 지었다.

조조가 승리자의 미소를 짓고 있을 무렵 허저가 이끄는 삼천 명의 기병에 의해 게르크 성 역시 함락되고 있었다.

제2장

주인이 바뀐 사로트 성

주인이 바뀐 사로트 성

　민한은 게르크 성으로 허저가 삼천의 기병을 거느리고 갔으니 다소
의 피해가 있더라도 함락할 수 있을 거라고 생각했다. 메살 성도 조조
본인이 직접 갔으니 특별한 어려움은 없을 거라고 생각되었다.

　"그렇다면 문제는 이곳 사로트란 말이군. 사만 대 일만이라……. 게
다가 사로트는 요새 중의 요새란 말야? 정공법으로 함락하자면 군사
수가 적어도 십만은 있어야 한다는 말이지?"

　민한은 한숨을 푹 내쉬며 다시 중얼거렸다.

　"근데 나는 고작 일만이로군. 딱 십 분의 일이구만. 먼저 조조님과
허저님이 잘해주셔야 할 텐데……. 함정을 팠으니 기다리는 일만 남은
건가?"

　민한이 세운 전략은 제법 괜찮은 것이었다. 우선 조조와 허저가 각
각의 성으로 기습하여 승리를 거둔다. 그리고 고의적으로 약간의 메르

병사들을 놓아주게 돼 있었다. 그렇게 되면 그들은 허겁지겁 달려가 자신들의 성이 함락당했다는 보고를 올리게 될 것이다. 물론 도망가면서 그들은 대략적인 숫자까지 보고하게 될 것이다. 아무리 백 년간이나 평화를 누렸어도 병사들이 숫자를 파악하는 법조차 모를 리는 없기 때문이다. 설령 기습을 받아 팬티 바람으로 도망갔다 하더라도 말이다. 그렇게 메살, 게르크 두 성의 함락 소식이 주성인 사로트에 도착할 때면 그때는 이미 한낮이 되어서 그동안 아군이 전열을 재정비할 수 있는 시간을 벌게 된다. 사로트의 입장에서는 두 성이 동시에 함락당했다는 사실은 가볍게 보아 넘길 만한 것이 못 되었다. 당연히 이만 명의, 혹은 그 이상의 군대가 성을 탈환하기 위해 움직이게 될 것은 뻔한 사실이다. 육만도 아니고 고작 일만도 안 되는 군대에게 두 성이 기습을 받아 하룻밤에 함락당했다는 놀라운 사실에도 불구하고 지휘자들은 자신들의 수만 믿고 두 갈래로 나뉘어 공격해 올 것이 틀림없었다. 이렇게 둘로 나누어진 군대를 민한은 자신이 이끄는 일만 명으로 각개 격파를 할 생각이었다. 그 다음에는……

"그 다음에는… 그때 가서 보자구."

무책임한 민한이었다. 솔직히 그들이 숫자만 믿고 두 갈래로 나뉘어 올 것도 의문이었다. 그러나 민한은 확신했다. 사로트에는 군대가 무려 사만이다. 치안병과 사병들까지 끌어 모으면 거기에다 오천이 더 늘어나게 된다. 이만한 군대가 고작 삼천씩 둘로 나누어진 군대를 전력을 다해 하나씩 공격하겠는가? 물론 그들은 정확한 숫자는 파악하지 못하겠지만 최소한 일만은 되지 않을 것이라고 단정할 것이다. 그리고 그 밖에도 그들이 서두를 수밖에 없는 이유가 하나 더 있었다. 만약에 이런 상황이 왕이나 다른 귀족들의 귀에 들어가게 된다면 어떻게 될까? 후작의 입장이 난감해져 골치 아파질 것이 뻔했다. 아마 후작의 머리 속은 서둘러 일을 마무리 짓고 예전으로 돌아갈 생각으로 가득할 것이다. 민한은 이러한 사실들을 손바닥 보듯 줄줄이 꿰고 있었다.

역시 그의 예상대로 패잔병들은 한낮이 되어서야 사로트에 나타났다. 조조군도 상부로부터 명령을 이미 받았는지 성으로 죽어라 달리는 그들을 일부러 막지 않았다.

"음, 역시나 정말 멋있는 도시로군."

민한이 있는 곳은 사로트 부근에 있는 자그마한 언덕 위였다. 성안이 내려다보이는 좋은 위치였지만 민한을 호위하는 병사들은 잔뜩 긴장한 채 주위를 삼엄하게 경계하고 있었다. 그럴 수밖에 없는 것이 이곳은 사로트 성에서 마음만 먹으면 한달음에 달려올 수 있는 그런 곳이었기 때문이다. 민한의 수하 부장이 불만스럽다는 듯 물었다.

"파천님, 아무래도 작전 지역으로 가봐야 하는 것 아닙니까? 적들이 쳐들어오기 전에 미리 가야지요."

그는 아직도 식객이라고는 하지만 갑자기 나타나 조조의 옆에 눌러앉아 버린 눈앞의 인물에게 적개심을 갖고 있는 모양이었다. 민한은 어렴풋이 눈치를 챘는지 피식 웃었다. 어차피 이번 전쟁에서 승리한다면 자신을 무시할 사람은 아무도 없을 것이 틀림없었다. 그냥 무시하고 실력을 보여주는 것이 더 수월했다. 전투가 끝나지도 않았는데 벌써부터 내부 분열이 나면 안 되지 않겠는가? 그랬다가는 사로트를 얻기는커녕 조조를 위시한 전 인물들의 머리가 성 밖에 달릴지도 모르는 일이었다.

"걱정 말게. 저들은 적어도 저녁 무렵에나 군대를 움직이게 될 테니까 말일세. 그런데 자네, 이름이 무엇인가?"

"예? 전 장덕삼이라고 합니다만… 그것보다 어째서……?"

"그냥 믿게."

장담하는 파천을 보며 덕삼은 기이하게 여겼으나 이내 불쾌한 표정을 감추지 않았다. 전투에 임하면 어느 정도의 긴장감을 보여주어야 하는데 이 파천이라는 사람에게서는 그것을 찾아보기 힘들었다. 자신에게 파천을 잘 도와달라는 조조의 부탁이 있었기에 꾹 참고 넘어갔다. 도와달라는 의미를 감시 수준으로 생각하고 있는 덕삼은 못마땅할 수밖에 없을 터였다.

사로트 성.

탁상공론이 벌어진 지 벌써 한 시간이 넘고 있었다. 시간이 지나면 지날수록 초조해지는 건 사로트 성을 다스리는 스튜피드 후작이었다. 솔직히 지금 후작은 혹시라도 이 사실이 왕이나 다른 귀족들에게 들어가지 않을까 전전긍긍하고 있었다. 자신이 힘들게 이룩해 놓은 지금의 위치를 한순간에 잃을 수는 없었다.

"도망쳐 온 병사들에 따르면 각 성으로 공격해 온 도적들은 채 오천이 되지 않는다고 하오이다. 그렇게 되면 두 군데의 도적들을 합해도 일만이 되지 않는다는 계산이 나오게 되오. 그러나 내가 볼 때는 적의 숫자가 많아야 팔천이라고 생각되오이다."

후작이 이런 상황을 몇 차례에 걸쳐 계속 반복해서 이야기하고 있었다. 그럼에도 전술은커녕 파병 시간이나 준비를 위한 조치조차 의견이 나뉘어져 결론을 이끌어내지 못하고 있었다. 후작은 한숨을 내쉬었다.

그런 생각을 꿰뚫기라도 한 듯 수석 마법사 케이아느가 드디어 말을 꺼냈다. 올해 스물여섯 살의 아가씨였다. 아름다운 외모를 가져 진작부터 청혼이 수없이 들어왔지만 그때마다 마법 연구를 핑계로 걷어차 버리는 그녀였다. 남자를 하찮게 보는 그녀는 애시당초 결혼할 마음이 손톱만큼도 없었다. 오직 실력만을 추구해 온 그녀였기에 아직 젊은 나이에도 불구하고 5클래스 마스터라는 직함을 가지고 있었다. 그녀는 그러한 자부심이 가득 담긴 말투로 말을 꺼냈다.

"이렇게 탁상공론만 하고 있을 게 아닙니다. 도적들은 벌써 두 성을 완전히 장악하고 있지 않겠습니까? 어쩌면 지금 이곳으로 쳐들어오고 있는지도 모르지요."

"그럴 리가? 고작 일만도 되지 않는 도적들이 사로트를 노린단 말이 오?"

"그 고.작.의 병력으로 두 성들을 함락시켰다는 사실을 벌써 잊으신 겁니까?"

태클을 걸어오는 귀족 나부랭이를 가볍게 무시한 그녀는 말을 이었다.

"빨리 군대를 파견해야 합니다. 새벽에 기습하여 두 성을 무너뜨렸으니 우리가 정공법으로 상대한다면 놈들은 꼬리를 내릴 겁니다. 하지만 기습이라 하더라도 하룻밤 사이에 성을 함락시켰다는 것은 대단한 일입니다. 도적들은 필시 훈련을 받은 놈들일 것입니다."

"오, 케이아느 수석 마법사! 그래, 그렇다면 어찌하면 좋겠는가?"

스튜피드 후작은 자신감에 찬 그녀의 말에 반갑다는 듯이 그녀의 의견을 물었다.

"우선 약간의 병사들을 풀어 적이 이곳으로 오는지, 성에 그냥 눌러앉아 있는지를 정찰하게 합니다. 그리고 후작 각하와 풀리쉬 자작님께서 각각 일만의 병사들을 거느리고 두 성을 동시에 공략합니다. 숫자가 적으니 우리로서는 각개 격파가 유리합니다. 그리고 오천의 병사를 저에게 주십시오. 놈들의 뒤통수를 시원스레 박살내어 드리겠습니다. 만약 놈들이 성 밖으로 나온다 하더라도 워낙 숫자 차이가 크므로 오히려 저희가 더 유리합니다. 하지만 현재 상황으로 볼 때 놈들은 성에서 움직이지 않을 겁니다."

그녀의 시원스런 말에 후작은 대번에 승낙했다. 많은 병사들의 수를 십분 이용하여 적들을 각개 격파한다는, 간단하면서도 당하는 측으로서는 웬만해서는 상대하기 힘든 전술이었다. 후작은 그녀를 믿고 즉시 명을 내려 병사들을 편성하고 출정할 준비를 하게 했다. 몇몇 귀족들이 나서서 그녀의 의견에 반대했으나 이미 발등에 불이 떨어진 후작은 그 말을 무시한 채 명령을 내렸다.

성안이 갑작스레 부산하게 움직이기 시작했다. 병사들이 무리를 지어 뛰어다니는 통에 평범한 시민들은 겁에 질려 벌벌 떨었다. 이런 상황은 단 한 번도 본 적이 없었기 때문이다. 전쟁이 터지려나 보다 하며 그들은 집에 들어앉아 버렸다. 그래서인지 오히려 병사들의 집결 속도는 빨랐다. 하지만 실전을 겪지 않고 훈련만으로도 이 정도는 충분히 가능했다. 평소의 훈련이 이런 급박한 상태에서 많은 도움을 주고 있었다. 새삼 유비무환이라는 말을 떠올리게 되는 모습이었다.

부산한 성안의 모습을 민한의 옆에서 내려다보던 덕삼이 민한에게 다소 비꼬는 듯한 말투로 물었다.

"저녁이라면서요?"

민한은 갑자기 눈빛이 달라지더니 하늘을 올려다보았다. 덕삼은 혹시나 이 사람이 천기라도 살피나 해서 살짝 긴장했지만 잠시 뒤 흘러나온 말은 그를 허탈하게 만들었다.

"어~ 날씨 좋다!"

적이 서둘러 움직였다면 그에 맞추어서 움직여야 한다. 민한은 우물 쭈물거리지 않고 대번에 그 시간으로 자리를 접고 매복지로 이동한다는 명을 내렸다. 오백 명의 병사들은 그제야 살았다는 듯 안도의 한숨을 내쉬며 매복지로 갈 준비를 하기 시작했다. 매복지에는 일찌감치 민한의 명에 의해 오천의 병사들이 준비를 완료한 상태였다. 아마 메살 성으로 가는 숲길도 완벽하게 준비를 마쳤을 것이다. 승리를 장담한 그가 내놓은 작전은 바로 제갈량이 하후돈의 십만 대군을 전멸시킨 화공이라는 것이었다. 그런데 웃기게도 현재 서대륙 전체가 이러한 전투 방법은 생각지도 못하는 상태였다. 모름지기 전투란 양측의 군대가 마주 보고 정면 승부를 해서 승패를 판가름 낸다는 생각을 가진 귀족들이 대다수였다. 요즘 들어 극히 소수만이 레인져들과 기습 등의 게릴라 전술이 유용하다는 말을 하고는 있지만 국가의 병권을 가진 이들은 그런 의견들을 묵살해 버렸다. 후에 엄청난 후회를 할지도 모르는 일이었지만 현재까지도 그러했다.

"아, 그랬었군. 케이아느 그녀를 잊고 있었다. 아마 그녀가 이렇게 빨리 결정을 내리게 만든 것이겠지."

곰곰이 생각하던 민한이 박수를 치면서 깊은 생각에서 빠져나왔다. 주위를 둘러보니 서서히 어둠이 내리고 있었다. 기름이 벌써 곳곳에 배치되어 있었고 적이 오면 이제 화려한 파이어 쇼가 벌어질 것이다.

"화살은 준비되었나?"

"예."

"적들이 함정에 빠져 우왕좌왕거릴 때 불을 붙인다."

모든 병사들이 비장한 표정으로 다가올 적들만 기다리고 있었다.

그 시각 이만을 넘어서는 대군이 메살 성과 게르크 성으로 나뉘어 진군하고 있었다. 게르크 성으로 진군 중이었던 풀리쉬 자작은 정말로 어이가 없었다. 그는 말을 몰며 앉아 곰곰이 생각에 빠져 있었다. 하지만 아무리 생각해 보아도 이해가 가지 않았다. 방비가 허술했다손 치더라도 적은 수천에 불과했고 아군은 일만이나 되는 대군이었다. 그런데 하룻밤 사이에 성이 무너져 버리다니……

'이해가 가지 않는군. 하지만 나와 일만의 군대가 쳐들어간다면 몇천에 불과한 도적 놈들 따위야!'

잠시 뒤 미리 앞서 간 척후병들은 적들의 그림자조차 찾을 수 없다고 보고해 왔다. 보고를 들은 풀리쉬 자작은 의기양양해졌다. 하지만 혹시 모르는 일이었기에 그는 몇 번 척후병을 더 보내었다. 그러나 그때마다 그들은 앞에 장애물은커녕 도적 놈 하나 없다고 재차 보고해 왔다. 하긴 배가 넘는 대군이 몰려오니 성안에 숨을 수밖에. 그는 그렇게 비웃음을 흘렸다.

그는 몰랐지만 사로트에서 여기까지 강행군을 해와서인지 병사들은 상당히 지쳐 있었다. 시간당 거의 6km를 주파하는 강행군이었다. 이런 속도로 왔음에도 게르크 성까지는 아직도 한 시간 정도는 족히 더 가야 했다. 풀리쉬 자작이 병사들을 다그치자 그들은 무거워지는 몸을 이끌고 앞으로 앞으로 나아갔다. 해가 지고는 있었지만 물체를 알아보지 못할 정도로 어두워진 건 아니었다. 산기슭에 걸려 있는 태양은 아직도 환하게 빛나고 있었다. 완전한 어둠이 내리려면 시간이 좀 더 필요했지만 숲이 워낙 울창한 탓에 행군하는 병사들의 시야에 들어오는 주위의 느낌은 밤과 별다를 바 없었다.

어두운 것은 둘째 치더라도 지쳤던 터라 갈증이 또 이들을 괴롭히고 있었다. 수많은 병사 가운데 하나인 존 역시 몹시도 목이 말랐다. 올해 나이 고작 열여덟 살. 돈이 없어 군대를 지원한 존은 어떻게든 돈을 벌어보고자 몸부림쳤으나 현실은 냉정했다. 고생 끝에 결국 들어온 곳이 바로 군대였다. 비록 급료는 적었지만 그래도 그것으로 하나뿐인 여동생에게 맛있는 음식이라도 가져다 줄 수 있었다. 그 대수롭지 않은 사실 하나만으로 존은 벌써 이렇게 이 년째 군대 생활을 하고 있었던 것이다. 이번에도 도적 떼를 소탕하면 보너스가 조금은 나올 것이므로 존은 피곤했지만 여동생을 위해 지친 몸을 움직였다. 도적들을 토벌하고 받은 돈으로 무엇을 사 갈까 즐거운 생각을 애써 떠올리며 몸의 피곤함과 갈증을 달래려 했으나 역시 역부족이었다. 존은 결국 걸으면서 손을 들어 수통의 뚜껑을 열었다. 그는 물을 많이 마시게 되면 몸이 더욱 퍼져 버린다는 걸 체험을 통해 이미 알고 있었다. 존이 한숨을 내쉬며 수통을 입가로 가져가 목을 축이려는데 어디선가 파공성이 들려왔다. 마치 멀리서 피리 소리가 들려오는 것 같았다.

피이잉!!

순간 새빨간 액체가 옆에 있던 다른 병사의 몸에 흩뿌려졌다. 얇고 기다란 거무튀튀한 물체가 그 주범이었다. 평소 존을 아끼던 병사는 눈앞의 상황을 믿기가 힘들었다. 화살이 존의 목을 관통한 것이었다. 이미 시체가 되어 바닥에 쓰러진 존은 눈이 뒤집힌 채 고통스러운 표정이 얼굴을 가득 채우고 있었다. 하지만 그런 존을 바라보는 병사는 이별의 슬픔보다는 인간의 본능이 우선이었다.

"으, 으악!! 저, 적이다!!"

끔찍한 공포가 몸을 지배하려는 찰나 뒤질세라 날아드는 서너 발의 화살이 그의 몸 또한 벌집으로 만들었다. 그리고 곳곳에서 구슬픈 비명 소리가 숲으로 퍼져 나가기 시작했다. 기습에 대응하기 위해 본능적으로 활을 집어 든 궁수들이 있었지만 화살은 눈이라도 달렸는지 대응해서 화살을 날리려는 병사들만 족족 꿰뚫었다. 주위 숲은 어둑했는데 행군하는 메르 군 쪽에는 곳곳에 횃불이 빛나고 있었다. 명중률이 높아지지 않는다면 오히려 이상한 일이었다. 수없이 쓰러지는 병사들을 보다 못한 풀리쉬 자작은 마침내 검을 뽑아 들며 숲이 떠나갈 듯 외쳤다.

"당황하지 말고 싸워라! 놈들은 얼마 안 되는 오합지졸이다!!"

"비겁한 놈들, 기습을 하다니!!"

풀리쉬 자작은 고함을 지르며 급속히 무너져 가는 대열을 지키려 했다. 그러나 공중에 떠 있는 한 사내가 그의 앞을 막고는 그에게 비웃음을 흘리고 있었다.

"오호~ 이게 누구신가? 풀리쉬 자작 아니신가?"

"누구냐? 누구길래 대 메르 왕국에 도전하는 것인가?!"

민한은 아직도 상황 파악을 못하는 그에게 비웃음을 흘리며 건들거렸다. 그러다가 뭔가 생각났다는 듯 말을 이었다.

"대답은 나중에 하도록 하지. 급해서 말야."

공중에 떠 있는 사람을 본 병사들은 더욱 혼란에 빠져들었다. 마법사는 일반 병사들에게 공포의 대상이기 때문이었다. 잠시 뭔가를 중얼거리던 민한은 라이트 마법을 선보였다. 1클래스의 간단한 마법이라 시동어만 외치면 되었기에 순식간에 그의 손에서 밝은 빛덩어리가 생겨났다. 그리고 그것을 시작으로 약속이라도 한 듯 메르 군의 대열에 어떤 액체가 퍼부어졌다. 한두 군데도 아닌 수십 군데에서 그렇게 쏟아져 내리는 액체 때문에 메르 군의 대열은 순식간에 아수라장이 되어

버렸다. 병사들이 독특한 기름 냄새에 기겁하며 당황하기도 전에 불화살이 그들을 덮쳐 왔다.

화르르!

피하려 했으나 이미 늦었다. 화염은 피할 여유도 주지 않고 그 새빨간 혀를 날름거리며 병사들을 집어삼켜 버렸다. 순식간에 숲은 불바다로 변해갔다.

민한은 불바다로 변한 광경을 바라보며 검을 빼 들었다. 그것은 철로 된 검이었다. 민한은 조조가 준 검을 한 손에 쥐어 들고는 눈앞의 광경에 한숨을 내쉬었다. 미리 기름칠을 해놓으면 냄새 때문에 적의 척후병들에게 발각될 것 같아 이렇게 한 것이지만 의외로 효과는 더 큰 것 같았다. 그는 난처하다는 듯한 태도로 중얼거렸다.

"이러다가 나 엘프들에게 현상수배당하는 거 아냐?"

한숨을 내쉬는 동시에 그의 검에서 푸르름한 무언가가 솟아올랐다. 소드 마스터들의 공식 명함인 오러 블레이드였다. 적어도 각국마다 십여 명의 소드 마스터가 있지만 현실을 생각하면 그들은 먼 나라 전설 이야기에 불과했다. 수도에 머무는 그들이 이곳에 나타날 리가 없었다. 화염이 휩싸여 이미 지옥이 되었음에도 이곳저곳에서 비명이 터져 나왔다. 오러 블레이드를 알아본 병사들은 절망스런 비명을 질러댔다. 민한은 듣기 거북한 비명 소리에 얼굴을 찌푸리며 검을 휘둘렀다.

"으악!!"

나방이 불빛을 보고 달려드는 것처럼 기사들은 민한에게 덤벼들었다. 그들도 이런 행동들이 기름을 지고 불로 뛰어드는 것임을 잘 알고 있었다. 그러나 그들은 기사였다. 기사란 위치 때문에 벌써 십여 명의 기사가 민한에 의해 피를 뿌리며 죽어 나가고 있었다. 하지만 아직 중급에 불과한 민한은 오랫동안 검기를 유지할 수 없었다. 고작 십여 분이 한계였다. 물론 상급이면 거의 삼십 분을, 최상급이라면 한 시간이 넘게 검기를 유지할 수 있었지만 민한에게는 아직까지는 그런 실력이 존재하지 않았다.

잠시 뒤, 민한의 검에서는 곧 오러 블레이드가 언제 있었냐는 듯 사라져 버리고 말았다. 주위의 기사들은 검기가 사라지자 기세를 올리며 민한에게 달려들었다. 그러나 그럼에도 여전히 소드 마스터는 소드 마스터였다.

"항복하는 자들은 살려주어라!"

정수리를 쪼개오는 검을 흘려 막으며 민한은 소리를 질렀다. 기사는 눈이 커지며 매우 놀란 표정이었다. 자신의 검을 막은 것보다는 대륙에 존재하지 않는 언어에 놀랐다. 하지만 곧 자신의 처지를 깨닫고는 민한의 가슴을 노려오기 시작했다. 좋은 실력이었지만 그것은 단지 보통 사람들에게만 해당되는 말이었다. 오러 블레이드를 뽑아 올리는 마스터인 민한과는 실력 차이가 너무나 크게 났다. 기사의 주위에 곧 피분수가 몰아쳤다. 기사들이 하나둘 민한에게 제거되어 나가자 분노가 극에 치달은 풀리쉬 자작이 몸소 말을 몰아 나왔다.

"죽어라!!"

그는 고함을 지르며 검을 날쌔게 휘둘렀다. 매우 빨랐지만 예상하고 있던 민한이 그것을 피하는 것은 일도 아니었다. 슬쩍 허리를 비켜 검을 피한 그는 역으로 반동을 이용하여 검을 휘둘렀다.

챙강!

자작이라는 작위가 허울 좋은 이름만은 아니었던지 풀리쉬 자작은 힘겹게 민한의 검을 막아내었다. 그러나 그런 자작의 행동은 이미 부질없는 짓이 되어가고 있었다. 둘이 검을 주고받을 무렵엔 병사들이 무기를 버리고 하나둘 항복하고 있었고, 저항하는 자들은 가차없이 사살되고 있었다. 빠른 속도로 무너지는 메르 군을 보며 풀리쉬 자작은 맥이 빠져 버렸다. 잡념이 들어가면서 검술이 어지러워지자 승부는 결정된 것이나 다름없게 되었다.

민한은 약간 회복된 기를 모조리 끌어 모아 검에 집중시켰다. 그러자 검에는 순식간에 시퍼런 오러 블레이드가 서렸고 그는 당황하는 풀리쉬 자작의 허점을 노리고 파고들었다. 마침내 풀리쉬 자작은 맥없이 가슴을 내주고 말았다. 오러 블레이드는 단번에 자작의 몸뚱이를 두 동강 내버렸다. 피가 화산이 폭발하듯 몰아치며 탈출구를 확보한 내장들이 불어 터진 라면처럼 줄줄이 흘러나왔다. 잘려져 바닥에 떨어진 상체는 이미 인간으로서의 기능을 상실하고 있었다. 그런 광경을 차분히 바라보던 민한은 피가 가득 묻은 검을 하늘 위로 높게 치켜든 채 외쳤다.

"항복하라! 항복하면 목숨만은 살려줄 것이다!! 너희들의 지휘관은 이미 내 손에 죽었다!!"

이 말에 메르 군은 완전히 전의를 상실했다. 목숨을 다 바쳐 메르를 위해 싸울 병사도 없었고 지휘관의 죽음은 그런 폭탄의 도화선에 불을 붙였다. 폭탄은 완벽하게 터졌고 전투는 몇 시간 만에 끝이 나버렸다. 민한이 이끄는 조조군의 대승리였다. 부장의 보고에 따르면 메르 군은 삼천팔백 명 정도가 전사했고 천여 명가량은 사로트 성으로 도주했다고 했다. 나머지 오천 명가량은 포로로 잡았는데 그중 부상자가 이천 명 정도라고 보고해 왔다. 그런 메르 군의 피해에 반해 아군은 세어볼 필요도 없을 정도로 완벽한 승리를 거두었다고 했다. 그런 보고를 올리는 부장의 표정에는 더 이상 비웃음이 존재하지 않았다. 존경의 표정만이 가득할 뿐이었다.

"정말 대단하십니다, 파천님."

"그런가? 하하, 고맙소. 다 장 부장이 도와준 덕분이오."

속으로 이런 계략을 만들어낸 제갈량에게 정말로 감탄하는 민한이었다. 감탄하는 민한에게 허저의 군대가 나타났다. 그의 군대는 숲에서 벌어진 전투가 다 끝나고서야 전투 현장에 도착했다. 약속대로라면 전투 도중 적의 머리 부분을 강타해야 했지만 너무 싱겁게 전투가 끝나 버려서인지 뒤늦게 도착한 허저는 민한에게 멋쩍은 웃음만 지었다. 대신 불타고 있는 숲을 바라보며 이상한 표정을 지었다. 아마도 쉽게 대승을 거둔 민한이 놀라웠나 보다.

"허저님이시군요. 게르크 성은 그냥 놔두고 오셨습니까?"

"아니오. 오백 정도의 병사를 남기고 왔소이다. 포로가 삼천가량이나 되거든."

허저는 호방한 특유의 성격답게 시원스레 대답했다. 그런데 무언가 이상하다는 듯 고개를 갸우뚱거렸다. 허저는 민한에게 넌지시 중얼거렸다.

"우리 쪽은 가볍게 승리했지만 주군께서는 어떠실지 모르겠군."

허저가 자신에게 들으라는 듯 중얼거리자 민한은 미소를 지으며 대꾸했다.

"허저님께서 직접 가보심이 어떠합니까? 이왕 이렇게 된 거 허저님께서 사천의 병력을 이끌고 놈들의 후방을 기습하여 주군을 도우십시오. 전 남은 삼천의 병력으로 게르크 성으로 가보겠습니다."

"게르크 성? 그곳은 이미 점령되었지 않소?"

전혀 이해하지 못하겠다는 어벙한 허저의 태도에 민한은 대수롭지 않게 대꾸했다.

"날쌘 도둑고양이 한 마리를 잡아야 하거든요."

말을 마친 민한은 말 위에 올랐다. 속전속결로 칠천가량의 군대는 순식간에 두 갈래로 나뉘어져 움직이기 시작했다. 포로들을 지키는 병력이 삼천이었음에도 불구하고 오천이나 되는 메르 군은 게르크 성으로 순순히 끌려갈 수밖에 없었다. 그들에게는 이미 메르의 정규군이라는 자부심이나 전의 따위는 없어 보였다.

그 무렵 케이아느는 오천의 병사들을 이끌고 게르크 성 후방으로 돌아가고 있었다. 병사들은 몹시 지쳤음에도 불구하고 정신력으로 행군을 계속했다. 지쳐 있는 병사들을 보며 그녀는 위로 섞인 말을 외쳤다.

"조금만 더 가면 된다! 도착하면 잠시 휴식을 취할 것이니 모두들 힘을 내거라!!"

이제 두어 시간만 더 가면 게르크 성에 도착할 것이다. 그러나 그녀는 민한이 그녀의 전략을 훤하게 꿰뚫어 보고 있다는 사실은 꿈에도 몰랐다.

두두두!

허저가 이끌고 간 사천 명은 보병이었고, 민한이 허저의 협조를 얻어 이끌고 가는 병력 삼천은 모두 기병이었다. 게르크 성 함락 시 다수의 사상자가 나왔지만 말은 게르크 성에서 다시 쉽게 구했고 보병들 중에 말을 탈 줄 아는 병사들로 부족한 인원을 채워넣으니 별문제가 없었다. 민한은 빠른 속도로 군대를 이끌었다. 메살 성과 게르크 성까지 모두 두 개의 성이 있었는데 민한은 케이아느가 당연히 게르크로 올 것이라고 예측하고 있었다. 단순하게 찍은 것은 아니었다. 민한은 예전에 한 번 본 그녀를 잘 기억하고 있었다. 분명히 그녀는 후작이 공격하는 성과 정반대의 성을 공격할 거라고 확신했다. 성격이 적극적이고 특히 공명심이 강한 그녀가 후작과 함께 있을 리 만무했다. 안전하긴 하겠지만 공은 그만큼 줄기 때문이었다. 그렇기에 그는 케이아느가 후작의 반대되는 곳으로 올 것이라고 생각한 것이다. 첩자의 보고에 따르면 후작이 메살 성으로 갔으니 그녀는 분명 이리로 올 것이다. 정면보다는 뒤로 공격해 오겠지. 이것이 민한의 생각이었다. 그리고 그 생각은 멋지게 맞아떨어 졌다. 바로 눈앞에 케이아느가 병사들을 이끌고 행군 중이었다.

"어떻게 해야 합니까?"

민한은 부장의 질문에도 대답하지 않고 말없이 손가락에 낀 반지를 매만지고 있었다. 반지를 매만지는 그의 머리 속엔 스승의 모습이 가 득 차 있었다.

'인간 같지도 않더니만 이런 반지도 만들어내다니……. 하루에 6클 래스까지 여러 번 써댈 수 있는 마법 반지라……. 혹시 스승님은 드래 곤이 아닐까? 인간이 어떻게……. 길거리에서 그냥 주웠다는 말은 보 나마나 뻥이겠지?'

"파천님!!"

"아!"

부장 덕삼이 다소 큰 목소리로 불러서야 민한은 생각 속에서 빠져나 왔다. 정신을 차리고 보니 이미 메르의 군대가 눈앞을 지나가고 있었 다. 부장을 바라보니 그는 자신의 명만을 기다리고 있었다. 민한은 곰 곰이 생각해 보았다. 지금 이대로 공격하면 이기기는 하겠지만 피해가 심각해질 것은 당연했다. 무슨 좋은 수가 없을까 생각하던 그는 케이아느가 마법사임을 떠올리며 눈이 자연스럽게 손가락에 끼워진 반지로 향했다. 그리고 묘한 웃음을 지었다.

"그런 방법이 있었군."

"어떻게 할까요?"

"자넨 병사들을 이끌고 이곳 주위를 둘러싸게나."

부장은 말도 안 된다는 기색으로 명령에 의문을 표시했다.

"저들을 둘러싸는 것은 쉬운 일이 아닙니다."

"그냥 둘러싸면 되네. 나머진 내가 알아서 할 테니까."

그러고는 망설임없이 플라이 마법으로 날아가는 민한이었다. 부장은 마법을 처음 보았으므로 입을 벌린 채 기겁하고 있었다. 지휘관이 혼자 뛰쳐나가는 것을 채 말리지도 못하고 있었다. 단지 신선을 보는 듯한 기분에 그는 넋을 잃고 계속 민한을 바라보고 있을 뿐이었다.

"마, 마법사다!!"

밑에서 수많은 목소리가 고함을 질러댔다. 그 소리에 케이아느가 대번에 달려올 법도 한데 의외로 조용했다. 행군에 지친 걸까? 잠시 고민하던 민한은 병사들에게 친절히 자신을 소개(?)하기 시작했다.

"에… 저는 민한이라고 합니다. 파천이라고도 하는 사람이지요."

잔뜩 긴장하여 허공에 창을 겨누고 있던 병사들은 허탈감에 빠져들었다. 기껏 싸울 태세를 갖추었건만 이상한 마법사라니……. 이들이 어떻게 생각하든 그의 말은 계속되었다.

"케이아느는 보이지 않는구만. 뭐, 별수없지. 파이어 스톰!!"

병사들은 시동어가 끝나기가 무섭게 저 멀리 불바다가 되어버린 숲을 멍하니 바라봤다. 일반인들이 보기에도 이 정도이니 마법사들이 봤으면 오죽했을까? 5클래스 마법이 주문도 외우지 않고 나온다고 기겁했을 게 틀림없었다. 하지만 안타깝게도 그것을 보고 경악해 줄 마법사는 이곳에 없었다.

전위는 전신이 피범벅이었다. 물론 그의 피는 아니었다. 다른 병사들의 피가 그의 몸에 묻어 마치 그가 흘린 피처럼 느껴지는 것뿐이었다. 하지만 시뻘건 모습의 그는 무서웠다. 그가 쌍철극을 휘두를 때마다 병사들이 낙엽처럼 쓰러졌다. 호랑이처럼 포효하는 그의 앞에는 적수가 존재하지 않았다. 이미 그가 쓰러뜨린 수만 이백 명을 육박하고 있었다.

깡!!

조조는 자신을 향해 내질러 오는 창을 막아냈다. 역으로 창을 훑어나가며 원을 그리듯 검을 내어 긋자 그 병사는 피를 흘리며 쓰러졌다. 휴식을 취할 사이도 없이 옆에서 또다시 롱 소드가 날아들었다. 다시 맑은 검명이 울렸다. 그리고 붉은 광경이 되풀이되었다. 조조가 고개를 들어 주위를 보니 난전이었다. 어느 쪽이 우세한지도 모를 정도로 양 군대는 백병전을 거듭하고 있었다. 그런 그에게 한 자그마한 언덕이 눈에 들어왔다. 저곳이라면 충분히 주위 사정을 확실하게 볼 수 있을 것 같았다. 전위에게 한마디 말도 없이 그는 말머리를 돌려 그곳으로 달려가기 시작했다. 주군의 갑작스런 돌발 행동에 당황한 전위는 급히 따라가지 않을 수 없었다. 언덕 위에선 사십여 명의 메르 군이 고립되어 있었는데 지형이 유리했는지 쉽사리 무너지지 않고 있었다. 그런 상황에서 전위와 조조가 달려들었다. 가뜩이나 힘겨웠는데 육중한 쌍철극이 날아들자 그들은 방법이 없었다.

"으윽!!"

메르 병사들은 얼마 안 되어 피범벅이 되어 바닥으로 나뒹굴었다. 조조군은 군대의 총사령관이 다가오자 난전 중에도 주위의 시체를 치웠다. 그들을 뒤로하고 조조는 언덕에 올랐다. 역시나 언덕 위에서는 전투 상황이 일목요연하게 눈에 들어왔다. 분명히 화계가 성공했고 방금 전까지만 하더라도 메르 군을 성난 파도처럼 밀어붙이고 있었다. 그런데 어느 순간부터 이런 난전이 되어버린 것이다. 숫자가 두 배 가까이 차이가 났지만 두 가지 이점으로 인해 그런대로 대등한 백병전을 벌이고 있었다. 그중 하나는 무기의 문제였다. 이곳은 갑옷이 발달하여 검이 뭉툭하고 힘 위주로 사용되었지만 조조군은 정반대였다. 날카롭고 기술 위주의 검이 주류를 이루고 있었다. 기사들은 중무장을 하고 있었지만 병사들이 과연 그런 무장을 했겠는가? 레더 아머를 입은 병사가 그나마 그럴듯하게 무장을 한 것일 뿐 대부분이 낡아 빠진 군복을 입고 있었다. 그런 그들에게 날카로운 검은 쥐약이나 다름없었다.

다른 하나는 훈련이었다. 정예군으로서 매일같이 훈련받고 전쟁터를 전전하던 조조군과는 달리 오랜 평화 속에 안주해 온 이들이 이런 무시무시한 전투를 수행하기란 힘겨운 일이었다. 이런 것들 때문에 전투는 거의 대등하게 이루어진 것이다. 중앙 지역을 보던 조조는 한숨을 내쉬었다. 저 삼십여 명의 기사 때문에 피해가 속출하고 있었기 때문이다. 지휘관을 죽이고 빠른 승리를 거두려면 우선 스튜피드 후작을 경호하는 기사들부터 제거해야만 했다. 하지만 힘든 일이었다. 그런데 그들을 찬찬히 살펴보던 조조의 눈에 이채가 스쳤다.

'응? 이런 전쟁터에 여인이라니? 허허.'

기사의 상징인 풀 플레이트 아머를 걸쳤음에도 그는 한눈에 알아볼 수 있었다. 영웅호색이라는 말도 있듯 평소에도 여자를 가까이하는 그였다. 그 예리한 눈을 피해갈 수는 없었던 것이다. 정말로 존경스러운(?) 눈을 가진 조조였다. 눈매로 보아 제법 미녀인 듯 보이는 그녀를 내려다보며 해결 방안을 생각 중이던 차에 한 가지 방법이 떠올랐다. 하지만 잔인한 방법이었다. 어떻게 보면 주위 사람들로부터 비난을 받아 마땅한 방법일지도 몰랐다. 하지만 이런 난전 속에 병사들이 큰 피해를 입게 된다면 더 많은 이들이 목숨을 잃을 수도 있었다. 잠깐 안색이 어두워지던 조조는 한숨을 내쉬면서 전위에게 말했다.

"활을 가져오라."

그리고 곁에 서 있던 한 부장에게 몇 가지 지시를 더 내렸다. 부장은 그 지시를 받아 정신없이 언덕 밑으로 뛰어내려 갔다. 말안장에 있던 그의 활은 이미 부서진 지 오래였다. 전위는 부서진 조조의 활을 보고는 묵묵히 자신의 활을 꺼내어 주군에게 건네었다. 그 태도는 사뭇 경건함과 존경함이 배어 있었다. 이러한 부하의 태도에 피식 웃은 조조는 심호흡을 하며 화살을 꺼내 들었다.

끼리릭!

시위가 늘어나더니 나중에는 활이 부러지지 않을까 걱정될 정도로 늘어났다. 이렇게 잡아당겨도 부러지지 않는 활이 용할 정도였다. 조조는 잠시 눈을 감았다. 그리고는 혼잣말로 중얼거렸다.

"미안하오. 그대가 희생되어야 많은 이들을 살릴 수 있을 것 같소. 다른 세상이라 하더라도 인간의 마음은 다 비슷한 것이라 생각하고 이런 방법을 쓰는 것이라오. 이런 말로 나를 합리화시킨다고 비난해도 할 말은 없소. 이런 결정을 내린 날 용서하구려. 그럼 부디 잘… 가시오."

마치 다정한 연인을 대하듯 중얼거리던 조조의 눈이 어느 순간 번쩍 뜨였다. 갑자기 떠진 눈에서 섬광이 쏟아져 나왔다. 사자가 전력을 다해 먹이를 사냥하듯 그는 전력을 다해 먹잇감을 향해 시위를 당겼다. 일반적인 기사들의 갑옷은 웬만한 화살은 맞아도 튕겨 나올 정도로 단단하다. 전신이 무쇠라서 무거운 단점이 있긴 하지만 방어로는 그만한 갑옷이 없었다. 햇빛이 비출 때면 은빛의 고귀함을 내뿜는 그 화려한 모습은 장식으로서의 용도도 가지고 있었다. 그렇지만 아무리 강한 것도 약점은 있기 마련, 풀 플레이트 아머에도 약점은 있었다. 바로 눈 부분이었다. 아무리 단단한 물체를 몸에 두른다 하더라도 시야 확보를 위해서는 눈 부분을 트이게 할 수밖에 없었다. 그것마저 가린다면 기사들이 무슨 재주로 검을 휘두르겠는가? 초인이 아니고서야, 과학이 엄청나게 발달하지 않고서야 그럴 수는 없었다. 조조는 대번에 그것을 간파한 것이다.

툭!

무겁고 장중한 소리가 울렸다. 시위가 놓여지며 반동으로 생겨나는 소리였다. 매우 고풍적인 낮은 음을 내는 시위와는 달리 화살은 세차게 가냘픈 파공성을 흘리며 날아갔다. 화살은 어김없이 여기사를 노리고 날아들었다. 투구에는 감옥 창살처럼 트여 있는 부분이 있었는데 화살은 정확하게 그곳으로 파고들어 눈으로 박혀들었다.

"아악!!"

남자의 비명 소리라고는 생각되지 않는 가늘고 높은 비명 소리로 보아 여자임에 틀림없었다. 투구 틈 사이로 시뻘건 피가 폭포수같이 흘러나왔다. 그녀의 비명 소리는 전투 중에서도 잘 들릴 정도로 날카로웠다. 일부러 그녀를 유인하고자 무너지는 척하던 조조군이었다. 평소 훈련의 결과가 실전에서 유감없이 발휘된 것이었다. 동료들이 만류했음에도 그녀는 끝까지 병사들을 몰아붙였고 그런 그녀에게 돌아온 건 눈 안에 느껴지는 서늘한 쇠의 감촉이었다. 고통스러워하던 그녀를 본 동료 기사들이 경악하며 달려오려 했지만 조조군의 공격이 먼저였다. 한 병사가 달려들어 무방비 상태의 말 무릎을 칼로 후려갈기자 말은 구슬픈 울음소리와 함께 고꾸라지고 말았다. 때문에 그녀는 말에서 떨어지며 땅바닥으로 나동그라졌다. 동료의 복수에 이성을 잃은 병사들은 그 절호의 기회를 허무하게 놓치지 않았다. 저마다 칼을 찔러대었고 어떤 병사는 발로 투구를 차서 벗겨 버리고는 그대로 목에 칼을 그어버리는 짓까지 서슴지 않았다. 이음새 부분을 이용하여 그곳에 칼을 박아넣는 병사도 있었다.

"메… 리아!!"

"이, 이놈들을!!"

그 모습을 바라본 기사들이 분노한 건 당연한 일이었다. 기사라곤 해도 여자는 여자였다. 관심과 보호가 쏟아지는 건 당연한 일. 지금 분노하지 않는 건 기사임을 포기하는 것과 마찬가지였다.

"어, 어딜 가는 것이냐?"

기사들이 대거 그녀 쪽으로 달려가자 스튜피드 후작의 보호망에 구멍이 뚫렸다. 멀리서 그 광경을 보던 조조는 의미 모를 미소를 지었다. 비정한 방법이었지만 확실한 방법이었다. 이제 승리는 눈앞에 다가와 있었다.

후작은 갑작스런 당황에 호통을 치며 기사들을 불렀지만 이성을 잃은 기사들이 돌아올 리 만무했다. 열심히 검을 휘둘렀지만 후작은 얼마 되지 않아 결국 등 뒤에 창을 맞고 기절했다. 달려나간 기사들도 순탄치만은 않았다. 일부러 자세를 낮추고 말을 집중 공략해 오는 병사들은 치밀하고 조직적이었다. 말을 먼저 노린 방법은 기가 막히게 맞아떨어졌고 기사들은 하나둘 쓰러졌다.

"이것은 꿈이다. 일개 도적들 따위가 어찌……."

한 기사가 멍하니 중얼거렸다. 하지만 뒤이어 날아드는 도끼는 그의 뒤통수를 노리며 날아오고 있었다. 후작이 포로로 잡히고 강력한 힘을 자랑하던 기사단이 맥없이 무너져 내리자 그것은 곧 메르 군의 극심한 사기 저하로 이어졌다. 게다가 언덕 위에 나타난 모습은 전의를 상실하게 만들기에 충분했다. 그것은 쌍철극 끝에 매달려 맥없이 기절해 있는 후작이었다. 승리할 거라 예상한 민한은 이럴 줄 알고 조조에게 몇 자 적어준 것이 있었다. 그리고 그것을 조조는 멋지게 써먹었다.

―항복하라! 항복하면 살려줄 것이다!!

이런 뜻의 대륙 공통어였다. 발음 연습을 많이 한 모양인지 한 번 외쳤는데도 메르 진영은 웅성거리기 시작하며 한 병사가 창을 버림과 동시에 일제히 무기를 버리기 시작했다. 이들에게 나라에 목숨 바쳐 충성하는 모습을 찾기란 힘들었다. 옆에서 위협하는 지휘관들도 없으니 더 그러했다. 간혹 버티는 병사도 있기는 했지만 그들은 조조군에 의해 끌려가고 말았다. 이렇게 메살 성 부근에서 벌어진 전투는 조조군의 승리로 막을 내렸다. 용케 승리를 거두기는 했지만 피해도 다수 발생했다.

케이아느는 눈앞에 일어난 상황을 믿을 수 없었다. 아니, 믿기 싫었다. 젊은 나이에 이룩한 자신의 지위에 은근히 자부심을 갖고 있었고 다른 사람도 인정해 주고 있었다. 그런데 눈앞의 이 괴상한 사내는 자신을 인정해 주지 않았다. 오히려 깔보고 있었다. 코웃음을 치며 죽여버리려 했으나 그가 보여준 마법은 그녀의 자존심을 무참히 박살내었다. 수십 개의 마법을 퍼부었음에도 눈 하나 깜짝하지 않는 저 태도. 그녀를 더 열받게 만드는 것은 사내의 빙글거리며 이죽거리는 저 건방진 태도였다.

"어때, 케이아느 양? 이제 당신이 아무것도 아니란 걸 믿겠나?"

"이익! 도대체 넌 누구지?"

민한은 그 말에 박장대소하며 대답했다.

"말 안 했던가? 뭐, 어려울 건 없으니 다시 한 번 말해 주지. 나로 말할 것 같으면 대한민국 검사로서, 그 명성도 자자한 파천이시다!"

"웃기지 마라! 대륙에 대한민국이란 곳은 없다!! 게다가 그런 이름을 들어본 적은 더 더욱 없다."

"근데 말야, 지금 상황이 어떤 줄 알아?"

빙글거리며 이죽거리는 민한은 휘파람까지 불고 있었다. 그제야 엉겹결에 주위를 둘러본 그녀는 놀라고 말았다. 자신들의 숫자보다 적긴 하지만 이미 포위되어 있는 상황이 아닌가? 사태의 심각성이 몸으로 느껴졌다.

"만약에 내가 널 잡은 후 항복하라고 외친다면 이들이 무기를 다 버릴까?"

"그, 그건."

메르의 기강이 문란해진 후로 평민들의 충성을 기대하기란 힘들었다. 귀족들의 사병이라면 모를까 이렇게 평민들 중에서 차출한 병력으로는 장담하기 힘들었다. 정규군이지만 그들의 본래 신분은 평민이기 때문이었다. 자신들을 착취만 해가는 국가에게 충성심은 다소 의문이었다. 케이아느가 우물쭈물거리자 민한은 보란 듯이 피식 웃음을 터뜨렸다.

"좋은 대접을 해줄 테니 우리 쪽으로 와라."

"무슨 말을……?"

"항복하면 목숨도 살려주고 작위도 내려줄게. 마법 지원은 옵션이구. 어때, 구미가 당기지 않아? 솔직히 메르는 사치하느라 마법사들에게 지원도 열악할 텐데 좋은 시설에서 마법을 연구하고 싶지 않나?"

확실히 설득력이 있었다. 메르 왕국은 벌써 오랫동안 마법사들에 대한 지원을 줄여 나가고 있었다. 그들의 힘은 국방력으로도 직결되는 것이었건만 사치와 향락에 빠져 연회판을 벌이고 있는 그들이 알 리 없었다. 잠시 망설이던 그녀는 어쩔 수 없다는 듯 고개를 끄덕였다.

"항… 복하겠다. 대신 마법 지원에 대한 약속, 잊지 마라."

"걱정 말라구. 이제 곧 대대적으로 마법사들에 대한 지원 명령이 떨어질 테니. 오히려 마법사들이 우리 쪽으로 오려고 발버둥 칠걸?"

왕국의 부패함이 유능한 마법사와 오천이나 되는 병력을 고스란히 적에게 넘겨주는 사태를 초래했다. 물론 이익을 본 건 조조와 민한이었다.

제3장

초절정 미녀와 최악의 추남

초절정 미녀와 최악의 추남

본성 사로트를 제외한 전 지역을 수중에 넣은 조조군은 파죽지세로 사로트를 포위했다. 여러 번의 전투 때문에 군대의 삼 분의 일에 달하는 오천의 피해를 보았지만 메르 군은 더욱 심각했다. 메살 성과 게르크 성에 주둔한 도합 이만의 군대가 완패, 두 번의 숲 속 전투에서 총 이만 명이 완패, 케이아느가 이끄는 오천이 투항하는 등 무려 사만 오천의 피해를 내었다. 물론 그렇다고 군대가 전멸한 것은 아니었다. 이들 중 포로만도 일만 오천 명에 달했는데 부상자를 제외하고도 일만에 육박하고 있었다.

포로가 이렇게 많은 이유는 지휘관을 먼저 제거하고 항복을 권한 방법 덕분이었다. 머리 좋은 조조는 손실 병력을 이들로 충원했고 새로운 세상에 대한 동경심 때문인지 이들은 충실한 조조군의 일원이 되어버렸다. 그는 부상자들과 약간의 병력을 두 곳의 성에 나누어 배치한 후 남은 일만 팔천의 병력으로 사로트를 포위했다. 성에는 일만 오천이나 되는 정규군 및 치안병까지 합해 이만에 가까운 대군이 남아 있었다. 그러나 이것마저도 별 효과는 보지 못할 듯 보였다. 케이아느의 설득에 의해 포위 삼 일 만에 성문이 열린 것이다. 조조군은 약간의 피해도 없이 성안으로 입성했고 정복자답지 않은 조조의 어진 모습에 백성들은 환호했다. 비록 생긴 모습은 서대륙이 아닌 동대륙 사람들 같았지만 아무렴 어떠랴. 동대륙이라 하더라도 서대륙과 활발한 교류를 하고 있었고 한 제국이 워낙에 유명해서 이런 모습들에 익숙해져 있는 그들은 거부감도 들지 않았다. 게다가 이들은 자신들을 착취하지만 않는다면 마족이라도 환영할 수 있는 마음가짐을 가지고 있었다.

웃긴 건 이러한 엄청난 일이 일어났음에도 메르의 국왕 멜 13세가 보고를 받은 건 성이 함락되고부터 보름이나 지나서였다니……. 그것도 민한이 직접 가서 알리고서야 알았다는 것은 메르의 상황을 잘 알 수 있는 극단적인 예라 하겠다. 어쨌거나 바야흐로 조조의 첫걸음이 시작된 것이었다.

전투가 끝난 후 본거지가 된 사로트 성은 뒤처리가 산더미처럼 쌓여 있었다. 별것없을 줄 알았던 민한은 경악에 휩싸였다. 다행히 그는 고대의 문자를 몰랐기 때문에 서류 정리 작업에서는 제외될 수 있었다. 하지만 말을 아는 그는 옆에서 자문 형식으로 일을 하게 되었다. 대륙 공통어를 조조와 그 수하들에게 가르치기 시작했으며 시간이 모자랐으므로 그는 학습력을 열두 배나 높여주는 마법을 걸었다. 그래서인지 습득력이 매우 빨랐다. 병사들에게도 대륙 공통어를 가르쳐 주고 싶긴 했지만 일만이 넘는 군대에게 일일이 언어를 가르치는 것은 보통 일이 아니었기에 잠시 미루었다. 그러나 조만간 이들에 대한 전문적인 교육도 실시될 예정이었다.

삼 일쯤 지나자 군대의 전열이 재정비되었다. 물론 제도적으로 정비된 것이 아니라 부상병들을 상태별로 나누어 치료하도록 하고 조조군으로 전향한 병사들의 신원을 파악하는 데에만 그친 상태였다. 곽가가 중원의 어느 성과 비교해도 작지 않은 사로트 성을 파악하자니 적잖은 시간이 걸렸고 불필요한 것을 없애고 새로운 걸 도입하다 보니 시간이 없었다. 결국 군대 편성은 민한의 몫으로 떨어졌다.

"젠장, 하필이면 나냐? 하긴… 허저님이나 전위님은 무리시니까."

군대 일 때문에 하룻밤을 꼬박 고민한 그였지만 그래도 다른 사람들에 비하면 민한이 가장 멀쩡해 보였다. 그가 발걸음을 옮기고 있는 곳은 후작의 저택이었다. 조조의 임시 거처로 사용되는 후작의 저택은 실로 거대했다. 사치를 멀리하는 조조는 물론이고 민한마저 놀라기보다는 그 화려함에 얼굴을 찌푸릴 정도였다. 거처를 옮기겠다는 그를 머물 만한 곳이 없다는 핑계로 눌러앉히긴 했지만 너무 넓어 꺼려지는 건 사실이었다.

"하암! 어? 곽가님이 아닌가?"

멀리서 한 좀비가 비틀거리며 다가오고 있었다. 흠칫할 정도로 안색이 좋지 않아 보였다. 졸지에 좀비로 변해 버린 곽가를 응시하던 그는 다 쉬어 빠진 목소리를 듣고서야 정신을 차렸다.

"파천님이 아니십니까?"

"아!"

"왜 그러십니까? 아, 제 모습 때문인가 보군요? 에휴, 며칠간 잠을 못 자고 일만 했더니…….”

다 죽어가는 곽가의 모습에 비해 너무도 멀쩡한 민한은 괜히 미안해졌다. 그 기색을 알아차렸는지 곽가는 웃음을 터뜨리며 말했다.

“하하, 걱정 마십시오. 나중에 저 대신 파천님께서 일하시면 되니까요.”

“그렇게 말해 주시니 감사합니다. 근데 봉효님께서는…….”

“드디어 사로트의 대략적인 업무가 끝나서 보고드리러 가는 겁니다. 파천님께서는 어쩐 일로 이곳에 오셨습니까?”

민한은 하마터면 크게 웃을 뻔했다. 하긴 벌써 사 일째 저렇게 밤을 새가며 일을 했으니 이 정도이지 평상시대로 한다면 한 달은 족히 걸렸을 일이다. 웃긴 일도 아닌데 다 죽어가는 곽가의 모습을 보니 괜히 웃음이 나왔다.

“어서 가시죠.”

“그러시죠.”

둘은 나란히 조조의 거처로 걸음을 옮기기 시작했다. 곽가는 좀비가 된 지 오래였지만 조조도 만만치 않았다. 책상에 산처럼 쌓아 올려져 있는 서류가 그것을 증명하고 있었다. 하지만 이골이 나서인지 억지로 웃음까지 지으며 이들을 맞이했다. 민한은 정말로 조조가 존경스러워졌다.

‘머리가 좋다고 이름을 날렸던 건 아니구나. 저 많은 서류를 처리하는 성실함까지. 정말 대단한 사람이야. 곽가님이나 다른 이들도 전부 이랬던 걸까?’

속으로 곰곰이 무언가를 생각하는 민한이었다. 조조는 안색이 좋지 않음에도 이들에게 보고를 하라고 했다.

"시작하지."

명이 떨어지자 곽가는 혀로 입술을 한번 핥은 뒤 말을 꺼냈다.

"예, 주군. 대략적인 업무는 끝이 났사옵니다. 제가 결재하고 주군 께서 결재하신 것들은 이제 곧 실행될 것입니다. 파천님께서 이미 말 한 것이지만 이곳은 정말 거대하고 복잡한 도시더군요. 세부적인 계획 을 세우고 진행해야 할 것 같습니다."

피곤했지만 자신들의 거점이 생겨서인지 굉장히 밝은 얼굴이었다. 민한은 그 분위기에 태클을 거는 것이 미안하긴 했지만 그래도 말은 해야 했기에 곽가의 말을 끊었다.

"세부적인 계획은 나중으로 미루어야 할 것입니다. 당장은 아니지만 제 생각으로는 서너 달 안으로 메르의 군대가 이곳으로 들이닥칠 겁니 다. 원래대로라면 군대가 이곳까지 오는 데 한 달이면 충분하지만 현 재 메르 군은 케스로아 왕국과 대치 중이라 주력이 북쪽으로 배치된 상황입니다. 병력을 빼 우릴 토벌할 여유는 없을 겁니다. 그래서 서너 달은 여유가 있을 거라는 거지요."

"이해가 가네. 그런데 어째서 여유 기간이 서너 달이 되는 건가?"

조조의 날카로운 질문에 그것을 물어볼 줄 알았다는 듯 민한은 여유 있는 표정으로 답했다.

"케스로아와의 전면전은 벌어지지 않은 상태입니다. 북쪽에 주둔하 는 군대는 적어도 이십만 정도는 될 겁니다. 그들이 메르의 주력군이 지요. 메르의 총병력은 삼십만 정도로 알려져 있는데 이곳 사로트에 육만이 주둔해 있고 수도에 오만가량이 있지요. 그 군대 수를 빼면 대 략 이십만이 나옵니다. 그 병력은 뺄 수 없으니 아마 예비군을 동원할 테지요. 그 군대가 이곳까지 몰려올 기간을 얼추 예상하면 그 정도가 됩니다."

조조는 그제야 이해가 간다는 듯 민한의 말에 고개를 끄덕였다. 그런데 이번엔 곽가가 고개를 갸웃거리며 물어왔다.

"파천님, 그러면 이 메르라는 나라는 현재 국경을 제외하면 수도와 이곳밖에는 군대가 없다는 소리가 아닙니까? 게다가 이 사로트의 군대는 우리에게 무너진 상황이 아닙니까? 그냥 파죽지세로 이 근방을 장악하는 것이 좋지 않을까요?"

"아, 물론 정규군은 없지만 귀족들의 사병도 있고 각 도시에 치안병도 있지요. 이곳에서는 그들을 정규 병력으로 계산하지 않습니다."

메르의 정확한 병력은 알려진 것이 없지만 헤아려 보자면 삼십만은 넘을 거라는 것이 대부분 국가들의 추측이었다. 물론 이들은 정규군이었고 귀족들의 사병 및 치안병들까지 끌어 모으면 최소한 오십만가량은 되었다. 어마어마한 병력에 기가 질린 조조는 그들을 막을 대책이 없냐고 물었지만 민한은 별것 아니라는 말투로 대답했다.

"걱정 마십시오. 정규군이 묶여 있는 상황에서 예비군만으로는 저희를 어쩌지 못합니다. 그렇지 않습니까, 곽가님?"

"우리 측의 동원 가능 병력은 현재 사만이 조금 넘습니다. 시간만 충분하다면 해볼 만한 상황입니다."

"그 안에 모든 병력을 모아 자웅을 결하게 되겠군. 사느냐 죽느냐를 말이지. 하지만 이 조조가 질 수야 없지."

심각해진 조조에게 민한은 자신이 준비한 계획을 꺼내놓았다. 그것은 마법사와 기사였다. 그나마 마법사는 케이아느를 주력으로 포섭된 몇 명이 있지만 기사는 전무한 상태였다. 그래서 지난번 전투에선 거의 함정을 파다시피 해서 간신히 이기지 않았던가? 말을 듣고 있던 조조는 그들을 제어할 새로운 병력을 양성한다는 것에 흥미를 보였다. 아군에 기사가 생긴다면 전력도 훨씬 강해질 것이었다. 민한의 말이 끝나고 곽가도 보고를 계속했다. 확실한 사정은 좀 더 있어야 확인하겠지만 사로트는 아까 말했듯이 거대한 도시였다. 큰 만큼 손볼 것도 많다는 이야기였다. 귀족들과 평민들의 문제, 세금 문제, 토지 제도, 병사들에게 지급할 포상금 등등 수정될 것이 너무도 많았다. 그러나 민한의 말대로 큰 싸움이 몇 달 뒤 벌어질 거라면 그 이후로 미루는 것이 나을 듯싶었다. 시급한 문제만 처리하면 될 것 같았다. 민심을 모아 함께 승리를 거두는 것이 먼저였다. 한 시간에 걸쳐 기나길게 말했지만 결론만 말하자면 이것이었다.

"참, 병사들에게 지급할 포상금은 확보가 되었는가? 다른 세계로 와서 혼란스러운데 대접까지 시원찮으면 안 되는 일일세."

"재정은 충분히 확보했습니다. 우선은 포상금만 지급하고 후일 그들을 등용하고 중히 쓸 생각입니다. 지금 당장이라도 높은 위치를 주고 싶지만 아직 새로운 세상에 익숙지 않으니 오히려 그 직책을 감당 못하여 혼란만 생길 테니까요. 그리고 다행히 정예 중의 정예여서인지 군기가 무너질 만큼 혼란스럽지는 않습니다."

"음, 그런가? 그래, 이것에 대한 일은 모두 봉효에게 맡기겠네. 알아서 잘 처리하게나."

"알겠습니다."

이윽고 모든 보고가 끝나자 조조는 다시 기사와 마법사의 육성에 대한 계획에 많은 관심을 보였다. 그들을 막을 병력을 육성하자는 이야기와 똑같았기 때문이다.

"그럼 어떻게 하면 좋겠는가?"

깍지를 낀 채로 있는 조조의 손에서는 땀이 흐르고 있었다. 그만큼 중요하다는 뜻이었다. 민한은 그런 그의 마음을 잘 알고 있었다. 그래서 그가 안심할 수 있도록 편안하게 계획을 말했다.

"마법사와 기사들은 단기간에 육성하기는 무리입니다. 물론 마법사로는 케이아느님이, 기사 쪽으로는 전위님과 허저님이 계시기에 별 무리는 없겠지만 아무래도 실력은 단기간에 쌓이는 게 아니니까 말입니다."

"그렇다면 곧 일어날 전쟁은 어떻게 할 것인가? 기사들을 막을 방법이 없는데……."

민한은 너무 초조해하지 말라고 조조를 위로했다. 말로만 위로하는 것은 아니었다.

"마법사와 기사로서의 자질은 시험을 봐서 뽑겠습니다. 마법사는 백 명, 기사는 오백 명을 뽑을 생각입니다. 이들을 유지할 재정은 이미 확보가 된 상황입니다. 후작이 숨겨놓은 재산이 너무나 엄청나서 말이죠."

"허허, 자네만 믿겠네. 나에게 일일이 설명하는 것은 후일로 미루도록 하게나. 파천이 책임지고 잘해보게나."

"예."

조조는 민한에게 전권을 위임했다. 그것은 그를 신임하는 마음이 없으면 불가능한 일이었다. 혹시라도 곽가가 질투하여 그를 난처하게라도 하면 어쩌나 하는 생각이 들긴 했지만 곽가는 오히려 민한을 믿고 있었다. 조조와 곽가에게는 그 사람의 중심을 보는 능력을 가지고 있었다. 그 밖에도 수많은 의견이 나왔지만 우선은 민심을 수습하고 전쟁을 대비하자는 쪽으로 모아졌다. 민한이 자신의 의견을 꺼내고 있을 때 조조는 생각했다.

'파천이 없었더라면 지금의 내가 설 수 있었을까? 과연 파천은 하늘이 내게 내리신 사람이로다. 곽가와 파천, 이 둘만 있다면 이 새로운 세상을 재패하는 것도 꿈만은 아닐 것이다.'

조조의 꿈이 새롭게 부풀어 오르고 있었다. 민한과 곽가를 내려다보는 그의 눈은 강한 무언가를 표출하고 있었다.

다음날부터 조조의 명에 따라 민심을 수습하기 위한 적극적인 방법들이 시작되었다. 사로트 성 곳곳에 내붙은 벽보가 그 방법들 중 하나였다. 비가 오고 있음에도 사람들은 어딘가에 모여 웅성거리고 있었다. 수십 군데에 붙여진 벽보마다 수천 명씩 몰려들었다. 그들의 표정에는 의아함과 당혹감으로 가득 차 있었다. 그러나 그것의 본질은 뭔가 새로운 것을 접한 묘한 즐거움과도 같은 것이었다.

"이봐, 이봐!! 이게 정말로 사실이라구?"

"그렇다니깐!! 도대체 날 뭘로 보고 그래? 봐, 이렇게 똑똑히 적혀 있잖아!!"

한 남자가 손가락으로 가리킨 곳에는 일반 평민들이 보면 기절할 만한 내용이 적힌 벽보가 붙어 있었다.

오랫동안 귀족만이 권력과 정치를 독점한 채 부귀영화를 누려왔다. 그러나 우리는 그것을 개혁할 것이다. 이제부터 평민들도 실력만 있다면 귀족으로 진출할 수 있을 것이다. 이것은 새로운 통치자가 된 나 조조가 내 이름과 명예를 걸고 약속하는 것이다. 우린 무력으로 이곳을 점령했지만 결코 그대들을 착취하거나 약탈하지 않을 것이다. 이미 향락과 사치에 물든 메르 왕국과는 달리 새로운 세계를 만들 것이다. 그대들은 나를 도와 실력이 있지만 단지 신분 차이 때문에 기회를 얻지 못한 이들을 추천해 주기 바란다. 이제 더 이상 귀족이 아니라는 이유로 차별하지 않겠다. 귀족과 마찬가지로 동등한 기회를 제공하겠다. 그리고 군대를 강화하기 위해 우리는 기사와 마법사를 대대적으로 뽑아 양성할 생각이다. 평소 기사나 마법사가 되고 싶었던 자들은 아래 적힌 곳으로 제 시간에 오면 된다. 또한 삼 일 뒤에는 사로트의 실질적 정무를 담당할 관리를 뽑고자 시험을 볼 것이니 자신있는 사람은 모두 광장에 모여주기 바란다.

—사로트의 성주 조조 씀.

기사, 마법사 응시생—신성력 1201년 5월 22일 자정까지 관청으로 와서 신청 바람.

관리 선출 시험—신성력 1201년 5월 23일 정오 사로트 대광장.

믿을 수 없는 일이 일어나고 있었다. 사람들마다 제 눈을 의심하고 얼굴을 꼬집기까지 했다. 눈앞에 펼쳐진 새 세계에 매료되고 있었다. 갑자기 나타난 동대륙 사람들이 자신들을 구원하려 하는 것이다. 처음 글을 알아보고 뜻을 알려주던 사람들은 미친놈 취급을 받았다. 하지만 반신반의하던 이들도 민한과 조조가 직접 광장에 나와 진실임을 선언하자 하루도 안 되어 그들을 지지하는 사람들이 부지기수로 생겨났다. 그중에는 곧 메르 군이 이곳으로 쳐들어올 거라는 불안감을 조성하는 사람들도 있긴 했지만 그들은 극소수에 불과했다. 우선은 당장 닥친 이 믿지 못할 일에 대한 기쁨에 성 전체가 떠들썩해졌다. 술집마다 이 사실에 대한 열띤 토론이 벌어지고 아예 조조를 존경하는 사람들까지 생기는 극단적인 경우로까지 번지기 시작했다. 성이 함락당하고 지배자가 바뀌면 좀 배타적인 성격에 의해 새 지배자에게 어느 정도 거부감이 들기 마련이다. 하지만 이번에는 달랐다. 신분 제도가 능력에 의한 신분 제도로 바뀌었기 때문이다. 이 말뜻은 평민도 능력만 있다면 귀족이 될 수 있다는 것을 의미하고 있었다. 한 제국 사람들같이 생김생김이 다소 자신들과 달랐지만 그들은 이미 이들을 자신들의 지배자로 받아들이고 있었다. 설령 거부감이 든다 하더라도 잠자코 있는 것이 더 이로웠다.

삼 일 뒤인 신성력 1201년 5월 22일, 기사와 마법사를 꿈꾸는 수많은 젊은이가 모여들었다. 특히 기사를 평소 얼마나 동경했는지 신청을 받기 시작한 당일부터 수천 명씩 몰려들었다. 마감이 임박하자 더욱더 많은 사람들이 몰려왔다. 마법사 역시 마찬가지였다.

민한은 의자에 파묻혀 어이없는 얼굴로 눈앞에 놓여진 서류를 바라보고 있었다. 인구가 오십만이 넘는 거대 도시라 어느 정도 예상은 했지만 이 정도일 줄은 몰랐던 것이다.

"기사 지망생 42,113명, 마법사 지망생 18,321명. 허억!! 이 많은 사람들을 언제 다 시험을 봐서 능력을 평가한담?"

앞이 깜깜했다. 기사 파트는 허저가, 마법사 파트는 케이아느와 민한이 맡기로 했다. 하지만 숫자로 봐서 마법사 쪽이 일찍 끝날 것이므로 민한은 평가가 끝난 후 기사 쪽으로 옮겨 허저를 도와주기로 했다. 마나 자질만 따져도 상당수의 사람들이 떨어질 것이기 때문이다. 시간이 매우 부족했으므로 이 모든 것들을 일주일 안으로 끝내기로 했지만 그것은 죽음과도 같았다. 어떻게 수만 명이나 되는 사람들의 자질을 일일이 확인할 수 있겠는가? 그것도 일주일 만에 말이다. 게다가 관리 선출 시험, 일명 과거시험이 오늘 치러질 예정이다. 민한은 축 늘어진 몸을 일으켜 사로트 대광장으로 발을 옮겼다.

"우와!!"

겨우 도착한 대광장에는 거의 광장을 메울 정도로 많은 사람들이 몰려 있었다. 사람들은 '관리가 된다'는 것의 의미를 상당하게 생각했다. 일개 서류나 처리하는 사람이 된다고 하더라도 그것을 귀족이 된다는 뜻으로 이해한 사람들이 너도 나도 몰려온 것이었다. 민한이 준비된 단상 위에서 바라보니 역시나 머리카락이 각양각색이었다. 그는 새삼스럽게 이곳은 대한민국이 아니라는 것을 느꼈다.

"파천님께서 오셨군요."

"아, 봉효님!"

곽가가 기다리고 있었다는 듯 민한을 맞이했다. 눈치를 살펴보니 곽가도 엄청나게 몰려온 사람들 덕분에 상당히 당황하는 기색이 역력해 보였다. 그 와중에 파천이 나타나니 곽가는 마치 자신을 도와줄 천사라도 본 양 매달렸다. 조조는 결재 서류 때문에 이곳으로 오지 못했다. 그렇다고 허저나 전위가 시험을 맡을 수도 없었다. 곽가와 민한이 처리해야 될 문제였다. 이 시험을 치르기 위해 준비해 둔 이만 장의 번호표는 이미 동이 나버렸다. 이만 명의 시험생들이 광장에 앉아 시험을 준비하는 모습은 정말로 장관이었다. 그뿐이 아니었다. 그들을 구경하거나 응원하러 온 수만 명의 사로트 시민들이 있었고 혹시 몰라 경비를 서기 위해 오천의 병사까지 파견되어 있었다. 그 밖에도 컨닝 방지를 위해 약 일천 명의 병사가 수험생들의 대열 속에서 눈을 번뜩이고 있었다. 어마어마한 규모의 시험이었다. 만약 광장이 컸었다면 더 많은 사로트의 시민들이 나와 더욱 엄청난 규모가 될 수도 있었겠지만 광장의 수용력이 그 정도는 아니었다.

"이제부터 제1회 관리 선출 시험을 치르겠습니다!"

민한의 말이 증폭 마법의 영향을 받아 광장을 울렸다. 곽가의 명이 떨어지자 광장에 드디어 시험 주제가 펼쳐지기 시작했다. 거의 10m가 넘는 크기의 종이가 펼쳐지는 모습 역시 이번 시험의 규모를 잘 알게 해주었다.

"앞으로 우리 사로트가 나아갈 방향과 그 방법에 대해 자신의 의견을 서술하시오!"

시험 주제가 발표되자 곳곳에서 희비가 교차했다. 한숨 쉬는 이들이 대부분이었지만 개중에는 웃음을 머금고 있는 이들도 더러 있었다. 시험은 무려 세 시간이 넘도록 시행되었다. 평소 공부와 거리가 멀었던 대부분의 사람들은 도중에 '젠장!!' 소리를 연발하며 밖으로 나가 버렸다.

시험이 막바지로 접어들자 그 많던 이만 명의 시험생은 다 어디로 가고 고작 이천 명 정도가 남아 있었다. 그나마도 제대로 된 인물은 몇 안 될 것 같았다. 그것을 지켜보는 곽가와 민한은 내심 안도의 한숨을 내쉬었다. 저 많은 답안지를 일일이 확인하자면 보통 일이 아닐 것 같았는데 사람들이 알아서 퇴장해 주니 이들의 얼굴에는 기쁨의 미소가 넘쳐 흐르고 있었다. 조조가 이들의 모습을 보았다면 한 차례의 불호령이 떨어졌겠지만 아쉽게도 그런 상황은 일어나지 않았다.

"아, 파천님, 저야 이쪽의 글자를 모르니 빠져도… 상관없지 않습니까?"

곽가가 조심스레 민한의 의중을 물어왔다. 뜻을 눈치 챈 민한은 결코 호락호락하지 않았다.

"하하, 아니지요. 봉효님께서 이것저것 도와줄 것이 많습니다. 허어~ 천하의 봉효님께서 그런 소리를 하실 줄이야."

"그, 그게 아니라……."

민한은 더듬거리며 어떻게든 빠져나가려는 곽가를 애써 무시했다. 그리고는 뭔가 생각났다는 듯 외쳤다.

"앗, 시간이 다 되었군."

그러더니 잽싸게 어디론가 사라져 버리는 민한이었다. 난처한 얼굴의 곽가만이 안절부절못하며 남아 있었다. 잠시 뒤 시험의 끝을 알리는 알람 소리가 울렸다. 벨이 울리자 결과를 추측케 하는 다양한 표정들이 생겨났다. 민한은 손뼉을 치며 남아 있는 사람들에게 외쳤다.

"답안지를 이곳으로 제출해 주시기 바랍니다! 힘든 시험을 치르신 여러분께 치하의 말을 전합니다! 수고하셨습니다! 결과는 이틀 뒤 벽보를 통해 확인하시기 바랍니다!"

말이 끝나자 사람들이 우루루 몰려오며 답안지를 제출했다. 드디어 시험이 이렇게 끝이 났다.

민한과 곽가는 벌써 하룻밤을 꼬박 새며 답안지를 일일이 확인하고 있었다. 민한이 먼저 글을 곽가가 알아들을 수 있도록 읽어준 후 합격을 논의하는 식이었다. 합격은 총 3단계를 거쳐야 하는데 우선 민한과 곽가가 통과시키는 것이 1차 합격이었다. 그리고 1차를 통과한 시험지들을 추려서 다시 한 번 골라 뽑은 것이 2차 합격이었고, 마지막으로 조조에게 가져가 최종 결제를 받는 것이 3차 합격이었다. 이미 대부분의 답안지를 확인한 민한과 곽가는 몸이 쑤심에도 불구하고 작업을 계속하고 있었다. 그런데 민한이 한 답안지를 보더니 탄성을 터뜨리며 놀라는 것이었다.

"무엇입니까? 기발한 방법이라도 써놓았습니까?"

곽가가 궁금한 듯 민한에게 물어왔다. 무언가에 한참을 놀라던 그는 기발한 방법이란 말을 듣더니 떼굴떼굴 구르며 웃기 시작했다. 모르는 사람이 보면 뭔가 모자란 사람으로 착각할 정도였다. 손에 들려 있던 답안지를 곽가에게 보여줬으나 그가 알아볼 리 없었다. 이상한 꾸불꾸불 그림만 있으니 오히려 답답한 모양이었다.

"크큭!! 그, 그게 말입니다."

민한은 답안지의 내용을 곽가에게 말해 주었다.

제발 좀 우리 마누라 코 좀 골지 않게 해주슈. 그거 하나만으로도 농업이 훨씬 번창할 게요. 워낙에 소리가 요란해서 밀들이 그 소리를 듣고 스트레스를 받거든요. 댁들도 농사를 지을 때 시끄러운 소리를 들려주면 수확이 준다는 것쯤은 알지요? 아, 그리고 우리 사로트에 유명한 아줌마가 있는데 제발 좀 시집 좀 보내요. 그러면 노처녀 히스테리에 시달리던 사람들의 효율성이 올라 상업이면 상업, 공업이면 공업, 무엇이든 만사형통할 거유. 그 두 가지만 처리해도 댁들이 이곳을 다스리기가 훨씬 수월할 거유. 맥주 먹으러 갈 거니까 잘 좀 봐주슈. 합격하면 연락도 해주시고, 시간 나면 우리 집 여관에 한번 놀러 오시구랴. 시원한 흑맥주 한잔 대접할 테니. 그럼.

— '꿈꾸는 자들의 집' 여관 주인장 씀.

곽가는 그 말을 듣고는 웃기보단 어이가 없었다. 웃느라 작업을 중지한 민한을 흔들어 정신을 차리게 한 그는 다시 답안지를 확인하기 시작했다. 이것 말고도 정말 어이없고 웃기는 답들이 쏟아져 나왔다. 간혹 가다 괜찮은 것들이 나오기는 했지만 아쉽게도 그것들 역시 현실과는 동떨어진 것들이 대부분이었다. 교육의 기회가 활짝 열린 귀족들과는 달리 평민들은 글조차 모르는 사람들이 부지기수였다. 태어날 때부터 잘난 사람, 못난 사람이 구분된 것은 아니었다. 하지만 교육의 기회가 없어 자신들의 직업에만 종사해 온 사람들이 대다수였으니 결과가 이 모양인 것이었다.

'언제 한번 계획을 세워서 계몽 운동까지 벌여야 하나?' 라는 생각까지 떠올리며 무심코 계속 답안지를 훑어보던 민한이 다시 한 번 탄성을 터뜨렸다.

"왜요? 이번엔 마누라 발 냄새를 막아달랍니까?"

곽가가 딴지 거는 것을 모를 정도로 답안지를 뚫어지게 읽던 민한의 얼굴이 환하게 피기 시작했다.

"찾았습니다."

찾았다는 말에 얼굴을 찌푸리며 구시렁거리던 곽가의 표정이 대번에 바뀌었다. 내용이 무엇이냐며 재촉해 오는 그의 말은 계속해서 무시되었고 무시하는 태도에 머리끝까지 화가 나는 순간 민한이 대답해 왔다.

"수려한 글씨체와 마지막에 기록해 놓은 이름을 보니 이 글은 분명 여자가 적은 것입니다. 더 놀라운 것은……."

민한이 자세하게 이야기를 시작했다. 답안지를 제출한 사람의 이름은 시에나. 부드러운 발음의 이름은 분명히 여자의 이름이었다. 곽가는 놀란 표정을 감추지 못했다. 말은 계속되었다. 그녀는 구체적인 방법으로 외교로서의 해결책을 제시했다. 전쟁은 더 이상 무리라는 것이었다. 어떻게 운이 좋아 사로트를 함락시켰다 하더라도 메르의 주력 군대가 몰려오면 버티기 힘들다는 것이었다. 전쟁을 생각하며 아직 조조와 곽가에게만 말했던 민한은 그녀에게 마음속을 들킨 것 같았다. 설령 막는다 하더라도 도시는 그만큼 파괴되어 지배력을 상실하기 쉽다는 것이 그녀의 생각이었다. 전쟁을 피하고 정치적인 영역을 확보받는 것은 외교밖에 없다고 설명했다. 마침 스튜피드 후작이 멜 13세에게 미움을 받고 있던 데다가 지금 메르는 전쟁 중이라 절호의 기회라고 적고 있었다. 읽으면 읽을수록 절로 고개가 끄덕여지는 말이 아닐 수 없었다.

실제로 메르 왕국이 현재 케스로아 왕국과 대치 중인 상황을 잘 이용하여 조금만 노력한다면 사로트의 지배권을 인정받는 것은 어려운 일이 아니었다. 하지만 사로트를 토벌할 대책이 없어서 우선은 지배권을 인정해 준다 하더라도 후일에 뒤통수를 쳐올지 몰랐다. 그러나 그럴 걱정은 없어 보였다. 전력이 비슷한 양 국가의 대치는 의외로 오래 갈 것 같고 그 틈에 도시를 잘 키우고 다스려 기반을 잡는다면 오히려 어부지리를 얻을 수 있었다. 그러한 말들을 들은 곽가도 고개를 끄덕였다. 사실 그도 큰소리를 치긴 했지만 힘든 전쟁을 다시 할 마음은 들지 않았던 것이다. 민한은 그 답안지 말고도 다시 하나의 답안지를 추가로 읽어주었다.

"곽가님, 이것도 괜찮은 것 같습니다. 글씨가 악필이라 보기에 어려움은 있지만 내용이 충실하다면야 상관없지 않겠습니까?"

"그렇긴 하지요. 그런데 그것은 또 무슨 내용입니까?"

"어서 곽가님도 대륙 공통어를 익히셔야겠습니다. 일이 이렇게나 힘드니……."

민한은 원하는 대답 대신 푸념을 늘어놓았다. 곽가는 빙긋이 웃었다. 그것은 별문제가 없기 때문이었다. 자신은 공부를 좋아하는 사람―회귀종이라고도 함―이고 머리도 열두 배씩 향상시키며 공부를 하니 조만간 익힐 수 있을 거라고 말했다. 오히려 곽가의 자랑에 민한은 속으로 원망하며 얼버무렸다.

'흑, 갑자기 한국에서 영어 공부 하던 시절이 생각난다.'

"그, 그렇습니까? 우선 내용부터 읽어드리죠. 이것은 라스라는 한 농부가 적은 것입니다."

큰 틀은 아까 시에나의 답안과 별로 다르지 않았다. 그 역시 해결 방안으로 외교를 제시하고 있었다. 다른 점이 있다면 군대를 보내 무력시위로 메르를 협박하며 외교를 벌이면 더욱 수월하리라는 것이었다. 약간 치사하긴 했지만 그것만한 방법도 없는 것이 현실이었다. 고작 몇만에 불과한 군대에 수십만의 군대를 가진 국가가 협박에 굴복하겠는가 하는 생각도 있겠지만 그것은 묘한 외교 관계가 얽힌 문제였다. 메르와 케스로아의 사이가 최악이었기 때문이다. 만약에 케스로아와 동맹을 맺어 침공하겠다는 협박을 들이댄다면 메르로서는 난감한 상황이었다. 케스로아 군대야 국경 밖에 있지만 조조군은 영토의 한가운데에 있기 때문이었다. 안팎으로 이어지는 극심한 혼란 상황에 메르는 어이없이 무너질지도 모르기 때문에 두 군대를 동시에 상대한다는 결정은 내릴 수 없었다.

"이것도 괜찮은 것이로군요."

"그렇지요? 농부들을 무시하는 건 아니지만 이 정도의 생각을 해낼 줄 아는 사람이 농부일 줄은……."

"파천님, 인재들은 언제나 초야에 묻혀 때를 기다리는 법이지요."

갑자기 분위기 잡는 곽가. 민한은 그러냐는 얼빵한 표정을 지으며 답안지를 확인해 나갔다.

1차 시험을 통과한 자들도 별로 없었다. 고작 70~80명 정도에 불과했다. 2차와 3차를 검사해서 최종적으로 열 명가량을 뽑을 생각이었던 이들은 피곤한 몸에도 불구하고 작업을 계속해 나갔다. 그렇게 이들이 열심히 일을 하고 있을 때 밖에서 기척이 들려왔다.

똑똑.

"누구냐?"

밖에서 한 병사가 문을 두드렸다. 민한은 얼굴을 찌푸렸다. 도대체가 전부가 병사들이었다. 아직까지 확고한 자리를 잡지 못해 그렇다 치더라도 음흉한 남자들의 목소리만 듣자니 괴로웠다. 시녀들이나 왕창 뽑을까 하는 망상에 빠져 헤벌쭉거리고 있을 때 병사가 문을 두드린 목적을 알려왔다.

"조조님께서 부르십니다."

조조가 갑작스레 이들을 부르고 있었다. 무슨 일이 일어난 것일까? 조조의 부름에 당장에 달려간 민한과 곽가는 그의 진지한 표정에 긴장했다. 조조는 아주 힘겹게 말을 꺼냈다.

"파천 자네에게는 미안한 말이지만 메르라는 왕국의 수도로 가주어야겠네. 시험 답안지만 확인 후 즉시 준비하고 떠나도록 하게."

"갑자기… 무슨 일이십니까?"

궁금해진 민한이 물었다. 조조는 결재 서류를 처리하면서도 앞으로의 방향에 관한 생각을 멈추지 않았다. 주관적인 생각들을 모두 빼고 객관적으로 생각한 그는 한 가지 결정을 내렸던 것이다.

"전쟁을 생각하는 파천의 생각도 일리는 있지만 아무래도 기반이 잡히지 않은 우리로서는 무리라는 생각이 드네. 그래서 말인데……"

민한은 눈치가 빨랐다. 분명히 조조는 전쟁보다 외교를 생각한 것이 틀림없었다. 민한은 온몸에 소름이 끼쳐 왔다. 눈앞의 그가 이토록 무서운 적이 없었다. 온 지 며칠이나 되었다고 한번 해준 이야기를 토대로 낯선 세계에서 자신들이 나아갈 정확한 방향을 설정하다니……. 진작부터 삼국지에서 조조가 외교에 천재적인 재능을 보였다고 했지만 이 정도일 줄은 몰랐다. 무척이나 놀랐지만 민한은 조금도 그런 기색을 나타내지 않은 채 태연스럽게 대꾸했다.

"알겠습니다. 당근과 채찍을 사용하여 우리들의 위치를 확고히 하라는 말씀이군요?"

"파천, 그걸 어떻게……?"

민한이 그의 생각을 간파하자 매우 놀란 모양이었다. 놀란 그에게 곽가가 좀 더 자세한 설명을 해주었다.

"조조님, 아까 전 답안지 검토 중 그러한 생각이 적혀 있는 답안지를 발견했습니다. 정말 대단한 여인이더군요."

조조는 생각이 같은 자가 있다는 말에 흥미로워했다. 더구나 여자라니……. 그가 살던 시대의 여인상은 덕이 많은 현모양처가 이상향이었기 때문이다. 이렇게 정치와 외교에 탁월한 여인은 거의 없다고 봐도 무방했다. 있다면 제갈량의 부인인 황월영 정도일까? 민한이 그런 조조의 생각을 간파하고 자세하게 설명을 덧붙였다.

"이곳의 여인들은 조조님께서 겪으셨던 여인들과는 매우 다릅니다. 이들은 검을 쓰고 정치를 하고 심지어 전쟁터에서도 활약을 하지요."

"그랬었군. 그대의 말이 맞다면······."

전에 화살을 맞고 병사들에게 잔인하게 죽어가던 여기사를 떠올렸다. 무언가 잠시 다른 생각을 하는 조조에게 민한은 좋은 생각이 났다는 듯 말을 걸어왔다. 그는 조금 전 보았던 답안지의 두 주인공을 데려갈 생각이었다.

"이번 시험에서 대략 이십 명 정도의 쓸 만한 인재를 등용할 수 있을 것 같습니다. 원래 열 명을 목표로 잡았는데 의외로 인재가 많더군요. 그리고 이번에 제가 간다면 이 두 사람을 데려가고 싶습니다."

조금 전 답안지의 두 인물을 데려가고 싶다는 말을 꺼내자 곽가가 맞장구를 치며 고개를 끄덕였다. 정치 감각이 탁월한 그들이라면 민한에게 도움이 될 것이고 설령 실전 경험이 없어 미숙하다 하더라도 그것이 오히려 좋은 경험이 될 수 있다는 의견이었다. 조조는 곽가도 찬성하자 그 자리에서 허락했다. 그 밖에도 자잘한 이야기를 잠시 더 나누다가 민한과 곽가는 물러 나왔다. 앞으로의 일을 대충 생각하는 민한에게 곽가가 말을 걸어왔다.

"조금 위험한 상황인 듯 보입니다만······."

"걱정 마십시오. 전 조조님께 사로트와 함께 공작의 작위를 선물할 생각입니다. 위험한 것은 그 다음의 일이지요."

'받을 것은 확실이 뜯어내야겠지.'

민한은 내일의 보람찬 하루를 기약하며 숙소로 돌아가 잠을 청했다.

다음날 아침, 시에나와 라스가 불려왔다. 조조의 명에 의해 그들은 그의 거처가 아니라 민한의 거처로 보내졌다.

한 병사가 민한에게 그들이 왔음을 알려왔다. 막 짐을 싸고 있던 그는 병사에게 그들을 들여보내라고 말했다. 처음으로 권력자를 가까이서 마주하게 된 라스는 잔뜩 긴장한 채 떨고 있었다. 하지만 떨고 있는 라스와는 달리 시에나는 태연했다. 당당한 태도는 마치 한 국가의 왕이 신하들을 접견하는 태도였다. 정반대의 반응을 보이는 이들은 민한에게 인사를 올렸다.

"시에나라고 합니다."

"라, 라스라고 합니다."

"그렇게 무서워하지 않아도 되네. 얼굴을 숨기지 말고 고개를 들게나."

민한의 말에 그들은 고개를 들었다. 답안지를 쓴 사람이 궁금했던 그는 반가운 듯이 말을 걸었다.

"자네들이 바로 그 사람들… 이로… 군."

그리고는 이상하게 말끝을 흐렸다. 그것은 바로 그들의 외모 때문이었다. 타오르는 불꽃처럼 아름다운 붉은색의 머리칼을 허리까지 늘어뜨린 시에나. 그녀는 여신이 중간계로 내려왔다고 착각할 정도로 아름다웠다. 흠잡을 데가 전혀 없었다. 이런 절대적인 미의 소유자인 시에나와는 달리 라스는 한마디로 몬스터였다. 이러한 까닭에 말끝을 흐리는 실수를 저질렀던 것이다. 민한은 실수를 만회하기 위함인지 좀 더 살갑게 시에나와 라스를 대했다. 그러는 찰나 문득 이상한 생각이 떠올랐다.

'초절정 미녀와 최악의 추남이라……. 갑자기 미녀와 야수가 생각나는 이유는 뭘까?

　민한은 본래 목적을 잊지 않고 간신히 웃음을 참아내고 있었다. 상처를 주지 않기 위함이었다. 찍히기 싫은 것일지도 몰랐다.

제4장

뜻밖의 인물

뜻밖의 인물

민한은 모든 준비를 마친 후 일행과 메르의 수도 메지안으로 떠났다. 원래는 시에나와 라스 및 몇몇 일행과 같이 갈 생각이었다. 그런데 조조의 강력한 반대로 인해 일행은 크게 늘어 있었다. 조조에 의해 우선 소드 마스터 상급의 경지에 올라 있는 허저가 따라왔다. 민한의 위험을 막아주기 위한 조조의 배려였다. 아울러 삼백 명이나 되는 병사들도 따라왔다. 싫다고 말렸지만 그는 막무가내로 병사들을 붙여주었다. 단지 위험하다는 이유 하나만으로 일행이 는 것은 아니었다. 그 내면에는 민한을 이제 확실하게 수족으로 삼겠다는 의미가 들어 있었다.

민한의 목적지인 메지안으로 가는 서북쪽 길은 거의가 평야 지대로 이루어져 있었다. 메지안과 사로트를 지나 유유히 흘러가는 사피아 강을 따라 거슬러 올라가면 오 일 정도면 도착하는 가까운 거리였다. 말을 달리면 삼 일 정도면 가는 거리였지만 말을 그다지 잘 못 타는 라스와 시에나를 위해 민한은 천천히 올라갈 생각이었다.

"라스."

"예?"

"뭘 그렇게 놀라나? 왜, 메지안으로 왕을 만나러 간다니까 무섭나?"

민한은 넌지시 라스에게 물었다. 그는 솔직히 몹시 떨고 있는 상태였다. 왕의 입장에서는 이름없는 농부에 불과한 자신이었다. 목이 달아날 수도 있었다. 왕의 입장에서는 자신이 반란군에 동조했다는 이유로 처형시킬 수도 있었다. 대부분 사신을 죽이는 경우는 없었지만 그들의 입장에서 민한 일행은 반란군들의 사신이었다. 혹시 모를 일이었기에 라스는 무척이나 떨고 있었다. 그는 의지와는 상관없이 떨리는 몸을 원망하며 민한에게 아니라고 대답했지만 별로 효과는 없어 보였다. 민한이 피식 웃자 그는 괜히 자신이 타고 있는 말에게 투덜거렸다. 민한은 턱으로 시에나를 가리키며 말했다.

"여자인 시에나도 저렇게 당당한데 라스 자네는 아닌가 보군."

"호호, 라스님은 무서우신가 보죠. 저야 무서운 것이 없는 존재이니까요."

"오, 시에나는 자신감이 넘치나 보군."

"시, 시에나님, 그것이 아니라……."

괜히 큰 소리로 아니라고 강력히 부정하는 라스에게 민한이 다시 한마디 툭 던졌다.

"강한 부정은 긍정이라고들 하지."

민한의 완승이었다.

역시나 한 왕국의 중앙 지역이라서인지 치안이 매우 잘되어 있었다.

그 흔한 오크 한 마리 보이지 않았다. 어느 음유 시인이 노래하는 영웅담처럼 몬스터를 은근히 기대한 라스는 큰 실망을 하고 있었다. 반면 시에나는 그런 것에는 전혀 관심이 없는 듯 그저 앞만 보고 가고 있었다. 라스의 풀이 죽은 모습을 보며 대충 그의 마음을 짐작한 민한이 웃으면서 말했다.

"몬스터라도 나타날 줄 알았나? 여긴 메르의 중앙 지역일세. 정가운데 말이야. 몬스터 따위가 무리를 지어 돌아다닌다면 오히려 더 이상한 일이 아니겠는가?"

"그, 그런가요?"

그렇게 어리벙벙한 라스를 훈계하면서 일행이 가고 있을 때 갑자기 한 무리의 오크가 일행의 앞을 떼거지로 지나갔다. 그들은 먼지를 피워 올리며 코앞을 우루루 지나갔다. 그런 광경을 보던 라스는 이상하다는 듯 민한에게 물었다.

"저, 저기요, 몬스터들이 무리를 지어 돌아다니는데요? 마, 맞는데?"

"……"

허탈한 기분이 드는 민한이었다. 사로트를 함락시킬 당시 케이아느 덕에 허탈한 기분을 한번 맛본 그였지만 이번은 좀 더 심했다. 말이 끝나기가 무섭게 지나가는 몬스터들이라니……. 하지만 이상했다. 분명히 이곳은 사피아 강 유역인데다가 치안이 잘되어 있어 몬스터를 만나는 것이 번개를 맞을 확률과 비슷하다고 장담할 수 있었다. 그런데 이 상황은 무엇이란 말인가? 민한이 고개를 갸우뚱거리고 있을 때 갑자기 어디선가 비명이 터져 나왔다.

"으악!!"

때 아닌 비명 소리에 놀란 일행은 그 자리에 굳어졌다. 민한은 급히 일행을 지킬 반 정도의 병사들만 남기고 허저와 나머지 병사들을 데리고 비명의 근원지로 달려갔다. 급히 비명 소리의 근원지에 도착했을 때에는 놀라운 광경이 민한 일행의 눈을 자극하고 있었다. 싸움이 벌어지고 있었는데 인간과 돼지를 섞어놓은 듯한 오크를 처음 본 병사들이 다소 동요하고 있었다.

'역시 예상대로 병사들이 다소 동요하는군. 피해를 줄이자면 병사들을 물리고 허저님과 내가 직접 나서야겠어.'

허저와 함께 가까이 다가가니 상황이 좀 더 확실해졌다. 웬 마차 하나를 둘러싸고 인간들과 오크들이 혈투를 벌이고 있었다. 네 명의 기사와 이십여 명의 병사, 고급스런 마차……. 민한은 갑자기 어디서 많이 보던 상황이라는 생각이 들었다. 그리고 마차 안의 인물이 한권력하는 인물이라는 예감이 들었다. 여자라면 좋겠다는 생각을 하며 민한은 허저에게 말했다. 아니, 그는 '원래 이런 장면에는 여자가, 그것도 아름다운 레이디가 나오기 마련이지'라며 마차 안의 인물이 여자임을 확신하고 있었다.

"저와 허저님이 저 괴물들을 덮치면 되는 것입니다."

"나야 싸움만 하면 되겠지? 호오, 그리고 보니 저것들을 다 잡으면 술 마실 때 안주 걱정은 없겠는걸?"

다소 엽기적인 말을 하며 허저가 먼저 싸움터로 뛰어들었다. 민한도 뒤이어 달려들었다. 마차 일행은 네 명의 기사와 이십여 명의 병사뿐이었지만 오크는 무려 오십 마리에 가까운 숫자였다. 힘겹게 싸우는 것을 보니 기사들은 뛰어난 실력은 아닌 것 같았다. 그것이 아니라면 경험이 전혀 없는 기사들이거나 말이다. 어쨌거나 갑자기 뛰어든 두 명의 인간을 본 오크들은 가소로운지 그 특유의 목소리로 외쳐 댔다.

"취익~ 인간들은… 취익! 죽여라!!"

그러나 그것은 불가능한 일이었다. 초급의 마스터도 힘겹겠지만 혼자서 오십 마리 정도의 오크 정도는 잡을 수 있었다. 하물며 상급과 중급의 마스터 둘이 있으니 오크들이 인간들을 죽인다는 것은 불가능했다. 하지만 오크들은 불행히도 그 사실을 몰랐다. 그리고 그 무모함의 대가는 곧바로 나타났다.

슈욱!

민한의 검에서 오러 블레이드가 숫구쳐 올랐다. 검을 가볍게 내젓자 두 동강이 난 채 쓰러지는 두 마리의 오크. 그 광경을 본 기사들과 병사들은 넋이 나가 있었다. 민한은 그들을 위해 큰 소리로 외치며 다시 검을 휘둘렀다.

"전투 중 딴 곳에 정신을 팔면 반드시 죽는다!!"

다행히 그들은 호통 소리에 곧바로 정신을 차리고 오크들을 막아내기 시작했다. 소드 마스터가 두 명이나 있으니 든든했던지 허공을 그어내는 검에도 힘이 실려 있었다.

"쿠엑!!"

한 마리의 오크의 목과 몸이 분리되었다. 민한은 범처럼 날쌔게 누비며 오크들을 베어 나갔다. 싸움은 벌써부터 막바지에 접어들고 있었다. 곳곳에 오크들의 시체가 생겨났다. 상대가 자신들이 도저히 어쩔 수 없는 막강한 존재임을 깨달았지만 이미 늦었다. 도망가는 오크들에게 민한과 허저가 무지막지하게 검을 휘두르고 있었다. 싸움은 싱겁게 끝나 버렸다. 오십 마리 정도에 불과했던 오크들은 민한과 허저에게 순식간에 전멸해 버리고 말았다. 허저는 잠깐 주위를 다시 둘러보고 돌아오겠다면서 다시 어디론가 사라져 버렸다. 어차피 허저는 이곳 대류 공용어도 아직 잘 모르는 상황이었기에 상관이 없었다. 그로서는 주위를 다시 한 번 확인하는 것이 더 도움되는 일이라고 판단했던 것이다. 주위가 안정되자 민한은 마차로 다가갔다. 오러 블레이드 때문인지 아직까지도 기사들 모두가 놀라움에 휩싸여 있었다. 그들에게 다가간 민한은 정중하게 말했다.

"괜찮으십니까?"

그들은 소드 마스터가 말을 걸어오자 황송하다는 듯이 존경스러운 눈빛으로 정중하게 대답했다.

"예, 저희들에게 도움을 주셔서 감사합니다."

"그런데 마차 안에는 어느 분이 계시길래 목숨까지 걸고 싸우는 겁니까?"

단도직입적인 질문에 갑자기 말을 얼버무리는 기사들이었다. 단 한 사람도 시원스럽게 대답해 주지 않았다. 모두들 우물쭈물 망설이며 대답을 회피했다. 존경스러운 눈빛은 다 이사라도 가버린 모양이었다. 그렇게 어물쩍 시간이 흐르고 있을 때 마차 문이 열리며 한 소녀가 내려섰다. 그리고 맑은 목소리로 말을 꺼냈다. 마차 안에서 가만히 있자니 자신의 생명을 구해준 은인에 대해 예의가 아니라고 생각한 때문이리라. 기사들이 소녀를 만류했으나 소녀는 기어코 땅으로 발을 내디뎠다.

"도움을 주셔서 감사합니다. 저희는… 앗!"

"어엇?! 너, 미디 아냐?"

놀랍게도 소녀는 고개를 드는 순간 놀라움을 감추지 못했다. 그것은 민한도 마찬가지였다. 삼 년 동안이나 헤어져 있던 가족을 만난 것같이 미디가 반가웠다. 원래 미디는 민한과 절친하게 지내는 사이였다.

그녀도 오래전부터 민한을 알고 있었고 오빠처럼 대했었다. 그녀는 예전에 민한과 같이 여행도 하고 모험도 즐겼던 여러 동료 중의 한 사람이었다. 한때 묘한 관계로도 발전한 적이 있었지만 안타깝게도 주위의 방해로 흐지부지된 사이였다. 어쨌거나 뜻밖의 인물의 등장에 기쁨을 감추지 못하는 민한이었다. 그는 반가운 목소리로 물었다.

"그런데 여긴 어쩐 일이야? 이 기사들은 다 뭐고? 아, 부모님은 병이 다 나으셨니?"

"그게……."

입가에 가득 미소를 머금은 채 이것저것을 물어오는 민한을 보며 안색이 변하는 미디였다. 갑자기 안색이 변하는 것을 본 민한은 뭐가 묻었나 생각했지만 그게 아니었던 모양이다. 어리둥절하는 그에게 미디는 이내 울음을 터뜨리며 달려와 민한의 품에 안겨 울었다. 무언가 깊은 사연이 있는 것이 틀림없었다. 무척 강한 아이였는데 한 일 년 정도 못 본 사이에 무슨 일이 일어난 듯싶었다. 갑작스런 행동에 잠깐 당황하던 민한은 한 팔로 미디를 보듬어주며 물었다.

"무슨 일이야?"

"실은 나… 오빠한테 거짓말한 적이 있어. 예전에 내 정체를 물은 적이 있었지?"

"응."

고개를 끄덕이며 대답하는 민한을 눈물 젖은 얼굴로 올려다보던 미디는 무언가 중대한 말을 하려는 듯 얼굴이 굳어졌다. 왠지 불길한 느낌이 들었지만 그는 우선 미디의 말을 들어보기로 했다. 말해 보라고 재촉하자 미디는 울먹거리며 미디는 민한에게 놀라운 사실을 털어놓았다.

"나 실은… 귀족이야."

이미 예상한 대답이었다. 크게 놀랄 정도의 말은 아니었다. 이미 기사들과 병사들에게 호위를 받는 것으로 보아 어느 귀족가의 영애로 추측하고 있는 민한이었다. 단지 이런 곳에서 만나 의외였을 뿐이다. 그런데 그 다음에 이어진 말은 그의 뇌리를 하얗게 만들고 말았다.

"며칠 전에… 많은 도적들이 영지를 침범해서 아버지께서 전투에 나가셨는데 그만 져 버리셨대. 성이 포위되자 성안의 사람들도 순순히 항복해 버렸어. 지금은 아버지의 생존도 불투명해. 나는 나를 잡아 항복하려는 사람들에게서 간신히 도망쳐 나온 거야. 집안 사람들은 또 어떻게 되었을지……."

뜻밖의 말에 자신도 모르게 미디의 어깨를 강하게 잡은 민한은 울고 있는 그녀의 어깨를 흔들어댔다. 그리고는 속으로 설마 아니겠지 하며 다소 조심스럽게 말을 꺼냈다.

"설마… 아버지께서 사로트의 영주이신 스튜피드 후작?"

"맞아."

민한이 뒤통수를 망치로 맞은 듯한 충격에 휩싸여 있을 때 멀리서 수하 병사들이 다가오고 있었다. 그들은 시에나와 라스의 통솔로 이곳으로 다가오고 있었다. 시에나가 일부러 병사들을 데리고 이곳으로 이동해 온 것으로 보였다. 오크 오십 마리 정도면 앞서 간 민한과 허저만으로도 충분했는데 병사들까지 있었다. 그럼에도 불구하고 불안했는지 시에나는 이곳까지 일행을 이끌고 온 것이다. 시에나 일행이 다가오는 광경을 본 미디는 곧 그들이 누군지 알아챘다. 분명히 저들은 자신의 모든 것을 앗아간 원수들이다. 미디는 악몽이 되살아나는지 안색이 새파랗게 질리더니 순식간에 민한의 등 뒤로 숨었다. 기사와 남은 병사들도 잔뜩 긴장한 채 검을 그들에게로 겨누고 있었다. 하지만 민한의 의지와는 상관없이 그들은 계속해서 다가왔다. 기사들이 기합과 함께 몸을 날려 싸우려는 순간 시에나의 작지만 엄청난 의미를 지닌 말이 숲 속 가득히 퍼져 나갔다.

"파천님, 여기 계셨군요? 그런데 무슨 일이십니까? 아까 그 비명 소리는? 허저님은 또 어디로 가셨구요?"

저 병사들의 대장으로 보이는 듯한 붉은 머리의 여자가 민한에게 존대를 해온다. 처음에는 그 의미를 깨닫지 못했던 미디는 어리둥절했으나 곧 그 의미를 알아듣고는 넋이 나간 듯 그에게서 뒷걸음질쳤다. 오랜만에 만난 민한이 자신을 이렇게 만든 장본인이었다니……. 미디는 애써 부정하려 했지만 이미 뇌에서는 그 의미를 자연스럽게 파악해 버린 상태였다. 그녀는 엄청난 충격에 날카로운 비명을 질렀다.

"어떻게… 어떻게 오빠가? 서, 설마 아니겠지? 그럴 리가 없지?"

"아, 아니야!!"

"그런데 어떻게… 어떻게……?"

그녀는 뒤를 돌아 숲 속으로 뛰어들어 갔다. 기사들도 그녀가 숲 속으로 뛰어가자 엉겁결에 따라서 사라져 버렸다. 망연자실한 채 서 있는 민한은 한숨을 내쉬며 탄식했다.

"휴우, 이 일을 어떻게 수습해야 하나?"

기쁜 만남은 그렇게 원망의 비수가 되어 민한의 가슴에 파고들었다. 다음번에 만나면 변명이라도 해야겠다며 이미 주인이 사라져 버리고 없는 애꿎은 마차만 바라보고 있었다. 그렇게 미디가 사라져 버린 후 민한은 자괴감에 휩싸였다.

'도대체 내가 무슨 짓을 한 건가? 좋아하고 아끼는 동생의 집안을

풍비박산 내어버리다니… 도대체가 나란 놈은……'

잠시 휴식 명령을 내리자 저마다 휴식을 취하며 재잘거리기 시작했지만 그는 그럴 수 없었다. 하필이면 후작이 미디의 아버지였다니……. 처음에는 진작 말하지 않은 미디를 원망하기도 했지만 결국 자신이 저지른 일이 아닌가? 쓰디쓴 미소를 지으며 한숨만 쉬는 민한이었다. 이미 엎질러진 물이었다. 자신을 원망하면서 뒤돌아 뛰어갔던 미디의 얼굴이 떠올랐다. 천성이 착하고 명랑한 아이여서 그런 표정은 지을 줄 모르는 줄 알았다. 그런데 방금 전 그녀의 얼굴은 표독스러웠다. 더할 나위 없이 표독스러웠다. 사피아 강가의 한 돌에 걸터앉은 민한은 하늘을 쳐다보았다. 벌써 밤이 되어 별들이 총총했다. 별들은 저마다 아름다움을 뽐내며 조화롭게 그 자신의 위치에 머물러 있었다. 지구에서는 전혀 볼 수 없던 맑은 하늘. 민한은 그 아름다움을 보며 찬사는커녕 한숨만 내쉬었다.

"하아, 미디에게 어떻게 잘못을 빌어야 할까?"

그렇게 턱을 괴고 청승맞게 쭈그리고 앉아 있는 민한에게 시에나가 다가왔다. 기척없이 다가온 그녀는 민한의 근처에 앉았다. 워낙에 깊은 생각에 빠져 있던 그는 시에나가 다가오는 것도 몰랐다. 그녀도 앉은 채 하늘을 올려다보았다. 시에나는 한참이나 하늘을 바라보다가 미소를 지으며 말을 꺼냈다.

"무슨 생각을 하고 계세요? 혹시 아까 그 미디라는 아가씨?"

"……"

"사로트에 살면서 그녀를 본 적은 없어요. 단지 무성한 소문만 들었죠. 하지만 그녀야 어찌 되었든 간에 스튜피드 후작은 민심을 잃었어요. 그래서 사람들이 조조님을 군소리없이 받아들일 수 있었던 거죠.

지금 사람들은 오히려 감사하고 있어요. 그러니까 그런 생각은 하지 마세요."

"무슨……."

민한이 말을 얼버무리자 시에나는 다 안다는 듯한 표정으로 미소를 지었다. 그리고 당황해하는 그를 보며 말했다.

"들었던 것도 있고 제가 눈치가 좀 빨라요. 호호, 기운 내세요."

옆에서 웬만큼 아름다운 것도 아닌 초절정의 미녀가 웃으면서 위로하자 민한도 남자였던 만큼 무너지지 않을 수 없었다. 심각한 표정은 다 어디 갔는지 얼굴은 붉어져 있었고 말을 더듬거리면서 변명하려 들었다. 민한을 차가운 목소리로 어설프게나마 위로한 시에나는 곧 자리를 떴다. 그러면서 그녀는 작은 소리로 의미 모를 말을 무감각하게 중얼거렸다.

"휴우, 감정이란 것은 정말로 알 수 없는 것이라더니… 신께서 인간들에게 주신 축복의 선물이 오히려 인간들을 다시 고통에 휩싸이게 만드는군."

민한이 궁상을 떠는 바람에 결국에는 이곳이 야영지가 되어버렸다. 별이 이들을 환하게 내리비추고 있었다.

그 후로 며칠 동안 아무 탈 없이 이동한 민한 일행은 오 일 만에 메르 왕국의 수도 메지안에 도착했다. 사로트의 거의 두 배가 되는 규모의 성이었다. 메지안에는 대략 백만가량의 인구가 살고 있었는데 수도였기 때문에 귀족도 수천 명이나 되었다. 덕분에 메지안은 화려함이란 무엇인가를 잘 나타내고 있었다. 볼 것도 많고 호기심 가는 것도 많은 메지안 성이 코앞에 이르렀을 때 성문을 지키는 십여 명의 병사들이 민한 일행을 막아섰다. 보통 막는 일이 없건만 이들 일행은 병사들만 삼백이나 되었기에 주목받기에 충분했던 것이다.

"어디서 왔소?"

한 병사가 다그치듯 물었다.

"멜 13세 폐하를 알현하러 왔다. 사신 일행이니 비켜서거라."

놀랍게도 민한에게 놀림만 당하던 라스가 한 말이었다. 제법 위엄을 잡고 말했으나 역부족이었던 걸까? 병사들이 잠시 속닥거리더니 코웃음을 치며 되받았다.

"웃기지 마라! 오늘 사신들이 온다는 명령은 받지 못했다. 순순히 체포에 응하시지?"

병사들이 이렇게 나오자 난감한 상황이 되어버렸다. 병사들이야 제외시키고 또한 허저도 말을 모르니 제외, 시에나야 도움이 되지 못하는 상황이니 역시 제외, 어리벙벙한 라스 역시 좀 부족했다. 결국 민한은 직접 나서기로 마음먹었다. 미디 일로 골치가 아팠던 민한은 병사들에게 자세한 설명까지 하고 싶지 않았다. 그는 그냥 말없이 검을 뽑아 들었다.

"무, 무슨 짓이냐?"

메르의 병사들이 창을 겨누자 민한은 코웃음을 치며 말했다.

"뒤에 삼백이나 되는 병사들이 있는데 체포하겠다고? 우리들은 사로트에서 온 사신 일행이 맞으니까 죽고 싶지 않으면 당장 비켜!!"

그렇게 말을 마친 후 민한은 말없이 검에 기를 주입시켰다. 그러자 오러 블레이드가 솟구쳐 올랐다. 그것을 본 병사들은 대번에 기겁하고 말았다. 한 국가에서도 십여 명에 불과한 소드 마스터인 것이다. 눈앞에서 소드 마스터를 상징하는 오러 블레이드를 본 그들은 오금이 저린 듯 순식간에 비굴한 표정을 지으며 굽실거렸다.

"헤헤, 죄송합니다. 하지만 상부에 보고해야 하니 잠시만 기다리십쇼."

곧 한 병사가 전력질주로 어딘가로 뛰어가는 모습이 민한의 눈에 들어왔다. 그제야 그는 검에 주입한 기를 회수하며 검을 검집에 넣었다. 그리고는 말없이 뒤로 물러섰다. 그 모습을 시에나가 물끄러미 바라보고 있었다. 병사들이 돌아온 시각은 얼마 되지 않아서였다. 채 한 시간이 되지 않아 되돌아왔다. 아마도 상부에 보고를 하고 승인을 받은 것 같았다. 물론 시간으로 봐서 황궁까지 소식이 가지는 않았을 것이다. 그들은 우선 사신 일행을 안으로 들이게 하고 멜 13세에게 보고를 올릴 것이었다. 마스터의 위력을 극단적으로 보여주는 예였다. 민한의 오러 블레이드 한 방에 메지안 성은 바빠지기 시작했다.

제5장

메르 국왕을 협박하다

메르 국왕을 협박하다

일행은 삼 일 뒤 오후 파티에 초대되었다. 원래는 민한만이 초대되었지만 민한의 요구에 의해 민한은 물론 허저, 시에나와 라스까지 동행했다. 메르 왕국에서는 마스터의 존재를 무시하지 못했던 것이다. 마스터로 보기에는 너무나 젊은 민한이었기에 더욱 그러했다. 젊다는 것은 나이가 들면 더욱 상위의 경지로 갈 수도 있다는 것과도 같았다. 그랬기에 귀빈으로서 파티에 초대된 것이었다.

민한은 관광은 훗날로 미루고 우선 이곳에 온 목적부터 달성하기로 했다. 노는 것도 좋았지만 우선 일 처리부터 해야 하지 않겠는가 하는 것이 그뿐만 아닌 모두의 공통된 생각이었다. 하루는 어떻게 보면 기나긴 것으로 볼 수도 있겠지만 때로는 너무 짧은 것일 수도 있었다. 민한과 라스가 대표적인 케이스였다. 민한은 시간이 왜 이렇게 느리게 가는 거냐며 지루하다고 하고 있었고, 라스는 왕을 만날 불안감에 초조해했으니 시간이 빨리 갈 수밖에. 느낌이야 그렇지만 시간은 신이 인간들에게 준 선물 중 개개인에게 차별을 두지 않은 유일한 것이라고 할 수 있었다. 아니, 인간들이 스스로를 그렇게 만들었다. 그들은 그들 자신이 신이 주신 축복 안에 틀을 만들고 제약을 두었다. 또한 계급을 만들면서 환경까지 그렇게 만들어지다 보니 결국에는 인간들 사이에 공평한 것은 시간밖에 없게 된 것이다. 그렇게 시간은 지금 이 순간 어떤 사람에게도 차별을 두지 않고 흘러가고 있었다.

며칠이라는 시간이 흘렀다. 그리고 마침내 왕을 만나는 날이 다가왔다. 민한 일행이 참가하는 파티는 어떤 한 공주의 생일 파티라고 했다. 제법 많은 귀족들이 올 거라고 예상되었다. 파티를 놀이의 수단으로 여기는 귀족도 있지만 정치의 연장이라고 생각하는 귀족들이 훨씬 많기 때문이었다.

파티가 시작되자 그 말대로 많은 귀족들이 저마다의 목적을 가지고 파티에 참석했다. 그리고 그들 중에는 민한 일행도 있었다. 귀족들은 술을 마시며 파티를 즐기면서도 목적을 이루기 위해 부단히 노력하고 있었다. 그들에게는 특유의 포커페이스와 화술이 요구되었고 몇몇은 그 조건들을 충실히 지키고 있었다. 이윽고 소란스런 파티장에 왕이 나타났다. 왕이 나타나자 역시나 파티장 안은 조용해졌다. 그런데 순간 밖에서 큰 소리가 들려왔다.

"파천님의 일행이 드십니다!"

한 시종의 외침에 모든 귀족의 시선이 문으로 향했다. 이미 귀족들 사이에 빠른 속도로 민한에 대한 소문이 퍼진 상태였다. 그들은 지금 들어오는 사람이 누군지 잘 알고 있었다. 메르 왕국에 겨우 다섯 명밖에 없는 소드 마스터.

검의 절대자라고 불리는 그 마스터의 경지를 젊은 나이에 이룬 사람인 것이다. 더군다나 수려하다고 알려진 민한의 외모는 엄청나게 과장되어 귀족들의 영애들까지 설레게 만들었다. 물론 실제로 그만큼 아름답게 생기긴 했지만. 기사들의 동경의 대상이자 모든 검사들의 꿈인 마스터가 웅성거림 속에 이윽고 그들의 앞에 모습을 드러냈다. 당당한 자세로 들어온 민한은 멜 13세의 앞으로 나아갔다. 뒤로 허저, 시에나와 라스가 따라왔다. 혹시 있을지도 모를 사태에 대비해 멜 13세의 주위에는 세 명의 소드 마스터가 배치되어 있었다. 상급이 한 명, 중급이 두 명이었다. 그러나 상급이라 하더라도 허저와 비교해 상당히 떨어지는 상급으로 보였다.

"사로트의 사신 파천이 멜 13세를 뵈옵니다."

귀족들의 예법을 완벽하게 마스터한 민한은 아무런 문제가 없었다. 예절을 알 리 없는 허저만이 멀뚱거리며 서 있을 뿐이었고 라스는 기가 죽은 채 고개를 수그리고 있었다. 민한이 곁눈질로 보니 시에나 역시 그 까다로운 예법을 완벽하게 소화해 내고 있었다. 속으로 의문이 들었지만 민한은 눈앞의 일 때문에 별 대수롭지 않게 넘겼다.

"그래, 사로트라면 스튜피드 후작이 보내서 왔는가?"

"아닙니다. 스튜피드 후작은 이미 쫓겨나고 사로트는 새로운 주인이신 조조님께서 다스리고 계십니다."

잔잔한 호수에 돌멩이가 떨어지며 파문이 일었다. 던진 건 조약돌만한 작은 돌이었지만 일어난 물결은 태풍을 연상케 했다. 뜻밖의 대답에 당황하는 왕과 귀족들이었다. 웅성거리는 소리가 점점 커져 가자 멜 13세의 옆에서 잠자코 서 있던 한 인물이 앞으로 나섰다.

"그것이 무슨 말이냐?"

'드디어 나섰군. 멜 13세의 친동생이자 메르 왕국의 실세인 미트레 공작.'

민한은 속으로 긴장했지만 겉으로는 그런 자신의 감정은 조금도 드러내지 않은 채 매끄러운 말투로 대꾸했다. 이미 메르 왕국은 왕보다는 공작의 손아귀에서 정치가 굴러가는 상황이었다. 그런 공작이지만 조금도 숙이고 들어갈 필요는 없다고 생각했다.

"사로트의 주인이 바뀌었단 말입니다, 미트레 공작 각하."

그는 특유의 빈정거림으로 미트레의 기분을 살짝 건드리고 있었다. 미트레 공작은 그런 민한의 태도를 눈치 채고 치밀어 오르는 화기를 억지로 억누르며 고수답게 웃는 낯으로 말했다.

"그래, 이곳까지 왔다면 무슨 원하는 바가 있어서겠지?"

"오호, 공작께서는 마치 메르의 국왕 같으십니다. 국왕께서 가만히 계시는데 감히 일개 신하가 나서다니 말입니다."

한 방 먹은 공작이었다. 보통내기가 아니었다. 은근히 자신을 열받게 만들고 자신의 위치까지 들먹거리다니…… 호기심이 발동한 공작은 얼른 대답해 보라는 표정으로 민한을 응시했다. 민한은 굳이 목적을 숨기지 않았다. 어차피 요구할 것 단도직입적으로 얻어내리라 생각했다. 훨씬 유리한 지점을 확보하고 있는 민한이기 때문이었다. 물론 그 유리한 지점을 공작은 아직 잘 모르는 듯했다.

"무력으로 사로트를 함락시켰는데도 메지안에서는 이 소식을 몰랐던 모양이군요. 케스로아 왕국이 말하기를 메르 왕국은 기우는 달이라더니… 정말 맞는 소리인 것 같습니다."

주위의 온도가 싸늘해졌다. 메르의 정보력이 다소 약화된 것은 사실이었지만 결코 호락호락하지는 않았다. 그들이 이 사실을 몰랐던 것은 나태함이 문제가 아니었다. 일개 도적으로 오해하고 한시바삐 마무리 지으려 했던 스튜피드 후작의 공로였다. 보고도 하지 않고 사람들의 입도 검문까지 하며 단단히 통제했으니 수도에서 자세하게 알기는 힘든 일이었다. 미트레 공작도 사로트의 군대가 움직인다는 보고를 받기는 했지만 이런 사실이 아닌 단순한 군사 훈련으로 보고받았던 것이다. 수만의 군대가 움직이는데 그것을 군사 훈련으로 곧이곧대로 생각한 공작의 순진한 착각도 한몫했다.

"하고 싶은 말이 무엇이냐?"

말이 싸늘해졌다. 덩달아 좌우의 분위기도 더 썰렁해졌다. 악기를 켜던 악공들도 제 할 일을 잊은 채 멍하니 있었다. 웅성거리던 소리도 사라진 채 파티장에는 그렇게 적막만이 감돌고 있었다. 잠시 뜸을 들이던 민한은 하고 싶었던 말을 꺼내기 시작했다.

"저희는 메르의 수도인 이곳 메지안을 공격할 생각입니다. 일종의 선전 포고라고도 할 수 있지요."

그는 목적을 달성하기 위해 배짱을 부리고 있었다. 오히려 전쟁이 벌어지는 것을 막아야 하는 것이 민한의 입장이었는데 말이다. 썰렁함이 돌던 파티장엔 때 아닌 소란이 일기 시작했다. 전쟁이란 말에 흠칫하는 미트레 공작의 모습이 훤히 보이자 민한은 속으로 쾌재를 불렀다. 이들도 자신들의 상황을 누구보다 잘 알고 있을 것이다. 현재 메르의 주력 군대 대부분이 북쪽에 몰려 있다는 것을 말이다.

"선전 포고? 그 의미를 자넨 알고 있는가?"

"저희들에게는 적지만 오만에 가까운 병력이 있습니다. 못할 것도 없지요. 케스로아 왕국과 손을 잡는다면… 글쎄요, 어떤 상황이 나올는지……."

민한의 협박은 효과가 엄청났다. 그의 말대로 오만이라 하더라도 케스로아와 손을 잡는다면 문제가 엄청나게 커질 수 있었다.

다소 마음이 급해진 공작은 한결 누그러진 말투로 민한을 타일렀다. 마음 같아서는 단번에 군대를 몰아 저 기분 나쁜 놈의 콧대를 납작하게 만들고 싶었지만 그럴 수는 없었다. 응징은 후일로 미루고 지금 어르고 달래는 수밖에 없다고 생각하는 미트레 공작이었다.

"그러지 말고 우리 좀 더 자세하게 의견을 나누어봄이 어떠한가? 자, 이리로 오게나."

공작은 민한과 좀 더 심도있는 대화를 하기 위해 그를 청했다. 거절할 마음은 애시당초 없던 민한은 대번에 승낙했다. 공작과 민한 일행이 빠져나가자 파티장은 다시 소란스러워졌다. 그때 분노에 떨고 있는 사람이 하나 있었다. 바로 파티의 주인공인 공주였다. 웬 작자 하나로 인해 생일 파티가 파장 분위기가 되어버렸다. 철없는 공주는 그런 사소한 것 때문에 화를 내고 있었다.

여기에 또 하나 분노하는 사람이 있었으니 바로 민한의 요구를 들은 공작이었다. 두 사람은 밖으로 나가 구체적으로 이야기를 나누었다. 그런데 눈앞의 이자는 부당한 요구를 하고 있었다. 목숨을 구걸해도 모자랄 판에 조조에게 공작의 작위를 내리고 치외법권을 인정하라니……. 기가 찬 공작은 거절하려고도 생각했지만 그렇기엔 전면전으로 일어날 파장이 두려웠다. 진퇴양난이었다. 그것뿐이 아니었다.

"공작의 임명과 치외법권을 인정함과 동시에 사로트의 남쪽에서 사르 항구까지의 영토를 모두 저희들에게 넘겨주시고 공국으로서 인정해 주십시오. 별로 대단한 것도 아니지 않습니까?"

"그건… 너무 부당하지 않은가? 사르 항까지라면 왕국의 곡창 지대의 삼 분의 일이나 되는 것을 내놓으라는 소리가 아닌가? 말도 안 되네."

"그럼 저희 선전 포고를 받아들이시든가요."

공작은 그냥 민한 일행을 잡아다가 참수해 버릴까도 생각해 보았다. 그러나 사신을 죽인다는 것은 다른 국가들로부터 외면당할 수도 있었다. 더군다나 민한은 소드 마스터이다. 피해도 클뿐더러 국제적인 지탄만 받을 게 뻔했다. 결국 공작은 일단 민한의 요구를 거의 수용하는 쪽으로 결정을 내렸다. 그러나 공작도, 민한도 이것이 정말로 그렇게 순탄하게 이루어지리라고는 생각지 않았다.

숙소로 돌아온 민한은 공작과 이야기를 나누고 있을 때 몰래 시에나와 라스에게 맡겨놓았던 일의 결과에 대해 물었다. 몇 시간밖에 지나지 않았다. 그런데도 이들은 정확하게 알아보고 민한에게 보고해 왔다.

"메지안에는 현재 오만 사천가량의 병력이 있습니다. 이중 치안을 담당하는 병사들은 약 오천가량입니다."

오만 명. 사로트의 병사 수보다 많은 숫자였다. 이야기를 나누어 어느 정도 공작의 성격을 파악한 민한은 자신의 예감을 확신했다. 그 정도의 병력을 이용하지 않고 순순히 물러날 공작이 아니었다. 그는 반드시 뒤통수를 칠 것이다.

민한은 한쪽 책상에 미리 준비해 온 통신 수정구를 꺼내 들었다. 왠지 필요할 것 같아 가져왔는데 요긴하게 쓸 수 있게 된 것이다. 유비무환이라는 말을 떠올리며 그는 수정구에 마나를 주입하고 사로트의 케이아느와 연결을 시도했다. 얼마 안 되어 수정구에 케이아느의 모습이 나타났다. 시에나는 무표정했지만 라스는 수정구를 처음 보는지 신기해하며 하나도 놓치지 않겠다는 듯 호기심 어린 눈길로 쳐다보았다.

"아, 민한! 웬일이야?"

말을 트고 친하게 지내기로 약속해선지 그녀는 민한을 친구처럼 대했다. 민한은 피식 웃으면서 지금 하는 말을 곽가님께 전해달라고 했다. 그런데 케이아느는 곽가를 떠올리며 고개를 갸웃거렸다.

"말이 안 통하는데? 일상적인 말은 조금씩 통하지만 아직 무리야."

"야, 통역 마법은 폼으로 있냐?"

그제야 그녀는 머리를 치며 이해했다. 한바탕 그녀를 짓궂게 놀려댄 민한은 본목적을 이야기하기 시작했다. 이곳의 군대가 오만가량이 있는데 아마도 조만간 사로트로 기습 침공을 할 것 같다고 말이다. 곽가님에게 보내주는 주요 지역의 지도와 상황 보고서를 건네주라는 부탁도 했다. 그리고 자신 일행은 그동안 이곳에 머물러 있을 거라고 덧붙였다.

"그런데 그렇게 중요한 이야기를 이렇게 허술하게 보내도 돼?"

"걱정 말아. 이미 다 예상에 넣고 하는 거니까."

실제로 지금 사용 중인 수정구는 스승이 민한에게 선물한 수정구였다. 제아무리 8클래스 마스터라 하더라도 도청은 할 수 없다고 했다. 스승이 어느 드래곤에게 대가로 받아낸 것이라던가? 아마도 저 밖에는 마나는 움직이는데 무엇을 하는지 도통 알 수 없어 몸이 달아오른 메르의 마법사들이 있을 터였다. 민한은 그 생각을 떠올리며 빙그레 웃었다. 그는 케이아느에게 덧붙여 말했다. 소드 마스터가 있다면 기습 침공도 힘들기에 반드시 자신 일행을 억지로라도 잡아놓을 거라고 말이다. 그러나 민한은 아직 전위가 있으니 그쪽에 별문제는 없을 거라고 말해 주었다. 케이아느와의 통신이 끝난 후 민한은 공작을 떠올리며 비웃음을 흘렸다.

'그냥 들어주었으면 되었을 것을 꼭 이런 짓을 한다니까.'

민한의 예상은 정확히 들어맞았다. 그의 일행은 접대란 명목 하에 당분간 메지안을 벗어날 수가 없게 되었다. 하지만 이미 만반의 준비를 끝낸 그는 아무것도 모르는 척 일행과 함께 열흘이 넘도록 메지안의 구경에만 열을 올렸다.

그러던 어느 날 공작이 같이 이야기나 하자며 메지안에 있는 황궁기사단의 훈련장으로 나오면 좋겠다고 시종을 보내 알려왔다.

"결판이 났을 시간이 되었는데……. 어쨌거나 초청을 했으니 가봐야지?"

민한은 시에나만을 데리고 훈련장으로 향했다. 라스와 허저는 혹시 모를 통신을 받기 위해 숙소에 남아 있었다. 라스가 부득이 남아 있겠다고 한 이유는 바로 수정구 때문이었다. 민한이 미리 마나를 주입해 두었고 그것의 사용 방법을 완벽하게 숙지한 그는 어서 빨리 써봤으면 좋겠다는 듯 환한 웃음을 짓고 있었다.

태연하게 황궁으로 들어간 민한과 시에나는 곧 공작을 만날 수 있었다. 공작은 더 이상 환하게 웃을 수 없을 정도로 찬란한 미소를 지으며 민한을 맞이했다. 그의 속셈을 잘 알고 있는 민한으로서는 코웃음 칠 만한 일이었다. 하지만 손님으로서 초대되었으니 결코 그런 내색은 못하고 웃음으로 초대에 사례할 뿐이었다.

"허어, 파천님께서 한번 시범을 보여주셔야겠소이다. 저 녀석들의 실력이 시원찮으니, 원."

공작은 그의 실력을 보고 싶었던지 황궁 기사들을 '저 녀석들'이라고까지 비하시키며 민한을 잔뜩 치켜세웠다. 그러면서 그의 대답을 넌지시 물어왔다. 실력도 자세히 한번 파악하고 눈요기도 즐길 속셈이었다. 속셈을 훤히 들여다보고 있는 민한이었지만 굳이 피할 생각은 없었다.

"알겠습니다. 하지만 제 실력이 워낙 미천해서……."

민한의 상대로 공작은 소드 마스터인 쥬니프를 붙여주었다. 그도 역시 중급의 마스터였는데 민한보다 다소 앞서는 실력을 가지고 있었다. 삼십 대 중반의 그는 메르의 희망이라고 불리기도 했다. 그러나 민한은 조금도 당황해하지 않았다. 둘은 몸을 보호할 갑옷을 걸쳤다. 그리고는 얼마간의 거리를 둔 채 마주 보고 섰다.

"쥬니프라고 합니다. 잘 부탁드립니다."

의외로 쥬니프는 겸손한 사람이었는지 민한에게 먼저 예의를 취했다. 민한도 그에게 깍듯한 예의를 취하며 검을 뽑아 들었다. 원래 마스터들은 자존심 때문에 먼저 고개를 숙이지 않는 법인데 저 쥬니프란 사람은 뭔가 다른 구석이 있었다. 때마침 멋있는 장면이 연출될 모양이었는지 바람이 불며 두 인물의 머리칼을 보듬어주었다.

"파천님, 조심하십시오."

"걱정 마시오."

민한은 걱정해 주는 시에나에게 괜찮다고 말해 주었다. 하지만 실력이 비슷한 상황일 때, 특히 두 인물이 엄청난 고수일 때는 더 그러했다. 한순간의 방심으로 목숨을 잃는 경우가 허다했고 승패가 갈렸다. 이런 사실을 잘 알고 있는 그들은 아까 전의 여유는 어디로 갔는지 서로 노려보며 허점을 탐색하고 있었다. 뭘 잘 모르는 기사들이 따분해질쯤 쥬니프의 선공으로 대련은 시작되었다.

부우웃! 스파앗!

둘의 검에서는 누가 먼저랄 것도 없이 오러 블레이드가 솟구쳐 나왔다. 주위에서 지켜보던 인물들의 입에서 헛바람이 토해졌다. 오러 블레이드는 흔히 볼 수 있는 것도 아닌 보는 것만으로도 영광인 강자의 기술이었다.

그들은 감격해하며 한 장면도 놓치지 않으려는 듯 눈이 빠져라 둘이 부딪치는 곳을 노려보았다. 쥬니프는 민한의 옆구리로 파고들며 힘찬 기합을 내질렀다.

"으아얍!!"

지지징!!

검이 부딪칠 때는 그것이 맑은 소리든 탁한 소리든 간에 쇠가 부딪치는 소리가 나야 했다. 하지만 두 검이 오러 블레이드에 싸여 있어서인지 그런 소리는 나지 않았다. 광선검끼리 부딪치는 소리가 수없이 들렸다. 매서운 공격이었지만 민한은 온몸을 노리고 들어오는 검을 처음에는 힘겹게 막아내는 듯했으나 곧 패턴에 익숙해졌는지 차분하게 잘 막아냈다. 잠시 후 민한의 기합 소리와 함께 쥬니프의 검은 완전히 가로막히고 말았다.

"이젠 제 차례입니다."

드디어 민한의 반격이 시작되었다. 머리를 노리는 듯 정확하게 내려치는 검을 쥬니프는 잘 막아내는 듯 보였다. 그러나 그의 공격은 그런 단순한 공격이 아니었다. 광속처럼 내려쳐지던 검은 살짝 비틀려 반원을 그리더니 쥬니프의 어깨를 파고들었다.

"허억!!"

쥬니프는 당황했다. 이렇게 엄청난 속도로 날아드는 검의 궤도를 자유자재로 바꿀 줄은 몰랐다는 표정이었다. 거의 광속과 같은 검의 방향을 바꾼다는 것은 검의 고수가 아닌 이상 흉내도 내기 힘든 일이었다. 자신도 못하는 저 기술을 파천이라는 사람은 정확하게 시전하고 있었다. 기의 양으로 보아 자신보다 약간 하수로 보고 자만하던 그는 크게 후회했지만 어쩔 수 없었다.

빠캉!!

다행히 막기는 했지만 빗막아서인지 민한의 검은 어깨를 훑고 지나갔다. 어깨 부분의 갑옷이 걸레 조각이 되어 박살이 나버렸다. 쥬니프는 어떻게든 저 기세를 막아야겠다고 생각했다. 기회를 노리던 그는 민한의 허벅지가 비어버린 순간 먹이를 낚아채는 독수리처럼 파고들었다. 승리의 예감에 들떠 있던 쥬니프는 편안한 미소를 보이는 민한에게서 뭔가 잘못되었다는 걸 눈치 챘다.

"허점!! 블레이드 샤워!!"

순간 흐트러진 자세를 민한은 놓치지 않았다. 번개 같은 그의 검이 쉴 새 없이 쥬니프의 몸으로 날아들었다. 블레이드 샤워라는 이름처럼 검은 세차게 몰아치는 비처럼 엄청난 속도로 몰아쳤다. 일 초에 거의 십여 번의 공격이 이루어지고 있었다. 민한보다 좀 더 고수였다면 눈에 의지하지 않고 감각으로써 완벽하게 막아내었겠지만 안타깝게도 쥬니프는 그런 경지에 올라 있지 못했다. 처음에는 잘 막아내던 그는 결국 여러 번 몸을 내어주며 한계를 보였다.

투다다당!!

결국 쥬니프는 마차에 채인 돌멩이처럼 십여 걸음을 뒷걸음질치더니 데굴데굴 굴렀다. 바닥에 쓰러진 채로 그는 미소를 지으며 말했다.

"으윽, 이렇게 어이없게 질 줄은 생각 못했습니다. 정말 대단하십니다, 파천님."

민한은 깍듯한 태도의 쥬니프가 마음에 들었는지 그의 패인을 자세하게 가르쳐 주었다.

"쥬니프님께선 저보다 다소 많은 양의 기를 다룰 줄 아시지만 똑같은 기라도 그것을 다루는 기술이 다소 저에게 밀리셨습니다. 방심하지 않으셨다면 쓰러져 있는 것은 저였을 겁니다."

말은 저렇게 하고 있지만 쥬니프는 결코 그 말이 옳지 않음을 몸소 느끼고 있었다. 저자가 적어도 일 년간 아무것도 하지 않는다는 가정 하에 열심히 일 년 동안 수련한다면 평수를 이룰 수 있을 것 같은 정도였다. 기가 더 많은 것은 사실이었지만 확실히 그것을 다루는 기술이 떨어지는 것을 느끼며 쥬니프는 보다 강한 수련을 하리라 다짐했다. 그는 몸에 묻은 먼지를 털어내며 일어섰다. 그리고는 깍듯한 예의로 민한에게 사례했다.

"감사합니다. 자만했던 저에게 새로운 세계를 보여주셔서 말입니다."

"하하, 아니지요. 제가 뭐 한 것이 있다고……."

그렇게 둘이 웃음을 지으며 겸손한 태도를 서로에게 보이고 있을 때 훈련장으로 한 병사가 급히 뛰어들었다. 그리고 그는 주위를 둘러보다가 잔뜩 안색을 찌푸리고 있는 공작을 발견하고는 그에게 뛰어갔다. 무언가 속닥거리며 말을 하는데 그 말이 이어지면 이어질수록 공작의 안색이 새파랗게 질려갔다. 그리고 결국 공작은 경악하며 외쳤다.

"뭐야?!"

공작은 어떤 충격에 잠시 비틀거리다가 곧 병사의 부축으로 간신히 몸을 가누었다. 공작이 그토록 경악한 채 비틀거린 이유는 민한이 짐작한 대로 작전이 완벽하게 실패한 때문이었다. 그는 민한 몰래 메지안 근처에 주둔하고 있는 약 사만 오천가량의 군대를 사로트로 파견했다. 이들은 현재 메르가 동원 가능한 최대의 정규군이었다. 귀족들의 사병은 묘한 정치적 관계가 얽혀 당분간 동원하기도 힘들었고 설사 그들을 이끌고 사로트를 침공한다 하더라도 그후의 여파가 너무도 컸다. 그래서 엄청난 도박을 한 공작이었다. 메지안에 단 일만의 군대만 남기고 모든 병력을 사로트로 파견했는데 성공하지 못한 것이다. 군대는 두 부대로 나누어 몰래 기습 작전을 펴려고 했는데 그들은 어떻게 알았는지 전투 첫날부터 메르 군은 대대적인 기습을 받고 무너졌다. 전열을 정비하여 다시 한 번 공격했는데 곽가의 치밀한 포위 계략에 말려들어 사만 오천이나 되는 군대가 완전히 지리멸렬해 버린 것이다. 그리하여 겨우 백여 명의 패잔병이 메지안으로 도망쳐 왔단다. 대충 사실을 눈치 챈 민한이 공작에게로 다가갔다. 그는 빈정거리며 공작에게 물었다.

"미트레 공작 각하, 도박이란 것은 모든 것을 가져다 주기도 하지만 한 번에 모든 것을 잃을 수도 있습니다. 앞으로는 명심하셨으면 합니다. 하하하!!"

민한의 건방진 태도에 단칼에 목을 쳐 버리고 싶었지만 그는 주먹을 쥔 채 파르르 떨며 눈을 감을 뿐이었다. 전투에서 완벽하게 패한 메르 왕국인지라 이전같이 안 된다는 태도를 취할 수는 없었다. 지금 당장 사로트에서 케스로아와 동맹을 맺는다면 얼마 되지 않아 메르는 망할 판이었다. 결국 공작은 민한이 내민 서류에 서명을 하며 피눈물을 흘렸다. 전후 처리 협상은 민한 일행이 공작과 그들의 일행을 이끌고 사로트 부근의 평야 지역에서 이루어졌다. 공작이 애시당초 민한의 요구를 들어주었다면 이렇게 불평등한 요구는 들어줄 필요가 없었겠지만 이미 전투에서 무참하게 져 버린 이상 어쩔 수 없었다. 오히려 기회를 잡은 민한은 잔인하리만치 공작에게서 이득을 빼앗았다.

사로트—메르의 전후 처리 협정서.
1. 메르와 사로트는 서로를 침공하지 않는 불가침 조약을 맺으며 사로트는 메르와 군사 동맹을 맺는다.
2. 본래 사로트에 속한 모든 영지의 치외법권을 인정하고, 사로트의 조조를 공작으로 임명한다. 아울러 공국으로 인정하고 남쪽 사르 항까지의 영토를 사로트에게 양도한다.
3. 메르 측은 앞으로 일 년 동안 전쟁 보상금 오십억 골드를 지급한다.

이건 엄청난 불평등 협정이었다. 평야 지역 영토를 삼 분의 일이나 넘겨주는 것이 걸리기는 했지만 그래도 그 외에는 충분히 들어줄 수 있는 내용이었다.

민한 일행이 사로트로 귀환했다. 그는 조조에게 마치 영웅이라도 된 듯 대접받았다. 조조는 민한을 위해 파티를 열어주려 했다. 첫날은 피곤한 것을 감안하여 쉬게 하고 파티는 그 다음날로 미루어졌다.

다음날, 사로트의 기반을 확고하게 해서인지 모두들 즐겁게 웃고 떠들며 파티를 즐겼다.
"허허, 역시 파천일세. 어느 누가 이런 좋은 결과를 이끌어낼 수 있겠는가?"
"아닙니다. 조금만 아는 자라면 누구라도 할 수 있는 일이었습니다."

겸손해하는 민한을 바라보는 조조의 눈에는 듬직해하는 빛이 가득 담겨 있었다. 그는 직접 민한에게 술을 따라주며 앞으로의 일도 잘 부탁한다고 말했다. 민한은 자신을 믿어주고 응원해 주는 조조에게 무한한 감사를 느끼며 고개를 돌려 술을 마셨다. 한잔 마시고 잔을 내려놓자 조조는 다시 그에게 무언가를 부탁하려는 듯 망설이는 빛을 보였다.

"무슨 일이십니까? 저 없는 사이에 무슨 일이라도……?"

곽가가 대신 대답했다. 이리저리 빙빙 돌려 말했지만 결론은 기사와 마법사를 육성할 돈이 모자라다는 것이었다. 아직 이곳의 경제 체계에 익숙하지 않아 민한에게 부탁하려는 모양이었다.

"당장은 재정이 부족하지 않네. 잘은 모르겠지만 앞으로 한 달 정도는 더 버틸 수 있을 것 같네. 하지만 마법사와 기사를 양성하다 보니 돈이 부족한 것은 사실일세."

후작의 숨겨둔 재산이 많아 서너 달은 충분할 거라고 생각한 민한이었다. 어째서 이런 일이 발생하게 되었는지 이해가 가지 않았다. 곰곰이 무언가를 생각하던 그는 술을 마시고 있는 조조 대신 곽가에게 시선을 돌렸다.

"봉효님, 어째서 이런 일이 일어난 것입니까? 제가 보기에는 충분히 서너 달은 버틸 수 있을 것 같았는데……."

"그게… 말입니다. 원래 기사를 오백 명, 마법사를 백 명을 뽑기로 하지 않았습니까?"

곽가는 말꼬리를 흐렸다. 이렇게 될 줄은 전혀 몰랐다는 태도였다. 그가 잠시 망설이자 민한은 답답하다는 듯 다그쳤다.

"그런데요?"

그것을 기사 이천 명에 마법사 오백 명을 뽑아버렸으니 돈이 있을 리가 없는 것이다. 기사와 마법사에게 들어가는 돈을 예상하지 못한 곽가와 조조의 실수였다. 민한이 하도 기가 차서 뭐 그렇게 많이 뽑았냐고 물었더니 곽가의 말이 가관이었다.

"그게… 기사와 마법사가 너무 멋있다 보니까… 그래서 그렇게……"

"……"

기왕 뽑아놓은 이상 물릴 수도 없는 것 아니겠는가? '너, 짐 싸들고 집에 가라. 오늘부로 기사 잘렸다' 하면 갑자기 왜 그러냐고 그러는 그들에게 '돈이 없다' 라고 하기도 민망한 일이었다. 도시의 자금을 그쪽으로 돌리자니 도시까지 파멸의 늪 지대로 끌고 가는 것이므로 그렇게까지는 하지 못했다. 지금이야 기사와 마법사들을 양성할 자금만 있으면 되지만 장기적으로 볼 때 더욱 커질 그들의 막대한 유지비도 필요할 것이고 엄청나게 늘어난 영토 또한 번영시킬 자금도 필요할 것이다. '드디어 때가 되었는가?' 하며 중얼거리는 민한이었다. 그는 조조에게 심각한 표정으로 말했다.

"드디어 계획을 실행해야 할 때가 되었군요."

"계획?"

"무슨?"

주위를 둘러보니 이미 거의 모든 이들이 술을 마시며 와자지껄 흥겹게 놀고 있었다. 민한은 그런 그들을 바라보며 대답했다.

"제가 훗날 어느 정도 여유가 생기면 실행할 계획이 있었습니다. 일명 '우리도 한번 잘살아보세~' 프로젝트지요. 하지만 이 상태로는 메르가 돈을 지불할 때까지 버티기 힘겨우니 당장 실행해야겠습니다."

무슨 계획인지는 몰랐지만 어쨌거나 프로젝트의 이름 하나는 멋있었다. 우리도 한번 잘살아보세. 이 말이 조조와 곽가의 가슴속으로 와 닿으며 잔잔한 감동을 선사하고 있었다.

제6장

그게 아냐!
감정을 좀 더 잡어넣으라구~!!

그게 아냐!
감정을 좀 더 집어넣으라구~!!

   메지안에서 돌아온 지 거의 열흘이 지나가고 있었다. 그동안 약간의 변화는 있었다. 곽가와 민한이 각각 백작으로 임명되었고, 전위와 허저도 백작의 작위와 함께 기사단의 단장과 부단장으로 임명되었다. 또한 원래 병사들의 대부분이 포상금을 받는 등 논공행상이 이루어졌다. 백작이 되면서 할 일이 생기기는 했지만 민한은 오늘따라 더 바쁘게 이곳저곳을 뛰어다니고 있었다. '무슨 음식점 전단지 돌리는 아르바이트라도 하나?' 하는 생각이 들 정도로 그는 열심히 뛰어다니고 있었다. 자세히 보니 그는 마법사들과 함께 무엇인가를 꾸미고 있는 것임에 틀림없었다. 케이아느도 있었는데 그녀는 양손에 수정구를 잔뜩 들고 있었다. 저렇게나 많은 것을 들고 어디 가는 걸까? 하는 괜한 궁금증이 일었다. 그뿐이 아니었다. 그녀 외에도 웬 예쁘장한 소녀와 소년이 그들 뒤를 따르고 있었고, 마법사들도 우루루 몰려다니고 있었다. 도대체 무슨 일인지……

"준비 다 된 거지? 그런데 오늘은 어디야? 장소 섭외했어?"

"파천님, 섭외는 했고요 오늘은 로미오와 줄리엣과의 키스 신입니다."

어째 어디서 많이 듣던 말이다. 소년과 소녀는 키스 신이라는 말에 얼굴을 붉힌 채 그들을 따랐다. 이미 저택에 도착한 민한은 일행에게 빨리빨리 준비하라고 다그쳤다. 그러면서 속으로 중얼거렸다.

'기억이 잘 나지 않지만 어쨌든 줄거리는 맞으니까.'

세익스피어가 들으면 땅속에서 벌떡 일어날 말을 태연하게 중얼거리며 그는 준비가 끝나자 팔을 걷어붙이고 나섰다. 이미 촬영 준비에 들어간 그들이었다. 사로트의 수많은 시민이 호기심 어린 눈빛으로 처음 보는 이상한 장면들을 구경하고 있었다.

"자! 41신 들어간다. 어서 준비해. 레디~ 액션!!"

민한의 말이 끝나자 카메라 대신 수정구가 그 자리를 대신했다. 한 마법사가 수정구를 잡고 무언가를 중얼거리기 시작했다. 그것은 바로 영상 기억 마법이었다. 다른 마법사들도 저마다 마나를 체크하고 교체할 준비를 하고 있었다. 의외로 마법은 4클래스에 불과했지만 마법사들의 질이 케이아느를 제외하고는 여타 다른 마법사들보다 떨어지는 것이 사실이었다. 그래서 그들은 자주 마나를 모아 계속해서 교대해야만 했다.

소년이 소녀에게 다가가 손을 잡으며 말했다.

"나의 천하고 무례한 손이 이 거룩한 성소를 더럽혔다면 나의 부드러운 죄업은 이것이외다. 나의 두 입술이 얼굴을 붉히는 두 순례자가 되어 여기 수줍게 서 있소이다. 그 거친 만짐을 다시 하느적거리는 키스로써 부드럽게 고르려고 하……."

한참 연기를 하고 있는데 뭔가 못마땅했던지 민한이 갑자기 '컷'을 외쳤다. 그러더니 소년과 소녀에게로 다가가 잔소리를 늘어놓기 시작했다.

"죠엘, 그게 아냐! 좀 더 감정을 집어넣으라구!! 그리고 샤에리, 그렇게 멍하니 서 있으면 어떻해! 수줍은 듯 내숭 좀 떨어야지! 자, 그럼 한 번 더 간다!"

민한의 호통에 둘은 다시 주먹을 불끈 쥐고 연기에 몰입하기 시작했다. 죠엘이 다시 다가가 샤에리의 손을 잡으며 아까 했던 대사를 재차 읊기 시작했다. 하지만 좀 더 느끼하고 마치 진짜 연인 대하듯 하는 그의 연기 덕에 주위에서는 감탄의 탄성 소리가 들려왔다. 죠엘의 말에 샤에리가 대답했다.

"착하신 순례자시여! 그대의 손을 너무 비하시키지 마옵소서. 그 고상한 예절로 나의 성소를 방문했거늘……. 성자에게도 순례자의 손이 만질 수 있는 손은 있소이다. 손과 손이 맞닿으면 성스러운 순례자의 키스가 되오이다."

정말 느끼한 대사였지만 그들은 정말로 사랑을 속삭이듯 연기에 몰입해 있었다. 죠엘의 말이 이어졌다.

"성자에게도 거룩한 순례자의 입술이 닿을 수 있는 입술이 있지 않소이까?"

"아아, 순례자시여! 입술은 기도에 써야 하는 법이라오."

샤에리가 언뜻 거절의 표시하며 팅기자 몸이 달아오른 모양인지 죠엘은 약간 다급해진 말투로 말했다.

"오~ 그렇다면 사랑스러운 성자이시여! 이 손이 할 수 있는 것을 이 입술이 할 수 있게 하옵소서. 내 입술이 간구하오이다. 들어주옵소서, 소망이 절망으로 바뀌지 않도록."

"성자는 움직이지 않고 기도하는 자의 간구는 들을지라도……."

이때 죠엘이 갑자기 다가서며 분위기를 잡았다. 그는 다소 상기된 얼굴의 샤에리를 보며 속삭였다.

"그렇다면 움직이지 마옵소서, 나의 기도의 효험을 내가 받을 동안."

그러더니 강렬한 키스가 이어졌다. 지켜보던 사람들이 비명을 지르며 꺄악거리며 좋아라고 웅성거려도 상관없었다. 어차피 잡음은 나중에 따로 필터로 걸러주면 되니까 말이다. 그런데 이번에도 민한은 잘 나가던 분위기를 끊어버리고 말았다.

"니네 사귀냐? 벌써 몇 번째야? 당장 그만 못해!! 어휴, 키스 신부터 다시 들어간다!"

질투가 났던지 악악거리면서 소리를 질러대는 그를 보며 케이아느는 빙긋 웃었다. 민한이 찍는 영화는 다소 느끼했지만 주위의 반응은 거의 폭발적이었다. 제목? 알고 있지 않는가? 로미오와 줄리엣이 바로 민한이 영화감독으로 데뷔하는 첫 작품이었다. 연극이나 음유 시인들의 공연을 접할 기회가 적어도 일 년에 한두 차례 정도 있는 사로트의 시민들이었지만 이런 장면은 처음이었다. 민한의 계획에 따라 사로트에는 약 오십여 군데의 영화관이 들어설 예정이었다. 그렇다고 거대한 영화관은 아니었다. 대략 삼백여 명 정도만 수용할 수 있는 작은 규모의 영화관이었다. 그것들 말고도 야외 영화관도 들어설 예정이었다. 다른 왕국의 귀족들을 목표로 한 최고급 영화관도 세 개나 들어설 계획에 있었다. 몰래 수정구를 들여와 그곳에서 싼값으로 보면 손해지 않느냐는 말도 나와 내용이 담긴 수정구에는 온갖 락 마법들을 걸 생각이었다. 여기서 이것들도 해킹처럼 깨고 보면 되지 않겠느냐는 의견도 있을지 몰라서 미리 말한다. 본론부터 말해서 그런 능력을 가진 자들은 최소한 6클래스 이상의 고위급 마법사이다. 그들이 돈이 없어 그걸 몰래 훔쳐보겠는가? 그리고 귀족들은 허위의식이 강해 쪼잔하고 품위를 상실하는 그런 것을 할 리가 없다. 그리고 이러한 계획들은 그뿐이 아니었다. 귀족들을 노린 최고급의 백화점도 들어설 예정이었고 사로트를 대륙 최고의 상업 도시로 조성하는 프로젝트도 있었다. 아울러 관광 단지도 조성하기로 했다. 그 밖에도 놀라운 계획들이 많았다. 어쨌든 이러한 계획들로 대륙의 전 자금을 싹쓸이한다는 민한의 회심의 대규모 프로젝트였다.

"자, 오늘은 여기까지만 하자구. 며칠이나 더 해야 하지?"

"한 보름 정도만 더 하면 돼."

민한의 물음에 케이아느가 친절하게 대답해 주었다. 원래라면 오랜 시간 동안 여유있게 천천히 찍어야 하지만 워낙에 재정이 빠른 속도로 감소하고 있었으므로 별다른 방법이 없었다. 팔자에도 없는 영화감독을 하고 있는 그였지만 겉으로는 불평하면서도 몹시 그 일을 즐기고 있는 것을 케이아느는 엿볼 수 있었다.

민한이 그렇게 열심히 촬영을 하고 있는데 곽가가 다가왔다. 놀러 온 것이라기보다는 업무 처리를 의논하기 위함이었지만 그보다는 특이한 이 광경을 구경하기 위함인 것으로 보였다. 민한이 온갖 포즈를 취해가며 일을 하고 있을 때 곽가는 옆에 앉아 먹을 것을 집어 먹으며 구경하고 있었다. 아직 완벽하게 이해하지는 못했지만 대략 절반 정도는 감을 잡을 수 있는 곽가였다. 좀 느끼한 말로 알아들었지만 그는 그럴 필요도 없었다. 머리가 이해하기 전에 몸에서 닭살이 돋아나며 소름

끼치게 만들었으니 말의 내용이야 안 들어도 뻔한 것이 아니겠는가?
그는 얼굴이 벌게져 있었다. 두 번째 키스 신에서 그의 사고방식으로
는 말도 안 되는 일이 벌어졌기 때문이다. 수많은 사람 앞에서 키스를
하는 죠엘과 샤에리의 모습은 그의 시선을 완전히 빼앗고 말았다.

"봉효님, 무얼 그렇게 넋을 잃고 계십니까?"

"아! 아, 아닙니다."

벌써 이십오 세의 나이인 곽가는 여자 한번 사귄 적이 없는 순진한
사내였다. 그걸 눈치 챈 민한이 피식거리며 놀려댔다.

"아하~ 곽가님께서는 아직 여인의 손 한번 잡아본 적이 없으시겠
군요?"

"그, 그건…….. 하지만 파천님 역시 마찬가지 아닙니까?"

"……."

곽가를 놀리느라 잊고 있었다. 손 한번 잡은 적 없다고 놀리긴 했
지만 그것은 똥 묻은 개가 겨 묻은 개 나무라는 격이었다. 민한 역시 곽
가랑 사정은 마찬가지였기 때문이다. 갑자기 울적해진 그는 한숨을 푹
쉬더니 주위를 돌아보며 말했다.

"점심 시간이다. 두 시간 후 다시 이곳에서 모이기로 한다! 그럼 해
산!!"

해산이라는 소리에 저마다 어디론가 바삐 사라져 갔다. 아마도 사랑
하는 연인들과 식사를 같이하려는 것이겠지. 괜히 기분이 가라앉은 곽
가와 민한은 연달아 한숨을 내쉬며 주저앉아 있었다. 말을 걸면 안 될
것 같은 그들에게 케이아느가 확인 작업에 들어왔다.

"민한, 왜 그래? 밥이나 먹으러 가자."

"……."

"……."

가라앉은 분위기를 억지로 띄우기 위해 열심히 노력했지만 별다른 효과를 보지는 못했다. 결국 케이아느 역시 기분이 다운되어 어디론가 사라져 버렸다. 한참 뒤에 한숨을 또 한 번 푹 내쉰 민한이 곽가를 돌아다보며 말했다.

"싱글들끼리 밥이나 먹으러 가죠?"

"좋습니다. 싱글들끼리 먹죠."

둘은 묘한 동질감에 어깨동무를 하며 식당가로 걸어나갔다. 그들은 뭐 어디 먹을 거 없나 하며 굶주린 하이에나처럼 날카로운 시선으로 탐색했다. 그러던 차에 먹잇감 하나가 그들의 눈에 들어왔다.

'여기는 식당'. 식당다운 이름이라 할 수 있었다. 묘한 매력이 풍겨나오는 식당 앞에 둘은 누가 먼저랄 것도 없이 멈춰 섰다.

"여기가 좋겠지요?"

"저도 괜히 마음에 드는군요."

그러나 일하기 편한 복장을 입은 둘은 안으로 들어가기도 전에 입구에서 가로막혔다. 최고급의 식당은 아니었지만 제법 비싸 보이는 식당이었다. 귀족으로 보이지도 않고 돈도 별로 없어 보이는 민한과 곽가는 들어갈 수 없었던 것이다. 메지안에서도 그랬고 여기에서까지 이런 일이 벌어지자 민한은 아예 체념하는 듯한 태도였다. 곽가도 굳이 들어가야겠다는 각오까지는 없었기에 돌아갈까 생각하고 있는데 안에서 한 사람의 음성이 들려왔다.

"어? 민한하고 봉효님? 여기에요, 여기!!"

둘이 흠칫해서 바라보니 케이아느였다. 그녀는 먹다 만 가재를 한 손에 들고 반갑게 그들을 부르고 있었다. 아는 사람이 식사를 하고 있자 입구에서 그들을 막은 사람은 멋쩍어하며 길을 비켜주었다. 케이아느의 테이블로 합석한 이들은 식사 주문을 받기 위해 기다리는 웨이터에게서 메뉴판을 건네받았다. 한껏 품위를 잡으며 천천히 읽어 내리던 민한이 어느 순간 기가 막힌 듯 허탈한 웃음을 터뜨렸다.

"뭡니까?"

"아니, 여기는 왜 이렇게 비싼 거야? 이건 거의 돈 낭비 수준이라고!!"

"맛있잖아."

아무렇지도 않게 대꾸하는 케이아느에게 민한은 신경질을 버럭 냈다. 지금 네가 먹고 있는 식사 한 끼가 일반 서민들의 일주일치 생활비라고 고함을 지르며 당장 나가자고 외쳤다. 케이아느는 나갈 거면 너나 나가라고 응수하며 버텼다. 고함이 계속해서 이어지자 주위의 손님들이 안색을 찌푸리기 시작했다. 그때 한 사람이 이들에게로 다가왔다.

"거기 두 사람, 시끄러우니까 입 닥치고 식사나 할래?"

갑작스런 반말에 어리둥절한 케이아느와 민한은 고개를 돌려 방금 전 말한 주인공을 쳐다보았다. 그곳에는 웬 예쁘장한 아가씨가 하나 서 있었다. 아무리 귀엽고 예쁘장해도 괜히 자신들의 일에 끼어들자 화가 난 민한은 웬 참견이냐며 도리어 화를 냈다. 더군다나 반말까지 하면서. 그래도 잘못한 것은 명백히 민한이었는데 그가 오히려 화를 내자 그 아가씨는 황당한 모양이었다.

"아가씨, 여기 계셨군요? 주인님께서 찾으십니다."

그때 한 오십 대 중반으로 보이는 사내가 들어와 그녀에게 공손히 말을 건넸다. 당당한 말투로 보아 제법 있는 집안의 딸이라고 생각했던 민한의 예감이 정확하게 맞아떨어졌다. 하지만 그 아가씨는 짜증

난다는 듯 말했다.

"집사, 이 녀석들 따위가 어째서 이런 곳에 있는 거지?"

"따위?"

더욱 화가 난 민한이 깽판을 부리려고 할 때 곽가가 말렸다. 이런 곳에서 화를 내보았자 도움은커녕 안 좋은 일만 더 생길 거라고 설득하자 그는 간신히 화를 참으며 케이아느와 곽가를 데리고 그곳을 떠났다.

"너 같은 녀석이 있으니까 우리 사로트가 욕을 먹는 거라구!!"

뒤돌아서 나가는 민한에게 그녀는 한마디 툭 던졌다. 확 돌아버릴 뻔한 민한이 간신히 정신을 수습하고 사라지자 버릇없이 굴며 장난기 많던 아가씨의 모습은 어디 갔는지 순식간에 싸늘하게 변했다. 그리고는 그 분위기를 유지한 채 중얼거렸다.

"호오, 저 녀석이 시에나케트가 관심을 갖는 인간이란 말이지? 제법 괜찮은 녀석 같군. 안 그래?"

"그런 것같이 보이는군요, 세프렐님."

"나중에 다시 한 번 방문하도록 준비해 놔."

"알겠습니다, 세프렐님."

우연은 아닌 것 같았다. 뭔가 냄새가 났다. 더군다나 그녀는 시에나의 이름을 알고 있었고, 또한 애시당초 민한을 알고 있었다.

점심을 먹은 후 민한은 다시 촬영을 시작했다. 그 직전에 곽가와 그는 많은 이야기를 나누었다. 원래는 식사 도중에 하려던 이야기였는데 어떻게 하다 보니까 이렇게 된 것이었다. 곽가가 꺼낸 이야기는 대부분 이곳 사로트의 문제였는데 큰 것만 말하자면 세금과 농지, 그리고 기타 제도였다. 세금은 현재 대부분의 국가에서 60퍼센트가량의 소출을 세금으로 받아왔는데 이번에 사로트에서는 35퍼센트로 대대적으로 내리게 되었다. 농지는 농토에 매어 있는 농부가 이제는 자유롭게 그것을 팔고 다른 것을 추구할 수 있게 되었다. 반면 농업이 대부분 국가의 주 산업이었기 때문에 다른 국가에서는 그들을 묶어두고 있었다. 그들이 풀어지면 다른 산업에 종사하여 식량이 대폭 감소할 수 있기 때문이었다. 하지만 사로트에서는 이제 누구든지 원하는 직업을 선택할 수 있게 되었다. 아울러 제도도 여러 가지 바뀌었는데 군대 제도는 후일로 미루었지만 서류상으로나마 대부분 영토의 편성이 끝났고 사르 항도 완벽하게 접수하여 불필요한 제도는 없애고 필요한 제도는 도입하였다. 도시에서는 거의 사라졌지만 일부 지역에서 이루어졌던 영주의 초야권이 완전히 사라지게 되었다. 결혼 첫날밤 순결을 영주에게 바쳐야만 했던 수많은 처녀가 기쁨의 환호성을 질렀다.

"오늘 촬영 부분은 거의 끝나가네."

피곤한 몸을 이끌고 강행군을 하여 오늘 분량의 촬영을 거의 마무리 지은 민한은 케이아느에게 말했다. 케이아느는 고개를 끄덕이며 대꾸했다.

"그래."

마나를 대부분 소진해서인지 그녀는 얼굴이 창백하게 변해 있었다. 그런데 그런 모습에 민한은 그녀가 왠지 아름답다는 생각이 들었다. 별종인지는 모르겠지만 그는 웃으며 케이아느에게 느낀 감정을 말했다.

"너, 오늘따라 예뻐 보인다?"

"뭐 잘못 먹었냐?"

피식. 민한은 가볍게 응수해 오는 그녀에게 진한 우정을 느끼며 큰 한숨을 내쉬었다. 날이 저물고 있었다. 하늘에서는 이미 찬란한 별들이 아름답게 빛을 발하고 있었다.

"근데 말야, 너 이전엔 뭐 하고 지냈던 거야? 어렸을 적에 말야. 난 어렸을 적부터 오로지 마법만을 위해서 살아온 것 같은데……."

"나? 후후, 뭐… 이곳에 올 때까지 공부에 찌들어 살았다고나 할까? 모두 규격화에 튀지 않아야 하고 개개인의 개성이 인정되지 않는 수많은 제품 중의 하나. 그런 곳에서 살았지."

"별로 좋지 않은 기억인가 보구나? 근데 어디서 살았는데?"

"그냥 좀 먼 곳에서 살았어."

침묵이 흘렀다. 그러나 얼마 지나지 않아 이번엔 민한이 그녀에 대해 물어왔다.

"넌 우리 측으로 항복한 걸 후회하지 않아?"

"별로. 이렇게 좋은 친구도 생겼는데."

케이아느는 민한의 물음에 당연히 아니라는 듯 고개를 내저었다. 그녀의 대답에 민한은 한숨을 내쉬었다. 오늘따라 한숨을 계속해서 내쉬는 그였다. 민한의 한숨에 케이아느는 기분이 안 좋아 보인다면서 무슨 일이 있느냐고 물었다. 민한이 조용히 대답했다.

"사로트의 원래 영주인 스튜피드 후작 말야. 내가 아는 여동생의 아버지셨거든. 그는 이미 다른 국가로 망명해 버렸지만 그것 때문인지 기분이 씁쓸해. 괜한 짓을 한 것 같기도 하고."

"너도 은근히 감상적이다? 나는 사로트 시민들의 얼굴이 밝아진 것만으로도 네가 할 일을 했다고 생각해. 한 사람보단 다른 수많은 사람이 중요한 것이 아닐까?"

"글쎄다. 나는 나와 인연이 있는 사람들이 더 중요하다는 생각이 들어. 인간은 모르는 백만 명의 사람보다는 아는 한 사람이 더 소중한 법이니까."

갑자기 분위기가 무거워지자 케이아느는 가벼운 분위기를 조성하기 위해 갖은 노력을 했지만 민한은 별다른 반응을 보이지 않고 조용히 어디론가로 발걸음을 옮겼다. 케이아느는 그런 그의 태도에 고개를 갸웃거렸지만 정확히 왜 그러는지도 모르는 그녀로서는 별다른 위로도 해주지 못했다.

조조는 분위기가 가라앉아 보이는 민한이 맘에 걸렸지만 이내 회의를 시작했다. 사로트를 점령한 후 열리는 첫 공식 회의였다. 이 자리에는 조조를 비롯하여 곽가와 민한, 허저와 전위, 시에나와 라스 등 인재로서 등용된 스물두 명의 사람들도 참석한 비교적 규모가 큰 회의였다. 이번 회의로 결정될 안건은 세 가지로서 하나는 상업 지대 조성을 위한 대대적인 시설의 확충이었고, 다른 두 가지는 관광 사업과 이번에 새로 얻은 사르 항구의 규모에 관한 내용이었다.

"그럼 회의를 시작하겠네."

조조도 열심히 이곳의 언어인 대륙 공통어를 배웠지만 아직 회의를 진행하기엔 무리가 있었기에 케이아느와 몇몇의 마법사가 회의실에 마법을 펼쳐 뜻을 통하게 만들었다. 그래서 회의는 별 지장 없이 진행될 수 있었다.

"첫 번째는 상업 지대 조성의 관한 내용입니다. 기사와 마법사들 쪽으로는 파천님께서 자금 확보에 나서고 계시지만 도시 쪽으로는 이미 충분한 재정이 확보된 상황입니다. 세율이 60퍼센트에서 절반에 가까운 35퍼센트로 내린 상태임에도 불구하고 이번 프로젝트는 충분히 진행할 수 있을 정도입니다."

민한은 속으로 철렁했다. 그가 떠올리는 생각은 단 한 단어 '당했다' 였다. 저 정도의 충분한 재정이었다면 기사와 마법사들 쪽으로 좀 돌렸다 해도 별문제없는 일인데. 곽가는 넉넉한 재정 확보를 위해 민한을 멋지게 속여 버린 것이다. 땅을 치며 통곡할 분위기의 민한은 곽가를 째려보았다. 그 의미를 알게 된 곽가는 의미있는 미소를 지은 후 말을 이어 나갔다. 이것은 저 곽가라는 인물을 과소평가한 민한의 치명적인 실수였다. 모든 방면에서 중국과는 다른 곳이니 아직 잘 몰라서 실수했다는 곽가의 말을 곧이곧대로 들은 민한은 가슴을 치며 후회했다. 하지만 이제 와서 어쩔 수 없는 일이기도 했다. 그의 말을 들으며 속으로 치를 떠는 민한이었다. 영화를 찍은 것이 삽질이 되어가는 순간이었다.

"모든 것이 확보되었지만 아직 그 많은 시설들을 지을 건설 인부들을 확보하지 못한 상태입니다. 이것은 당분간 보류해야 할 것 같습니다."

그리고 관광 사업은 아무래도 우락부락한 남자들보다는 세심하고 미적 감각이 풍부한 여자가 나을 것 같아 케이아느가 책임자가 되었다. 이론과 세부 계획은 관광 사업을 잘 알고 있는 민한이 맡았고 그것들의 실행은 케이아느가 진행하게 되었다. 자신있다는 케이아느의 말에 그녀에게 전적으로 맡기기로 하고 회의는 시작한 지 한 시간도 채 안 되어 세 번째 안건으로 넘어갔다.

"사르 항은 저희가 가진 유일한 항구이자 다른 왕국과의 교역으로 막대한 돈을 벌어들일 수 있는 생명줄과도 같습니다. 저는 이곳에 막대한 돈을 투자하여 항구를 대대적으로 증축하고 해군을 양성하여 상인들을 보호하는 것이 옳다고 생각합니다."

모든 이들이 경악했다. 그 시선들은 죄다 허저에게로 꽂혀 있었다. 특히 조조와 곽가는 이것이 과연 허저가 맞는지 의심스러운 눈초리로 바라보고 있었다. 시선들이 부담스러운지 허저는 당황해하며 멋쩍은 웃음을 지었다.

"요즘에 고, 공부한 것이 효과가 있나 보네요. 헤헷!!"

설상가상으로 거대한 덩치가 뒤통수를 긁적이며 귀여운 척하는 허저. 어느 정도 충격이 가신 후 모든 이들이 일리있는 소리라면서 고개를 끄덕였다. 막대한 돈. 아무리 사로트에 돈이 많다고 하더라도 항구를 증축하고 시설을 늘리며 해군을 단기간에 양성하기에는 무리가 있었다. 하지만 그것은 시간이 해결할 수 있었다. 조만간에 메르의 돈이 들어오니 그것으로 처리하면 되는 일이었다. 이것의 책임자는 곽가가 되었다. 그때 무언가를 곰곰이 생각하던 민한이 조조에게 말을 꺼냈다.

"우리는 한순간을 위해 이 일을 벌인 것이 아닙니다. 우리는 미래를 내다보아야 합니다. 그러므로 교육의 기회를 널리 시민들에게 주기 위해서는 학교의 건립이 불가피합니다."

"학교?"

"일종의 교육 기관이지요. 마법과 기사들을 대대적으로 육성할 수 있는 기관을 설치한다면 우리는 몇 년 안으로 기초가 튼튼한 인재들을 대거 양성할 수 있습니다. 그들을 잘 키운다면 막강한 세력이 되지 않겠습니까? 그것 말고도 간단한 상식들을 배우는 학교도 있었으면 더 좋겠지만 말입니다."

조조는 일리있는 말이라며 좀 더 세부적인 계획안을 제출하면 좋겠다고 말해 왔다. 민한은 이 교육의 기회를 모든 평민이나 귀족들에게 평등하게 제공함은 물론 기회가 다소 적은 병사들에게까지 확장시키자고 건의했다. 차원을 넘어오고서도 단지 포상금만 지급한 병사들이 이젠 노력만 하면 충분히 인재로 등용되어 요직으로 나갈 수 있게 되었다. 하지만 언어 문제가 있었다. 단기간에 그들이 언어를 익히기에는 무리였기에 민한은 그들만을 특별히 모아서 교육할 학교를 건립하고 2, 3년 후에는 쓸모가 없어질 그 학교를 대형 도서관으로 만들자는 계획도 내놓았다.

"역시 파천이로군. 아무리 인재라 해도 교육의 기회가 없다면 진흙 속으로 묻혀 버리는 거겠지. 병사들 속에도 분명 인재들은 있을 테니. 좋소. 그렇게 처리하도록 하시오."

그 이후에도 수많은 의견이 쏟아져 나왔지만 어떤 것은 장기적인 계획이었고 단기적인 것들도 지금 당장은 실행하기 무리인 것도 많았다. 돈도 많이 들고 너무 막연한 것들도 많았다. 결국 대부분의 계획이 미루어졌다. 하지만 그것들이 실행될 쯤이면 사로트는 최강의 국력을 자랑할 것에 틀림없었다.

전위와 허저는 오늘도 열심히 기사들을 가르쳤다. 기사단이 창설되었을 때부터 계속 이곳에서만 매달린 터라 별다른 움직임을 보이지 않았던 그들이다. 그런데 오늘은 웬일인지 그들이 일찌감치 훈련을 마치고 어디론가 달려가고 있었다. 매일같이 강행군을 해서 기사들을 괴롭히고 있었지만 가르치는 내용은 일반 기사들이 상상도 할 수 없는 방식들로 가르치고 있었다. 예의와 명예를 중시하는 일반적인 기사들과는 달리 실전에서만 쓰이는 실전 검술을 가르쳤다. 불만을 터뜨리는 기사들에게 그들이 항상 외치는 말은 이런 것이었다.

"예의? 명예? 그 딴 거 개에게나 갖다 줘라!! 전쟁은 멋이 아니다! 삶과 죽음, 그것들을 정복하고 다스려 나가는 것이다! 죽기 싫으면 강해져라! 우리는 그 최단 방법을 가르치고 있을 뿐이다!! 소드 마스터? 웃기지 말라고 해라! 마스터가 아무리 강해봤자 오러 블레이드를 뽑아 올릴 마나가 부족하면 고작 수백 명의 병사로도 사살하거나 심지어 포로로 잡을 수도 있다! 명심해라!! 오로지 삶과 죽음을 정복하는 길만이 강해지는 길이다!!"

이렇게 험상궂은 얼굴로만 일관하던 그들이 오늘따라 밝은 미소를 지으며 어디론가 가고 있는 것이다. 물론 이런 험상궂고 빡빡한 일정의 훈련 대부분은 전위가 담당했다. 평상시 순진한 어린아이 같은 허저가 기사들을 마구 굴리기에는 역부족이었던 것이다. 그런데 어디를 가고 있는 것인가? 그것도 그 중요한 훈련까지 단축시키면서 말이다. 잠시 뒤, 그들이 달려간 곳은 다름 아닌 민한의 촬영지였다. 호기심도 있었지만 곽가의 적극적인 추천으로 인해 혹한 상태였다.

"엇? 허저님과 전위님 아니십니까? 이리로 오십시오."

"우와! 정말 멋있군요."

"그렇습니다. 이런 것을 어느 누가 상상이나 하겠습니까?"

허저와 전위는 민한에게 존댓말을 하고 있었다. 처음 작위를 받을 때 그것이 무언가 했었지만 민한이 설명해 준 내용에 따르면 그것은 벼슬과도 같았다. 그들은 주군인 조조가 민한에게 백작이라는 자신들과 동등한 지위를 내렸으니 반말을 할 수 없다고 생각한 것이다. 처음에는 다소 불만이 있긴 했지만 사로트라는 거점을 마련한 것 하며 뛰어난 외교 실력까지, 이제 그들 스스로 마음속으로 민한을 인정하기 시작한 것이다. 그러나 민한은 부담스러웠는지 그들에게 말했다.

"그냥 하대를 하십시오. 듣기에 좀 민망스럽군요."

"하하! 천하의 파천님께서 그 무슨 소리입니까? 이제는 당당한 조조 군의 일원이신데 당연히 존대를 해드려야지요."

"그렇습니다."

막무가내로 그들은 존대를 해왔다. 몇 번 사양하던 민한은 완강한 그들의 태도에 별 도리 없이 받아들였다.

"근데… 어쩐 일로 이곳까지 오셨는지요?"

허저가 곽가를 들먹이며 재미있을 것 같으니 구경 한번 가보라고 해 서 왔다고 대답했다. 미소를 지은 민한은 순간 한 가지 아이디어가 떠 올랐다. 그것은 바로 '로미오와 줄리엣'에 허저와 전위를 출연시키는 것이었다. 각각 두 집안의 호위무사로 나와 오러 블레이드를 뿌리며 출연한다면 이것은 실로 대박감이었다. 민한은 밝게 웃으면서 자신의 생각을 그들에게 말했다. 그것은 가뜩이나 호기심이라는 불씨가 있던 그들에게 석유를 뿌리는 격이었다.

"당장 하겠습니다."

"걱정 마십시오."

이래서 허저와 전위도 영화에 출연하는 기회가 생겼다. 마침 이들이 출연할 만한 파트가 임박했기에 촬영하는 일행의 손이 바빠지기 시작 했다. 한참 호들갑을 떨며 열심히 준비하고 있을 때 웬일인지 조조가 곽가를 대동하고 이곳으로 다가왔다.

"파천, 잘되어가는가?"

"예. 그런데 일은 어떻게 하시고……?"

민한은 조조 옆에 서 있는 곽가를 째려보며 물었다. 아직도 화가 풀

그게 아냐! 감정을 좀 더 집어넣으라구~!! 155

리지 않은 모양이었다. 멋쩍었던지 곽가는 뒤통수를 긁적이고 있었다. 조조 역시 민한의 마음을 눈치 챘는지 웃으며 변호를 해주었다.

"허허! 곽가가 한 것이 아니라 내가 명령한 것일세. 돈이 떨어져 가자 봉효는 도시의 자금을 그들에게로 돌리자고 했지. 그러나 내가 그를 말렸다네. 파천의 실력을 믿었기 때문에 문제가 없을 것이라고 생각했는데 이것은 기대 이상이로군. 이런 생각을 해내다니……."

민한이 현재 작업하고 있는 것은 그것뿐이 아니었다. 영화를 찍을 뿐 아니라 제한적으로 몇 시간이나마 가상 체험을 할 수 있는 수정구도 만들고 있었다. 일루션 마법을 응용한 그것은 평민들에게 선풍적인 인기를 모을 만한 것이었다. 귀족과의 차별을 없애겠다는 선언이 있었음에도 심리적으로 귀족들에게 눌리는 것이 현실이었다. 그런데 가상으로나마 그들의 생활을 체험하게 해준다면, 아마 폭발적인 인기를 누리게 될 것이다. 아직은 기술이 부족해서 극히 제한적으로 누리게 될 테지만 말이다. 자신의 의사와는 상관없게 미리 만들어진 대로 그저보고 느끼게만 되는 프로그램이었다. 하지만 좀 더 기술이 개발되고발전되면 그 이상의 가능성도 충분히 있는 것도 사실이었다. 아직은실험 단계에 있지만 몇 달 안으로 사로트의 여러 상점들에서 팔리게될 것이다. 민한은 이것에 기대를 걸고 있었다. 평민들의 열등감을 상품화시킨 민한의 기발한 아이디어였다.

"이곳에 순욱이 있었다면 좀 더 편했을 거라고 생각한 적이 많았네. 그런데 그의 능력에 필적할 만한 사람이 곁에 있더군."

"누구… 인지?"

"자네도 알 걸세. 시에나와 라스 말일세. 업무 처리에도 엄청난 능력들을 지니고 있더군."

어쩐지 요즘 따라 모습을 볼 수 없었던 그들이다. 알고 보니 조조와 같이 정무를 담당하고 있었군. 민한은 시에나를 떠올리면서 고개를 갸웃거렸다. 뭔가 이상한 구석이 많긴 했지만 능력이 좋으니 상관은 없었다.

"아, 허저와 전위도 영화에 출연하는 것인가?"

"예, 주군."

둘은 기분이 좋은지 아직도 실실 웃고 있었다. 부하들이 즐거워하니 덩달아 즐거워지는 조조였다. 잠시 동안 잡다한 수다를 떨던 조조는 본론을 꺼냈다.

"이곳에 온 건 그대를 보기 위함도 있지만 그것보다는 뭐… 더라?"

"케스로아입니다."

잠시 기억이 나지 않는 듯 조조가 머뭇거리자 곽가가 옆에서 도와주었다.

"맞아, 그 나라에서 사신이 왔네. 그래서 그들에 대해서 아는 것이 많을 파천이 필요하네."

케스로아에서 사신이 왔다. 무슨 목적인지는 모르겠지만 일행의 규모가 그리 크지 않은 것으로 보아 비공식적인 방문인 것으로 보였다. 뭔가 고개를 갸웃거리던 민한은 가보면 알겠지라는 생각으로 촬영을 접었다. 영화도 중요했지만 아직 국제적으로 잡히지 않은 위치를 이번 기회로 잡아보겠다는 생각도 드는 그였다.

사신 일행은 역시나 비공식적이었는지 몇 안 되는 인원들로 구성되어 있었다. 하지만 개개인의 눈빛이 번쩍거리는 것으로 보아 만만치 않은 인물들임에는 틀림없었다. 그들은 사로트의 시청격인 후작의 저택으로 안내되었다. 일부러 과시용으로 군사들을 수천 명이나 동원했지만 그들은 미동조차 하지 않았다.

"이리로 드시지요."

민한이 예절 바른 태도로 그들을 안내했다. 안내된 곳은 조조가 사무 처리를 하는 방이었다. 비밀스러운 방문임을 안 민한이 그들을 일부러 이곳으로 안내한 것이었다. 그곳에는 이미 기다리고 있는 인물들이 있었다. 조조는 물론이고 곽가도 당연히 있었다. 허저와 전위가 조조의 호위를 서고 있었고 또 시에나도 있었다. 라스는 남은 인원을 데리고 다른 사무를 처리하느라 정신이 없는 것 같았다. 케이아느와 여러 마법사들도 통역 마법을 준비하고 있었다. 모두들 의자에 착석하자 무거운 정적이 방 안을 휘감았다. 한참이 지나서야 그들은 말을 꺼냈다.

"아시다시피 우리는 케스로아의 사신입니다. 우선 사로트를 얻으신 것에 대해 저희 국왕 폐하께서 축하를 드리신다고 전해달라 하셨습니다."

"고맙소."

이들은 무척이나 놀라고 있었다. 정보에 의하면 몇몇에 불과한 도적 떼가 사로트를 함락했는데 메르가 그들의 진압에 실패하고 지금은 방관할 수밖에 없을 정도로 세력이 크고 있는 상황이라고 했다. 그러나 도적 떼라기에 무시했던 케스로아 왕국이었다. 그런데 눈앞의 인물들은 죄다 그런 빈 껍데기 같은 인물들이 아니었다. 특히 사로트의 주인인 조조라는 사내는 말에 힘이 있었고 은연중에 주위를 누르는 위압감도 있었다. 일개 도적 떼로 안 사신들은 당황하는 빛이 역력했다. 하지만 그들은 그런 실책에 연연해하고 있지만은 않았다.

"무슨 일이시오?"

"아실지 모르겠습니다만 메르의 군대는 저희에게 무참하게 무너진 상태입니다. 이틀 전 있었던 대대적인 전투에서 메르는 완패당한 채 물러나고 있습니다. 좀 더 효과적인 침공을 위해서 국왕 폐하께서는 사로트의 주인이신 조조님께 동맹을 요청하고 계십니다."

표현은 하지 않았지만 조조를 비롯한 모든 인물들은 다소 놀란 상태였다. 메르 군 이십만, 케스로아 군 이십오만이 대치 중인 것은 누구나 다 아는 사실이었다. 그런데 메르가 완패했다니 아직 정보력이 주위 국가들까지는 뿌리내리지 못한 상태였기 때문에 이 사실은 이들에게 충격으로 다가왔다. 케스로아는 좀 더 확실한 것을 위하여 조조군과 동맹을 맺고 싶어했다. 그러나 운명의 장난인지 이때 문을 두드리는 소리가 들렸다.

똑똑.

"무엇인가?"

"소인 라스입니다. 메르 왕국에서 사신이 왔습니다."

조조는 능숙한 솜씨로 케스로아 사신들을 대하며 라스에게 말했다.

"알겠으니 사신을 이리로 데리고 오시오."

"예."

메르의 사신이 왔다는 것을 안 케스로아 사신들은 비웃음 가까운 웃음을 지어 보였다. 자세히는 모르겠지만 태도로 보아서는 조조라는 인물이 자신들을 더 귀히 대접하고 있는 것 같기 때문이었다. 그리고 그들은 그가 케스로아와 손을 잡는 길을 택하게 될 것이라고 자신했다. 조조는 케스로아의 사신들에게 오늘 안에 답을 줄 테니 잠시만 사로트에 머물러 있으라고 말했다. 잠시 후 케스로아의 사신이 접견을 마치고 물러났다. 물러나며 그들은 라스와 함께 있는 한 사내를 만날 수 있었다. 사십 대 중반으로 보이는 사내였다. 그런데 그 인물은 갑자기 복도에서 만난 케스로아의 사신들 중 한 명을 가리키며 경악하는 것이었다. 어찌나 놀랐던지 안색이 파르르 떨리며 노려보고 있었다.

"빠득, 네놈이 어떻게 여기에 있는 것이냐? 케스로아의 망나니 카슐 백작!!"

"호오~ 이게 누구신가? 메르의 충직한 사냥개 바토아 자작 아니신가?"

서로의 정체를 확인한 그들의 반응은 제각각이었다. 사냥개라는 말에 바토아 자작은 자존심이 상했던지 더 이상 상대도 하지 않고 지나가 버렸다. 케스로아의 사신들은 실실 웃으면서 그 자리를 물러났다. 견원지간인 두 왕국의 사신들다운 만남이었다. 조조는 케스로아의 사신들에 이어 메르의 사신을 맞아들였다. 그런데 바토아 자작은 사신이라기보다는 급한 전령같이 보였다. 뭔가 다급해하는 듯한 태도가 그것을 증명하고 있었다. 예상대로 그는 급한 전갈을 가지고 온 사람이었다.

"소인 바토아, 공작 각하를 뵈옵니다."

어찌 되었든 간에 조조는 현재 메르의 공작이었고 공국을 다스리는 사람이었다. 바토아 자작은 우선 예의를 갖추었다. 하지만 예의를 갖춤과 동시에 무섭게 조조에게 물었다.

"저들이 왜 이곳에 온 것입니까?"

"그보다 무슨 일이시오?"

발등의 불부터 끄고자 잠시 아까의 일을 접은 바토아 자작은 자신이 이곳에 온 이유를 자세하게 설명하기 시작했다. 이틀 전의 상황이 좀 더 자세하게 조조에게 드러났다. 메르 이십만, 케스로아 이십오만, 양

군을 합치면 무려 사십오만이나 되는 대군이었다. 그들은 국경에서 대치한 채 오랜 시간 동안 서로의 국경을 노려보고 있었다. 최근 잦은 소규모의 전투가 되풀이되더니 이윽고 일이 터진 것이다. 그것은 바로 사만이나 되는 메르의 병사들이 전멸당하고 만 것이다. 덕분에 전략상 커다란 구멍이 뚫려 버린 상태였다. 수도인 메지안의 병력도 조조에게 전멸당한 상태라 원군을 보낼 만한 여유분의 정규군이 없었다. 그들은 귀족들에게 도움을 요청하는 한편 이곳으로도 원군을 보내달라고 사절을 파견한 것이다. 얼마나 급했는지는 격식도 갖추지 못하고 단신으로 달려온 바토아 자작만 보아도 잘 알고도 남음이 있었다.

"완패라…… 케스로아 사신들이 과장했나 보군. 하지만 어떻게 그 많은 병사들이 순식간에 전멸당한 것이오?"

그것은 메르의 치명적인 오판이었다. 전략을 담당하는 병사들이 중간에서 살해당하고 바꿔치기 당했음에도 그 사실을 몰랐던 군대가 자살의 늪으로 진군해 간 것이다. 흔한 수법인데도 메르 군은 대항조차 못하고 무너져 버렸다.

"그렇습니까? 그렇게 간단하게?"

바토아 자작은 자신이 죄를 지은 것인 양 고개를 수그린 채 선처만을 바라고 있었다. 한참이나 한 손으로 턱을 괴고 생각하던 조조는 우선 그를 내보냈다. 그리고는 심각한 표정으로 앉아 있는 민한 등에게 말했다.

"허허, 오늘 회의 내용이 하나 더 늘어났소이다. 그럼 어떻게 해야 할지 저마다 의견들을 내보시오."

곽가가 그의 말이 끝나기가 무섭게 자리에서 벌떡 일어섰다.

제7장

순망치한(脣亡齒寒)

순망치한(脣亡齒寒)

곽가가 벌떡 일어서자 모든 사람들의 시선이 그에게로 향했다. 평소 그의 능력을 가슴으로 느끼고 있던 사람들이 대부분이었기에 모두들 그의 입을 주시했다. 곽가는 조금도 망설임없이 자신의 의견을 피력하기 시작했다.

"저희는 메르 왕국을 급습하여 현재의 위치를 이룩했습니다. 메르에게서 빼앗은 땅이니 저들이 언젠가는 복수를 해올 겁니다. 저는 케스로아 왕국과 손을 잡고 이번 기회에 메르 왕국을 아예 지도상에서 지워 버리는 것이 옳다고 생각합니다. 우리가 저들을 돕는다면 얻어낼 이익 역시 그만큼 만만치 않다고 봅니다."

조조는 묵직한 신음을 토했다. 그도 무척이나 갈등이 되는 모양이었다. 하긴 이익이 많다 하더라도 협정까지 맺은 상태에서 그것을 파기하고 선전 포고를 선언한다면 골치 아픈 일이 한두 가지가 아니기 때문이었다. 우선 그들의 국제적 위치가 흔들리게 될 것이다. 몇백 년 동안 이어져 온 전통있는 나라도 아니었고 공국으로 인정받은 것조차 얼마 되지도 않았다. 간에 붙었다 쓸개에 붙었다 하는 오점도 남길 수 있었다. 곽가도 그것을 모르는 바가 아니었다.

"이번엔 명분보다는 실리에 중점을 두어야 할 것입니다. 이번 기회에 영토도 넓히고 국력도 신장된다면 약육강식인 이곳에서는 우리들의 존재를 인정할 수밖에는 없을 겁니다. 명분은 그 다음에 찾아야겠지요."

곰곰이 듣고 있던 조조는 이윽고 천천히 고개를 끄덕였지만 섣부르게 결정을 내리지는 않았다. 이곳에 있는 모든 사람들의 의견을 들으며 곰곰이 무언가를 따져 보고 있었다. 대부분이 곽가의 의견에 찬성을 표시하고 있었다.

조조는 문득 턱을 쓰다듬으며 무언가를 생각하고 있는 민한을 쳐다보았다. 그는 여러 의견들이 나왔음에도 홀로 묵묵부답으로 앉아 있었다. 의아한 표정으로 조조는 민한에게 말을 걸었다.

"파천, 어째서 말이 없소? 내가 보기에는 봉효의 의견이 틀린 바가 없다고 생각되는데… 그대의 생각은 어떠하오?"

"주군, 저는 봉효님의 의견에 반대합니다."

드디어 민한이 말을 꺼냈다. 그의 손에서는 이미 흥건하게 땀이 흐르고 있었다. 그것이 그가 얼마나 긴장하고 있는지 잘 보여주었다. 다소 소란스럽던 실내가 쥐 죽은 듯 조용해졌다. 주위의 시선을 확인한 그가 자신의 생각을 털어놓기 시작했다.

"주군, 혹시 순망치한의 고사를 아십니까? 물론 알고 계시겠지만 이 뜻은 입술이 없으면 이가 시리다는 말입니다. 그 옛날 진나라가

곽나라를 공격할 야심을 가지고 중간에 놓여 있는 우나라에게 길을 빌려달라고 했었지요. 결코 빌려주어서는 안 되는 상황이었음에도 뇌물에 눈이 먼 우왕이 결국 길을 내주었고 진나라는 곽나라를 멸망시키고 돌아오는 길에 우나라 역시 멸망시켜 버렸지요. 현재 메르 왕국과 저희들의 관계를 잘 설명하고 있는 말이 바로 순망치한이란 말입니다. 우리가 그들을 도와 메르 왕국을 멸망시킨다면 그들은 분명 우리까지 삼키려 들 것입니다. 우리는 메르 왕국을 방패 삼아 좀 더 세력을 키워야 합니다. 메르 왕국을 멸망시킨 케스로아의 야심을 막을 힘이 없기 때문이지요. 후일 메르를 멸망시킨다 하더라도 지금은 시기가 좀 이릅니다. 그래서 저는 봉효님의 의견에 반대합니다. 저는 오히려 메르 왕국을 도와 케스로아의 야심을 막아야 한다고 생각합니다."

민한의 입에서 열변이 토해졌다. 조조는 순간 뒤통수를 망치로 맞은 듯한 충격을 받았다. 미처 거기까지는 생각지 못한 그였다. 그 사실을 눈앞에서 민한이 일깨워 주고 있었다. 곽가 역시 미처 생각지 못한 것이기도 했다. 분명 케스로아는 메르 왕국을 조조에게 나누어 줄 속셈은 아니었다. 오히려 조조를 이용하여 쉽게 메르를 무릎 꿇린 후 그도 삼켜 버릴 생각이었다. 케스로아의 계략은 민한에 의해 간파되고 만 것이다.

"그렇군. 미처 그걸 생각 못했어. 역시 파천이로군."

"그렇군요. 케스로아가 갑자기 동맹을 맺어오는 이유를 잘 파악하지 못했는데 과연 좋은 뜻은 아니었군요. 흐음, 예리하십니다, 파천님."

조조와 곽가의 칭찬에 이어 모든 이들의 감탄 어린 말들이 이어졌다. 쏟아지는 칭찬에 멋쩍어하던 민한은 조용하게 뒷말을 이었다.

"하지만 확신은 없습니다. 그들이 무슨 이유로 동맹을 맺어 메르를 무너뜨리려는지 말입니다. 우리가 저들에게 도움을 준다면 그들은 그만큼의 이득을 손해 볼 텐데요."

얼버무리는 그였지만 시에나가 나서서 그를 치켜세웠다.

"저도 파천님의 말에 적극 동의합니다. 케스로아는 애시당초 상업의 중심지였던 이곳 사로트를 노려왔습니다. 좋은 뜻이 담겨 있을 리가 없지요."

시에나의 결정타에 민한은 쑥스럽다는 듯 웃음을 지으며 자리에 앉았다. 조조는 빙긋 웃으며 좌우를 둘러보며 말했다. 그것은 이미 결정을 내린 자의 시원한 웃음이었다. 이번엔 다소 성급함이 없지 않았지만 이렇게 한 번 결정하게 되면 불도저처럼 밀고 나가는 힘을 조조는 갖고 있었다.

"군대는 얼마나 파견해야 할 것 같소이까? 하지만 메르 왕국을 돕기에는 우리의 병력이 부족한 것은 아닌지 모르겠소."

결정은 내렸지만 그래도 사로트의 병력으로는 적은 감이 있었다. 그래서 그는 시원스런 웃음을 보이면서도 마음 한구석으로 불안감을 떨치지 못하고 있었다. 곽가가 말을 꺼냈다.

"저는……."

순간 케이아느와 여러 마법사들의 마나가 흔들리면서 마법이 깨졌다. 통역 마법이 사라지자 말을 꺼냈던 곽가의 말은 대부분의 사람들에게는 순식간에 외계어가 되어버렸다.

"죄송합니다."

말이 끝나기가 무섭게 곧바로 마법이 시전되면서 다시 통역 마법이 방 안을 감쌌다. 곽가는 그녀와 다른 마법사들의 마법을 보며 신기하다는 표정을 지었다. 그러나 곧 원래의 모습으로 돌아와 말을 이었다.

"저는 이만 정도면 충분하다고 봅니다."

"제가 전위님과 함께 이만의 군대를 지휘하여 케스로아를 막겠습니다."

민한이 기다렸다는 듯 나섰다. 그러나 조조는 고개를 내저으며 말했다.

"영화가 아직 완성되지 않았지 않소?"

조조가 그가 출전할 수 없는 이유를 들며 딴지를 걸었지만 민한은 영화를 잠시 중단할 수밖에 없는 이유를 설명하기 시작했다. 사로트에서 시범적으로 개봉될 예정이지만 주요 목표는 사로트가 아니라 메르 왕국 전체였다. 메르가 전쟁에 오랫동안 휩싸이게 된다면 오히려 완성된 영화가 실패를 볼지도 몰랐다. 전쟁에 정신이 없는 사람들이 영화를 보겠는가 말이다. 그는 그러한 이유들을 들며 자신이 직접 나서서 빨리 마무리 짓겠다는 뜻을 비쳤다.

"알겠소. 그럼 군대를 정비하여 내일 떠나시오. 단, 빨리 귀환하여야 하오."

"걱정 마십시오, 주군."

마지못해 승낙한 조조는 입맛을 다셨다. 빨리 그 영화란 것을 보고 싶었는데 마음대로 되지 않아서였다. 그는 시에나에게 물러가 쉬라고 했지만 방에서 서성이며 기다리고 있을 양국의 사신들을 불러들이게 했다. 이왕 결정한 이상 일사천리로 진행시킬 생각이었다. 허저와 전위는 그 순간에도 한마디 말 없이 조조의 뒤에서 묵묵히 호위의 임무를 다하고 있었다. 현재 사로트에는 약 오만에 가까운 병사들이 있다. 메르 왕국으로부터 영토를 양도받고 나서 비슷한 수의 병사들이 더 늘어난 상태이지만 아직 실전에 투입하기에는 무리가 있는 병사들이 대부분이었다. 인구도 수백만으로 늘어난 상태여서 정비할 것도 많은 상태에서 대대적인 전쟁이란 부작용이 많을 터였다. 그래서 사로트에 주둔하고 있는 이만의 병사를 파견하기로 결정했다. 특이할 만한 사항은 이들이 모두 기병이라는 점이었다. 그것도 민한의 요청에 따라 그중 오천 명은 마갑과 철갑으로 무장한 철기병이었다. 단시간 내에 이들을 육성해 낸 사로트의 저력이 새삼스러웠다. 돈이야 그렇다 치더라도 말을 모으기가 힘들었을 텐데 결국에는 기병을 육성한 것이다. 특히 철기병은 기병보다 막강한 이들을 육성하자는 민한의 계획을 조조 역시 찬성했기에 생겨난 전력이었다. 그 옛날 고구려의 기상이 되살아난 듯 그들은 십만의 대군도 상대할 수 있다는 자신감을 보이고 있었다. 이들이 곧 전쟁의 선두에 서서 승리를 일궈낼 존재들이었다. 그리고 이 이만의 기병들이 사로트의 모든 기병력이기도 했다.

잠시 후 케스로아와 메르의 사신들이 다시 나란히 들어왔다. 껄끄러운 존재들끼리 같이 앉아 있어서인지 그들의 얼굴에는 몹시 불편하다는 감정이 잘 드러나 있었다. 차가 그들 앞에 놓여져 있었으나 무거운 분위기 탓인지 어느 누구 하나 앞에 놓여진 찻잔을 가볍게 드는 이가 없었다. 잠시간의 적막이 끝나고 역시 메르 왕국이 좀 더 급했던 모양인지 먼저 조조에게 말을 꺼내왔다.

"결정은… 내리셨습니까?"

말끝이 다소 떨리고 있었다. 그것은 바토아 자작 역시 케스로아 쪽으로 쏠릴 것 같은 불길한 예감을 진작에 느끼고 있기 때문이었다. 대답을 대충은 예측하면서도 그는 혹시나 하는 마음에 떨리는 목소리로 묻고 있었다. 당연히 반대로 자신들과의 동맹이 이루어질 거라고 확신하고 있는 케스로아의 사신들은 느긋하게 앉아 있었다. 그들을 바라보며 묵묵부답으로 소파에 파묻혀 있던 조조가 말을 꺼냈다.

"우리 사로트가… 메르 왕국과 군사 동맹을 맺은 상태란 것은 두 분 모두 아실 게요. 그래서 우리는 원군을 파견할 생각이오. 그렇게 되면 케스로아 왕국과의 전투는 피할 수 없을 것이니 미리 이 자리를 빌어 케스로아에 선전 포고를 하겠소."

"……!"

예상치 못한 대답에 두 나라의 사신들은 할 말을 잃고 멍하니 조조를 바라보았다. 케이아느와 마법사들은 마나를 계속해서 내보내 마법을 유지하면서도 올 것이 왔다는 표정들이었다. 방 안의 여러 인물들도 다가올 전쟁에 긴장하는 빛이 역력했다. 민한 역시 그들과 함께 긴장하고 있었다. 그런데 그는 갑자기 보이지 않는 시에나를 보며 의아해하고 있었다. 하지만 그것은 단순한 관심에 불과했다.

'화장실에 갔나?'

웬 이상한 곳에 한 아리따운 여인이 있었다. 공간 왜곡을 시켰는지 엄청난 마나가 폭풍처럼 휘감고 있었지만 정작 본인은 그것을 느끼지 못하고 있었다. 그녀가 있는 곳은 한 도시의 골목길이었다. 사람들이 지나다니지 않는 외딴 곳이었지만 그렇다고 마법사들이 이런 엄청난 기운을 감지 못할 정도로 둔하지는 않을 것이다. 그런데도 그녀는 무사태평이었다. 손을 들어 매력적인 붉은 머리칼을 쓸어 내리는 순간 갑자기 한 존재가 나타났다.

"죄송합니다. 일족들이 말썽을 일으키는 통에……."

"괜찮다. 어차피 너희 드래곤이란 존재들이 그런 존재인데 따져서 무엇 하겠는가?"

"……."

눈앞에 나타난 한 잘생긴 청년은 사람들이 그토록 동경하면서도 무서워하는 드래곤이란 존재였다. 눈동자와 머리칼이 죄다 금빛인 것으로 보아 골드 일족으로 보였다. 지혜는 물론이고 힘에서도 다른 어떤 일족에게 밀리지 않을 골드 드래곤이었음에도 붉은 머리의 여자는 하대를 하면서 그를 종 부리듯 하고 있었다. 더 이상한 것은 그 드래곤이 그것을 당연하게 여기고 있다는 사실이었다.

"계획을 수정해야 할 것 같다. 마지막 존재가 우리들이 생각하는 것보다 더욱 엄청나다. 이미 그분께서 나서고는 있지만 그들을 막을 수 있는 존재는 그분과 우리들이 아니라 그들과 동질성을 가진 존재들뿐이니까 말이다. 예상이 맞다면 앞으로 십 년도 채 남지 않았다. 그 안에 그들을 상대할 만큼 성장시켜야 할 것이다."

"그런데 수정… 이라시면……."

"엘란드 산맥 끝 자락과… 그리고 드워프. 알아듣겠느냐, 드래곤의 수장이여?"

갑자기 조용히 말하는 바람에 자세한 내용은 중간중간 들리지 않았다. 그러나 드래곤들의 수장은 다 알아들었다는 표정으로 고개를 끄덕였다.

"알겠습니다. 그러면 그렇게 처리하도록 하겠습니다."

순간 붉은 머리 여인의 모습이 어디론가 사라져 버렸다. 그와 동시에 공간 왜곡 마법이 거두어진 듯 주위 풍경이 환하게 조화된 채 드래곤을 감쌌다. 외딴 곳답게 지나가는 사람은 없었다.

"휴우, 도대체 그분께선 후일 우리들에게 어떤 대가를 받아내실 생각이신지……."

청년이 조용히 중얼거렸다.

조조의 이러한 뜻밖의 결정에 양국 사신들의 희비가 엇갈렸다. 케스로아 사신들은 버럭 화를 내었다.

"조조님, 지금은 이렇게 물러가지만 조만간 저희들의 무력에 무릎 꿇으실 날이 있을 겁니다!'

협박 비슷한 말을 차갑게 내뱉은 그들은 자리를 박차고 방을 나갔다. 예의라고는 찾아볼 수 없는 모습이었다. 식어버려 덩그러니 놓여 있는 차처럼 그들의 가식적인 우정도 식어버렸다. 방을 나가며 우정 따위는 모두 이곳에 묻어버리고 나가 버린 듯했다. 문득 민한의 말이 옳다는 생각이 드는 조조였다. 물론 저들의 모습이 케스로아의 모습은 아니겠지만 원래 신하들은 그 왕을 닮는다고 하지 않던가? 그러한 생각에 쓴웃음을 지었다. 바토아 자작은 의문스럽다는 듯 조조에게 물어왔다.

"어째서 저희들을 도와주시는… 겁니까?"

"하하!!'

조조는 호탕한 웃음을 터뜨렸다. 그의 진의를 몰랐던 바토아 자작은 의아해할 수밖에 없었다. 조용히 그의 대답을 기다렸다. 조조는 한동안 웃다가 이윽고 웃음을 멈추고 말을 꺼냈다.

"공짜는 아니올시다. 오십억 골드로 예정된 보상금을 팔십억 골드로 올려서 받아야겠소. 하지만 분명한 건 도와주겠다는 것이오."

왜 도와주겠냐고 물었더니 엉뚱한 대답만 하는 조조였다. 어쨌든 결과는 좋았기에 바토아 자작은 마음이 가벼워졌다. 바토아 자작이 보고하기 위해 메르로 돌아갔다. 원래는 좀 더 머무는 것이 관례였으나 한시가 급했기에 그는 말을 달려 빠른 속도로 돌아갔다.

"군대를 정비하고 출진할 병사들을 집결시켜라!!"

명이 떨어졌다. 민한과 전위는 언제 옷을 갈아입었는지 벌써 갑옷을 입고 대기하고 있었다. 시간이 없었기에 모든 절차를 간략하게 생략해 버린 그는 마침내 민한에게 출정 명령을 내렸다. 군대를 편성하고 출진 명령을 내리는 데 걸린 시간은 고작 세 시간에 불과했다. 그 시간 안에 이만이나 되는 병사들이 광장에 집결해 있었다. 그들은 각자의 무기를 굳게 잡은 채 손을 번쩍 들고 환호하고 있었다.

"병사들이여!! 우리의 주인이신 조조님의 명령을 받아 우리는 메르 왕국을 도와 저 사악한 케스로아의 무리들을 쳐부수러 갈 것이다! 적들은 많고 우리의 숫자는 적다! 하지만 나는 믿는다! 그대들의 힘이라면 능히 저들을 무찌르고 승리를 거둘 것이다! 나 민한이 전투의 선두에 서서 승리를 향해 지휘하리라! 나를 따르라!! 집에서 기다리고 있을 처자식을 생각하고 열심히 싸워라! 승리한다면 그대들에게 무한한 영광과 보답이 있을 것이다! 출정하라!!"

민한의 연설이 끝나기가 무섭게 병사들이 함성을 질렀다.

"와아아!"

이만의 병사들이 일제히 함성을 지르며 출정하는 모습은 장관이었다. 이렇게 전쟁사의 모든 기록을 갈아치우게 될 전쟁이 발발했다.

시간은 쏘아진 화살과 같았다. 정신을 차리고 보니 일주일이라는 시간이 지나 있었다.

'지금쯤 전쟁을 하고 있겠지.'

결재 서류를 보다 말고 몸을 일으켜 창가로 다가간 조조는 민한을 떠올렸다. 전위도 함께 출진했으니 승리는 어렵지 않을 것이다. 숫자가 전쟁에 영향을 미치는 것은 사실이지만 그것만이 절대적인 것이 될 수는 없기 때문이었다. 병력의 차이가 심해도 사기와 전략이 승부를 바꿀 수도 있었다. 그것을 민한이 이루어낼 것이라고 그는 자신했다. 그는 며칠 전 있었던 일을 떠올렸다. 황당했지만 그래도 결과는 좋았던 일이다. 그는 벌써 그때의 상황으로 빨려 들어간 듯 웃음을 터뜨리고 있었다.

며칠 전, 여느 때처럼 잠시 휴식을 취하기 위해 겸사겸사 사로트의 풍경을 내려다보고 있는데 곽가가 찾아왔다.

"주군, 소인 곽가입니다."

"들어오게나."

허락이 떨어지자 곽가는 방문을 열고 들어왔다. 조조는 그를 바라보며 편안하게 말을 걸었다. 자리에 앉으라고 권하고 자신도 소파에 앉았다. 곽가가 예를 갖추며 소파에 앉았다. 딱딱한 의자와는 달리 소파는 소파대로의 부드러운 맛이 있었다. 그 맛에 그는 몸을 누이며 무슨 일이냐고 물었다.

"무슨 일인가?"

"예, 어떤 천여 명쯤 되는 무리들이 성문 앞에서 우리 사로트에서 살아야만 한다고 떼를 쓰고 있습니다."

"……?"

뭔 말인지 이해 못한 조조에게 곽가의 설명은 이러했다. 웬 이상한 사람들이 천여 명쯤 몰려와 자신들은 사로트에서 살아야 한다고 아우성이란다. 수상스러워 우선은 성문 앞에 집결시켜 놓고 있지만 뭔가 이상하단다. 키는 어린아이처럼 하나같이 매우 작았는데 이상하게도 전부가 수염을 기른 채였다고 한다. 케이아느에게 물어보니 드워프들이라고 하는데 무언가를 만들어내는 데 천부적인 소질들을 가지고 있다고 한다.

"알겠네. 그럼 내가 직접 만나러 가보지."

"예."

조조가 나와보니 정말로 그들은 드워프 특유의 모습들이었다. 한두 명도 아니고 천여 명이나 되는 드워프들이 몰려 있는 모습을 본 조조는 신기해했다. 정말로 하나같이 키가 자그마해 웃음이 절로 나왔다. 케이아느 및 여러 마법사들은 신기함의 경지를 넘어 경악하고 있었다. 인간들과 어느 정도 제한적 교류는 하고 있지만 이렇게 대규모로 몰려온 적도 없었고 더구나 같이 살겠다고 한 적은 더우기 없었다. 그래서인지 주위에는 많은 사람들이 모여 그들의 모습을 훔쳐보고 있었다. 케이아느가 조조의 근처에 마법을 걸어주자 그는 드워프들과도 이야기를 나눌 수 있게 되었다. 정말 편리한 마법이었다. 그는 가장 궁금했던 점을 물었다.

"어째서 우리 사로트에 이주하려고 하시오? 말을 들어보니 인간이 아니라고 하는데……."

그런데 그의 물음에 대답해 오는 드워프의 태도가 가관이었다.

"헤헤, 저희들을 붙여만 주신다면 이 목숨 다 바쳐 열심히 충.성.을 다하겠습니다. 제발 거둬주십시오."

전에 한번 드워프들을 만난 적이 있는 사람들은 이 모습에 경악했다. 자존심이 강해 인간들과는 웬만해선 상종조차 하지 않는 그들이 이렇게 저자세로 나올 줄은 몰랐기 때문이다.

"하지만… 함부로 결정할 수 있는 일이 아니오. 아무리 악의가 없다 해도……."

거절하는 듯한 조조의 모습에 드워프들이 갑자기 모조리 무릎을 꿇었다. 그리고는 고개를 조아렸다. 천 명이 넘는 드워프들이 좌다 무릎을 꿇자 모든 사람들이 상식에 벗어난 그들의 행동에 얼떨떨해져 할 말을 잃었다. 그런데 이어진 드워프들의 말은 더욱 황당했다.

"제발 살려주세요. 우리는 여기서 살아야 해요. 흑흑, 집에는 토끼 같은 자식들과 여우 같은 마누라들이……."

한 글자도 틀림없이 모든 드워프들이 같은 말을 똑같이 줄줄 외우며 흐느꼈다. 미리 연습이라도 해온 모양인지 천 명이 넘는 드워프가 하는 말이 겹쳐 마치 한 사람의 말로 들릴 지경이었다. 황당해진 조조가 얼떨결에 고개를 끄덕이는 순간 드워프들은 갑자기 언제 그랬냐는 듯 벌떡 일어났다.

"감사합니다. 말썽 안 피우고 살 테니 제발 내치지만 말아주세요."

또 한 번 입을 모은 그들은 조조가 뭐라 그럴 사이도 없이 우루루 성안으로 들어가 버렸다. 모든 사람이 어이가 없어 넋을 잃고 있을 때 벌어진 일이었다. 그는 방금 전에 일어났던 일인 양 웃음을 터뜨렸다. 그때만 해도 다소 걱정했지만 좇아다니면서 침을 튀기며 그들의 위력(?)을 설명하는 케이아느에게 이미 세뇌가 되어버린 조조였다. 이제는 건물들을 짓고 있는 그들을 보며 뿌듯한 생각까지 드는 그였다. 사로트에서는 현재 대대적인 건축이 이루어지고 있었다. 우선 특급 호텔 두 채와 도박장이 지어지고 있었다. 포켓볼, 사구, 볼링, 스쿼시 등의 스포츠를 즐길 수 있고 쇼핑, 연극, 식사, 영화 관람 등의 모든 문화를 즐길 수 있는 십오 층 높이의 대형 문화 타운도 건설되고 있었다. 민한이 돌아오면 사르 항의 증축과 관광 코스를 개발할 온갖 계획들도 곧바로 시행할 수 있는 실행 단계에 이르고 있었다. 교육 부분에서도 뜨거운 열기가 느껴졌다. 마법 학교와 제1, 제2로 나누어진 기사 학교도 이제 서서히 기초를 잡고 있었다. 이미 마법사 탑에 마법사들을 초빙하는 글도 띄워진 상태였다. 마법에 대해 전폭적으로 지원해 준다고 했으니 별 무리 없이 초빙할 수 있을 것 같았다. 모든 것이 돈에 관련된 일이었지만 모조리 긁어 모은다면 충분히 가능한 일이었다. 실제로도 가능했지만 말이다. 조조는 처음에 드워프들에게 왜 이렇게 호의를 베푸냐고 물었지만 그들의 말은 한결같았다. 울먹거리면서 이렇게 말했다.

"죽고 싶지 않아요. 살고 싶어요. 우리는 살기 위해 하는 것일 뿐입니다. 나머지는 비밀입니다."

비밀이라면서 굳게 입을 다물어 버린 그들을 내칠 수도 없었기에 이제는 완전히 받아들였지만 좋은 게 좋은 거라고 생각하는 조조였다. 듣기에 드워프들이 인간 세상에 끼어들어 첩자 노릇을 한다는 것은 말도 안 되는 소리라고 하였으므로 더 그러했다. 인간들이 왔었다면 의심할 만했지만 드워프들은 아니었다. 오히려 지금은 사람들과 잘 어울려 사는 그들의 모습도 간간이 보였다. 이렇게 사로트가 평안한 모습인 것과는 반대로 메르와 케스로아의 국경의 분위기는 살얼음판이었다. 전위가 일만의 기병으로 급습해서 타격을 받은 케스로아 군은 잠시 물러났지만 쉽게 물러날 상황은 아니었다. 이곳이야말로 전쟁이 판가름날 수 있는 중요한 싸움이기 때문이었다. 후방에 약 10㎞쯤 거리에 성이 하나 있었다. 만약 이곳이 무너지면 메르로써는 변변한 방어선도 없었다. 그래서 다른 전선들은 소강상태에 접어들었지만 이곳만은 정 반대의 모습을 보여주고 있었다. 대치 중인 두 세력의 중간에 허리 깊이의 얕은 강이 하나 흘렀다. 그래도 폭은 넓었기에 방어하기에는 무리가 없었다. 이곳을 메르 군 이만, 조조군 일만 오천이 사수하고 있었다. 그들 앞에 있는 케스로아의 군대는 팔만이나 되었지만 민한이 오천의 철기병으로 후방을 자꾸 교란하고 있었기에 그들은 별다른 승기를 잡지 못하고 시간만 보내고 있었다.

"휴, 이제는 어찌해야 하는 것인가?"

전위가 한숨을 내쉬고 있었다. 흐지부지 전투가 벌어진 지 벌써 삼 일째이다. 여름이 다가와서인지 날씨가 무척이나 더웠다. 밤인데도 불구하고 폭염은 계속되었다. 그는 이마에서 흘러내리는 땀을 닦아내면서 손으로 부채질을 했다. 그럼에도 더워서 갑옷을 벗어서 내팽개치고 싶을 만큼 인내심이 사라졌을 때 전령이 그에게로 다가왔다. 그는 고개를 돌려 그 전령을 바라보았다. 그의 온몸은 땀으로 범벅이 되어 있었다. 한낱 병사도 저렇게 참고 있는데 대장인 자신이 추한 꼴을 보일 순 없었다. 전위는 한껏 위엄을 잡은 후 병사를 맞았다.

"백작님, 파천 백작님의 명을 받고 한달음에 이곳까지 달려왔습니다."

"수고했다. 그래, 무슨 일인가?"

병사는 품을 뒤적거려 땀에 푹 절어 있는 편지 하나를 꺼냈다. 그것을 펼쳐 내용을 확인한 그는 통쾌하게 웃음을 터뜨렸다.

"하하!! 역시 파천님이시로군. 군량을 수송하던 일만의 적들을 격퇴하시다니, 이로써 결전의 날이 다가오는 것인가? 그래, 다른 말씀은 없으셨는가?"

"잘은 모르겠지만 내일 밤 시작이라고 하셨습니다. 이미 준비를 마치셨다고 합니다."

"알았다. 물러가서 쉬거라."

병사를 물린 후 그는 미소를 지었다. 하마터면 장기전으로 발전될 전쟁을 쉽게 마무리 지을 수 있을 것 같았다. 계속해서 후방을 교란하고 있으니 말이다. 자세한 계획은 아직 잘 모르겠지만 그는 민한을 믿었다. 사람을 놀라게 만드는 그 절묘한 책략들을 말이다. 이번에는 과연 어떻게 저들을 상대할는지 호기심마저 생기는 전위였다. 허리춤에 매달린 검을 굳게 잡은 그는 앞의 땅바닥에 꽂아놓았던 쌍철극을 바라보았다.

'이제 저것이 피를 가득 맛볼 날이 다가오겠군. 후후, 기다려라, 이놈아. 마음껏 피를 마시게 해줄 테니.'

속마음에 화답이라도 하는지 쌍철극은 바람을 맞고 웅웅거리는 소리를 내었다.

다음날 아침 좋지 않은 소식이 날아들었다. 케스로아 군대의 숫자가 십만을 넘어섰다는 것이다. 케스로아는 원래 팔만의 병력이 있었는데 새벽에 삼만 명의 병력이 더 가세함으로써 십만을 상회하는 병력으로 늘어나게 되었다는 것이다. 며칠간의 전투 동안 수천의 병력 손실을 보았지만 남아 있는 병력에 비하면 조족지혈이었다. 그러나 수가 적었던 메르, 조조 연합군은 문제가 되었다. 삼만 오천에 불과한 병력이었는데 지금은 삼만가량으로 줄어 있었다. 케스로아 왕국처럼 증원도 불가능했다. 원군으로 파견할 만한 곳이란 곳마다 죄다 케스로아의 군대가 쳐들어왔기 때문이다. 소강상태라고 말하고 있지만 사실 전 지역에서 케스로아의 군대가 조수 작전을 펼치고 있어서 상당히 골치 아픈 상황이었다. 케스로아가 의도한 대로 정확히 맞아떨어졌다. 메르의 병력을 묶어둘 속셈은 정확하게 맞아떨어져 강력한 공격 앞에 그들은 원군은커녕 지키기에만도 급급했던 것이다. 게다가 첩자의 보고에 의하면 케스로아 군대가 오늘 대대적으로 공격할 거라고 했다. 병력도 세 배가 넘는 데다가 더 이상 머무를 시간도 부족했다. 이렇게 최후의 결전이 다가왔는데 민한은 그저 차를 마시며 무사태평이었다.

"준비는 해놓았는가?"

"그런데 그 많은 양의 순수 페라툰은 어디에 쓰시려고 하시는지……."

"값이 싸서 다행일세. 덕분에 충분한 양을 구입할 수 있었지만."

마법사는 고개를 갸웃거렸다. 페라툰은 마법 연구를 위한 금속 재료들 중의 하나였지만 그 많은 양을 어디에 쓸 것인지 감이 오지 않는 것이다. 명령대로 마법으로 완전 차단막을 형성시켜 많은 양을 강바닥에다가 미리 깔아놓았지만 그 이유를 알 수 없었다. 광물에서 소량의 페라툰만을 채취하는 것도 아니고, 거기에다 페라툰 안의 산소까지 모조리 제거시킨 상태의 페라툰을 어디에 쓰려는지……. 페라툰으로 산소를 남김없이 제거시키는 작업을 처음 해본 그였는지라 더욱 그랬다. 연금술이 발달했다면 그 이유를 손쉽게 알 수 있겠지만 아직은 그러한 지식이 이들에게는 없었다. 7클래스급 이상의 고위 마법사나 드워프라면 혹 모를까.

민한은 말 위에서 검을 만지작거리고 있었다. 작전이 제발 들어맞아야 할 텐데라는 생각도 들었다. 만약에 빗나간다면 화학을 가르쳤던 선생들을 마음속에서 난도질할 준비까지 마치고 있는 상태였다. 분명 지구에 있을 때 배우기를 순수 금속을 새끼 손톱만큼 물에다가 떨어뜨리면 엄청난 반응과 함께 불꽃이 튄다고 했다. 본 적은 없지만 얼핏 들었던 바에 의하면 그러했다. 페라툰은 순수 금속과 성질이 매우 흡사한 물질이었다. 특히 1족 원소인 칼륨이나 나트륨과 같이 물과는 엄청난 반응성을 보여주었다. 페라툰은 반응성은 오히려 순수 금속들인 칼륨이나 나트륨보다 더 좋았고 재료도 의외로 손쉽게 구할 수 있었다. 단지 공기 중에 놔두면 자연 분해되어 버리는 물질이었다. 그래서 마나로 공기나 물과 차단시켜 강바닥에 깔아놓은 것이다. 이렇게 해놓고서야 대충 결과를 예상한 마법사들은 고개를 끄덕였지만 위력을 실감하고 있지는 못한 듯 보였다. 그래서인지 그들의 표정에는 별다른 표정이 떠올라 있지 않았다. 어쨌거나 이런 페라툰의 많은 양을 미리 강바닥에 설치한 후 물과의 반응을 저지하고 있는 마나 막을 제거한다면? 계획대로 펑 소리와 함께 어마어마한 불꽃이 강을 메우게 될 것이다. 그렇게만 된다면 화상을 입은 수천의 병사들은 그 즉시 사망하고 말 것이라는 것이 민한의 생각이었다. 그렇게 케스로아 군을 두 군데로 나누게 만든 다음 철기병을 앞세워 공격한다면 쉽게 승리를 거둘 수 있을 것이다.

마침내 멀리서 케스로아의 대군이 움직이는 모습이 눈에 들어왔다. 얼마나 병력이 많았는지 멀리서도 먼지가 이는 것이 잘 보였다.

"병사들은 저마다 미리 준비해 놓은 화살들을 장전하고 명을 기다려라!"

강 건너에는 전위와 메르 군이 있었고 케스로아 쪽에는 민한이 숨어서 기회만을 노리고 있었다. 아무것도 모르는 케스로아 군은 많은 병력을 앞세워 강가로 진군을 시작했다. 중간에 케스로아의 마법사들이 강가에서 마나가 느껴진다며 주의하라고 했지만 그 의견은 총대장인 스히리 백작에게 묵살되어 버렸다. 그는 마법사들이 자꾸만 반대하는 까닭에 진작에 이겼을 전투를 이만큼이나 끌어왔다고 생각하고 있었다. 그들만 아니었다면 벌써 메르 왕국의 중심부로 파고들 수 있었을 거라고 후회하고 있었다. 그들은 바로 옆 숲 속에 매복하고 있는 민한의 병력을 상상치도 못하고 그곳을 그냥 스쳐 지나갔다. 민한의 부대도 좀 더 큰 전과를 얻기 위하여 그들을 순순히 보내주었다. 얼마 안 되어 케스로아의 대군은 강을 건너기 시작했다.

"쏘아라!"

"옛!"

멀리서 그 광경을 보던 민한이 곁에 서 있던 병사에게 손짓으로 신호를 보냈다. 병사는 신호가 떨어지기가 무섭게 불화살을 장전하여 하늘 높이 쏘아 올렸다.

피이잉!

불화살이 화려한 꼬리를 보이며 하늘을 향해 솟구쳐 올랐다. 그러자 저 멀리 강 건너에서 역시 불화살을 쏘아 올렸다. 전위는 공격 명령을 내렸다. 메르 군 역시 조조군의 공격이 시작됨과 동시에 화살을 퍼부어대기 시작했다. 화살이 소나기처럼 쏟아져 내렸다. 스히리 백작은 우왕좌왕하는 병사들에게 호통을 쳤다.

"물러서지 말고 진군하라!!"

하지만 쏟아지는 화살이 이상했다. 방패로 정확하게 막았음에도 오히려 방패가 서서히 녹아내렸다. 몸에 맞은 병사들은 더 심했다. 그것은 날아가는 화살에 로트가 속이 패어 있는 과일 속에 고이 모셔진 채 매달려 있었기 때문이다. 로트 또한 민한이 예전에 자주 보았던 염산과 비슷한 물질이었다. 위험한 물질이었지만 몬스터들을 처치하고 그 시체에서 쉽게 얻을 수 있는 것이기도 했다. 과일이 물체에 부딪쳐 터져 나가면서 결국 로트가 터졌고 그렇게 로트를 매달았던 화살은 엄청난 위력을 발휘하고 있었다. 호통을 치던 스히리 백작에게도 화살 하나가 날아왔다. 그는 검으로 그것을 쳐냈다.

퍼억!!

검으로 그것을 치는 순간 무언가가 터지며 그의 검에 번졌다. 의아해하던 백작은 곧 그 이유를 알 수 있었다. 검이 어떤 액체에 이상한 반응을 보이고 있었다. 그는 시작부터 뭔가 불길한 예감이 들어 후퇴 명령을 내릴까 말까 고민하기 시작했다. 하지만 그는 더 이상 그러한 생각들을 지속할 수 없었다.

"시작해라!"

"예! 마나를 거두어라!"

우두머리 마법사가 민한의 명을 받아 휘하 마법사들에게 전달했다. 그들은 강 바닥에 있던 대량의 순수 페라툰에 둘러놓았던 마나를 제거했다. 오랫동안 마나를 유지해서인지 그들 모두가 마나가 고갈되어 하얗게 질려 있었다. 그런데 거두라는 명령이 떨어지자 모두들 살았다는 듯 일시에 마나를 거두었다. 순간 수십 미터에 달하는 크기의 엄청난 불꽃이 강에서 터져 나왔다. 밤을 하얗게 밝히는 거대한 불빛이었다.

"크아악!!"

엄청난 불꽃과 그 속에 파묻혀 버린 비명 소리들. 상상도 못했던 광경에 어찌나 놀랐던지 화살을 쏘던 메르 군과 조조군까지 본분을 잃고 멍하니 그 광경을 바라보고 있었다. 강에는 순식간에 만여 명에 달하는 케스로아 군이 상체에 지독한 화상을 입고 쓰러졌다. 허리밖에 오지 않는 강이었지만 폭이 넓었던 터라 피해가 매우 컸다. 병사들이 그 광경에 멍하니 있는 것을 본 민한이 버럭 고함을 질렀다.

"당장 돌격하라! 무엇을 그렇게 보고 있는 것이냐?!"

명이 떨어지자 정신을 차린 오천 명의 철기병이 케스로아의 후방으로 돌격해 가기 시작했다. 전위도 곧 정신을 차리고는 일만이 넘는 기병들을 이끌고 정면으로 쳐들어가고 있었다. 메르 군도 이 절호의 기회를 놓칠 리가 없었다.

"우와와!!"

모두들 함성을 지르며 케스로아를 향해 돌격하기 시작했다. 시작부터 큰 타격을 입은 그들이 삼면에서 해오는 공격을 막기란 무리였다. 더구나 강에 있던 병사들이 전멸해 버린 터라 병력이 두 군데로 분산되어 버린 상태였다. 방어하기가 힘들 수밖에 없었다. 당황하고 있는 케스로아 군대의 후방으로 민한의 철기병들이 달려들었다.

"장창을 내밀고 그대로 돌격하라!!"

장창을 들고 돌격해 오는 철기병들을 막는 방법에는 몇 가지가 있었다. 대표적인 것들로 달려들기 전 화살을 퍼붓는 것과 장창 대열을 이루어 막는 방법 등 여러 가지 방법이 있었는데 케스로아 군에게는 이것들 중 해당 사항이 아무것도 없었다. 게다가 이런 전술은 그들로서는 처음 보는 것이라 더욱 그러했다. 그들은 점점 다가오는 창날의 날카로움 앞에 비참하게 죽는 수밖에 별 도리가 없었다.

"전열을 흐트러뜨리지 말… 으악!!"

"악!"

퍼퍼퍼픽!!

오 미터가 넘는 창의 숲이 케스로아 군의 후방을 강타했다. 곳곳에서 비명이 들려왔다. 거의 비슷하게 전위의 병사들과 메르 군이 앞에서 덮쳐 들었다. 창칼이 부딪치는 소리와 온갖 비명 소리가 들려왔다. 운이 좋은 자들은 한 방에 즉사했지만 운이 지지리도 없는 자들은 온몸에 창검이 꿰뚫려도 가쁜 숨을 내쉬며 살아 있었다. 그것뿐이 아니었다. 후방에 있던 마법사들의 강력한 마법 지원 때문에 더욱 많은 피해가 발생하고 있었다. 민한도 검을 비껴 들고 달려들며 마법 주문을 외웠고 실제로도 그 마법에 의해 죽은 케스로아 병사들만 해도 백여 명이 넘었다.

마법사들은 마법사들이 막아야 효율적이었지만 케스로아 측의 마법사들은 패전을 예감했던 것인지 벌써 다들 모습을 감춘 뒤였다. 피해는 점점 더 커질 수밖에 없었다. 민한과 전위는 진두지휘하면서 병사들을 독려했다. 특히 전위의 활약은 눈부셨다. 온몸을 적들의 피로 목욕하면서 쌍철극을 휘두르고 있었다.

휘이잉!

한 번 휘둘러질 때마다 서너 명의 병사들이 두 동강이 되어 날아갔다. 내장들이 터져 나오면서 공중에 흩뿌려졌다. 머리가 으깨어져 뇌수가 피범벅이 되어 흘러나오는 병사도 있었다. 잘려진 자신의 팔을 들고 충격에 울부짖다가 목이 잘리는 병사도 몇몇 보였다. 포위당한 케스로아 군은 급격하게 무너지고 있었다. 군의 총지휘관이었던 스히리 백작은 전투가 시작하자마자 전신에 화상을 입고 목숨을 잃었다. 게다가 민한이 선보인 기가 막힌 기사 사냥 때문에 전열은 더욱 빠른 속도로 무너져 내리고 있었다. 기사들은 가뜩이나 중갑주를 입어 무거운 상황이었다. 그런 그들을 포위한 민한은 메르 왕국에서 지원받은 어린아이 몸통만한 자석 덩어리들을 날려 보냈다. 거대한 자석 덩어리가 달려들자 기사들은 무게중심을 잃고 꼼짝없이 바닥으로 굴러 떨어졌다. 근처로 갔다가는 오히려 자석에 같이 붙어버릴 염려가 있었다. 그래서 민한은 미리 준비한 병사들이 있었다. 바로 가죽 갑옷을 입은 죽창 부대였다. 그들의 몸에는 금속 성분을 가진 물체가 하나도 없었다. 기사들은 말발굽에 밟히거나 누워서 죽창 따위를 맞고 그렇게 죽어갔다. 제 실력 한번 발휘해 보지 못하고 한꺼번에 수십여 명씩 기사들이 간단하게 제거되어 나가자 전의를 상실한 케스로아 군이었다.

"공격하라!!"

민한은 달려드는 병사들을 검으로 요리조리 베어 나가며 승리를 향해 달려갔다. 그의 검에도 케스로아 병사들의 피로 가득했다. 전위와 마찬가지로 그도 온몸이 피로 범벅이 되어 있었다. 그때 저 어디선가 천여 명의 병력이 다가오고 있었다. 얼핏 봐도 아군은 아니었다. 새로운 병력을 막을 속셈이었던지 민한이 직접 오백 명의 철기병을 이끌고 달려갔다. 피투성이가 된 오백의 철기병들은 마치 지옥에서 막 올라온 사신들 같았다. 그들이 달려나갈 때마다 수십 명의 케스로아 군이 피투성이가 되어 나뒹굴었다. 그들은 막기는커녕 기겁하며 길을 열어주고 있었다. 말발굽 소리가 천지를 진동하며 울려 퍼지고 있었다. 자신들에게로 달려드는 철기병들을 바라보던 한 사람이 한탄했다.

"저럴 수가! 아군이 무너지고 있다. 그렇게 성급하게 움직이지 말라고 했건만. 그리고 저 무시무시한 기병들은 도대체 무엇이란 말인가?"

은빛 갑옷을 입은 사십 대 후반의 기사였다. 그의 뒤에 있는 병사들은 엄청난 병사들이 달려듦에도 전혀 동요조차 하지 않고 있었다. 그것만으로도 저 기사가 어떤 존재인지 어렴풋이 예측할 수 있었다. 그는 다가올 전투를 생각했는지 안장에 걸려 있는 검을 뽑아 들었다.

"케스로아의 병사들이여, 우리는 이곳에서 뼈를 묻을 것이다! 죽어서라도 나라를 지키는 수호신이 될 것이다! 모두 총공격하라!!"

한 사람도 도망가지 않았다. 악을 쓰며 그들도 달려왔다. 하지만 몇몇을 제외하고는 전원 보병이었다. 보병으로서 기병을 상대하기란 무리였다. 실제로 평지의 천 명의 기병을 상대하기 위해서는 세 배인 삼천 명의 보병이 필요했다. 하물며 이들은 숫자는 적지만 기병보다도 뛰어나다는 철기병들이었다.

콰앙!!

두 부대가 부딪치는 순간 천지가 진동하는 굉음이 들려왔다. 그리고 그들은 멋지게 어우러졌다. 민한은 검을 들고 은빛 갑옷의 기사만을 노리고 달려들었다. 기사도 일부러 피할 생각은 없는 모양인지 역시 검을 꼬나쥐고 말을 달려나왔다.

챙!!

그들은 비껴 나가며 서로에게 강력한 일격을 가했지만 승부는 나지 않았다. 민한은 당황했다. 단 한 번 검을 섞었지만 분명 저 기사는 자신의 실력 이상이었다. 민한은 속으로 저 정도의 실력자를 이길 수 있을까 걱정되었다. 하지만 시작부터 기선을 제압당할 수는 없었다. 곧바로 기를 집중시켜 오러 블레이드를 뽑아 올렸다. 단시간 내에 승부를 볼 생각이었다. 그의 검에 시퍼런 검강이 서리기 시작했다. 기사도 흠칫했지만 곧 편안한 웃음을 지으며 오러 블레이드를 형성시켰다. 소드 마스터들의 격돌이었다. 마스터들의 격돌에 괜히 일반 병사들이 끼었다가는 개죽임을 당하는 것이 현실이었다. 그래서인지 그들 주위로는 갑자기 수십 미터의 공간이 생겨났다. 피하지 않은 것은 이미 죽어 넘어져 있는 수백여 명의 시체들뿐이었다.

"젊은 나이에 소드 마스터라……. 메르 왕국은 아닌 것 같고 사로트 소속인가?"

"그렇소. 이번 전쟁에 사로트의 총대장을 맡고 있는 파천이라고 하오."

"나는 대 케스로아 왕국의 기사 키에라스 드 케스로아라고 하오이다."

'허억!'

민한은 헛바람을 토했다. 분명 키에라스 드 케스로아라고 했다. 말하는 사람이 정말로 본인이 맞다면 그는 실로 엄청난 존재였다. 케스로아의 공작이자 손꼽히는 기사로서 이미 상급의 소드 마스터 경지에 올라 있는 사람이었다. 민한으로서는 완전히 똥을 밟은 것이나 마찬가지였다.

'제길, 운이 없는 건가?'

공격하겠다는 말도 없이 말이 끝나자마자 공격을 감행하는 민한이었다. 선수 필승이라고 하는 데다가 현재 자신이 이길 가능성은 열에 둘이나 셋에 불과했다. 어쩔 수 없이 감행한 비겁한 공격이었다. 그는 급히 말을 몰아 키에라스 공작에게로 달려갔다.

"하하, 젊은 패기가 마음에 드는군."

다시 한 번 검이 부딪쳤지만 이번엔 그냥 검이 아닌 오러 블레이드였다. 오러 블레이드가 부딪치며 기가 일렁였다.

지지잉! 지잉!

순식간에 십여 번의 공격을 주고받은 키에라스 공작은 빙긋이 웃었다. 기대한 것 이상이었다.

"좋은 실력이군. 하지만!"

대기를 가를 듯 공작의 검이 민한의 허리를 노리며 날아왔다. 기겁한 그가 허리를 비틀며 검을 내질렀다. 처음의 공격에 이미 그의 힘을 안 후라 정면으로 상대할 마음은 조금도 없었다. 비스듬히 기울여 키에라스 공작의 힘을 흘려내려고 했지만 역부족이었던 걸까? 공작의 검은 갑자기 방향을 틀며 검을 타고 목을 노려왔다. 검은 파지직거리는 소리와 함께 민한의 검을 긁으며 올라왔다. 섬뜩한 민한은 당황하는 기색이 역력했다.

"하앗!!"

몸의 중심을 뒤쪽으로 넘겨 말잔등에 찰싹 달라붙어 간신히 검을 흘려보낸 그는 한숨을 돌렸다. 하지만 검은 휴식을 취할 여유를 주지 않고 계속해서 날아들었다. 불꽃 튀는 대결이 계속해서 이어졌다. 공작은 인체의 급소에 대해 빠삭하게 꿰고 있었던지 검끝에 망설임이 없었다. 십여 분 동안 정신없이 쏟아지는 공격을 막아내기에 정신없던 민한이 마침내 실수를 저질렀다. 가슴을 찔러드는 검을 흘려내려다가 미처 완전하게 흘리지 못하고 검에 부상을 입어버린 것이다. 주위의 병사들에게서 탄성이 터져 나왔다.

푸욱!!

약간이긴 하지만 공작의 검이 왼쪽 어깨를 파고들었다. 일반적인 검이었다면 대수롭지 않은 검상에 불과한 상처였다. 하지만 오러 블레이드였기 때문에 갑옷이 단박에 잘려 나가며 어깨는 순식간에 걸레가 되어버렸다.

다행히 부상 부위는 검을 쥐고 있는 오른쪽이 아니었기에 당분간은 더 버틸 수 있었다. 하지만 설상가상으로 민한의 기가 때마침 바닥이 나버렸다.

슈우우!

민한의 검은 그냥 평범한 검이 되어버렸고 공작은 그 기회를 놓치지 않았다. 단칼에 그의 검을 두 동강 내버린 그는 말 위에서 멍하니 바라보는 민한의 명줄을 끊기 위해 마지막 일격을 가했다. 검끝에서는 어마어마한 기가 모이며 준비를 마친 상태였다. 그리고 공작은 그 검을 미련없이 내려쳤다. 하지만 민한은 다행히 위기를 모면했다. 두 명의 병사가 민한의 위급함을 보고 달려와 대신 그 일격을 감당했기 때문이다. 비명을 지를 사이도 없이 말과 병사는 일심동체가 되어 두 동강이 나버렸다. 공작의 검이 잠시의 여유도 주지 않고 다시 날아왔다. 반지를 이용해 방어했으면 좋았겠지만 그렇게 하면 막강한 오러 블레이드에 마법이 절단나며 목숨을 잃을지도 몰랐다. 그러나 지금은 그런 마법의 시동어조차 외울 수 없을 만큼 급박했다.

그런 급박한 상황인데도 불구하고 멍하니 보고 있다가 날벼락을 맞은 민한은 몸을 피하려다가 그만 말에서 굴러 떨어지고 말았다. 검사에게서 검을 놓치는 것은 치욕이었지만 바닥으로 떨어지며 민한은 손에서 검을 놓치고 말았다. 검은 저만치 떨어진 곳에 거꾸로 꽂힌 채 주인의 손을 기다리고 있었다. 승리를 예감한 공작이 싸늘한 미소를 지으며 최후의 일격을 가해왔다. 막아낼 방법이 없는 민한은 발 아래 있던 한 병사의 시체를 들어 올렸다.

써걱!!

흠칫할 정도로 섬뜩한 소리와 함께 병사의 시체가 두 동강이 나버렸다. 공작은 식은땀을 흘리고 있는 민한에게 말했다.

"언제까지 그렇게 피할 수 있을까?"

절체절명의 순간이었다. 공작은 잠깐의 틈도 주기 싫었는지 말을 하면서 검을 내려쳤다. 검이 그렇게 민한의 목으로 날아들 그때 망연자실한 채 그저 서 있는 민한에게 구세주의 손길이 다가왔다.

"파천님!!"

슈아아아앙!!

기가 잔뜩 실린 화살이 공작에게 파고들었다. 당황한 공작이 말을 돌려 급히 물러나는 사이 언제 달려왔는지 전위가 민한과 공작의 사이를 가로막고 있었다. 한 손으로 말고삐를 쥐고 오른손에 쌍철극을 꼬나쥔 그는 안도의 한숨을 내쉬며 민한의 안부를 물었다. 멀리서 싸우고 있다가 민한의 위기를 보고 단숨에 이곳까지 달려와 민한에게 도움을 준 전위였다.

"괜찮습니까?"

"괜찮… 습니다."

"어깨가 심하게 망가졌군요. 하지만 이제 제가 상대하겠습니다. 물러서 계십시오."

전위는 위풍당당하게 쌍철극을 휘두르며 공작을 노려보았다. 공작은 눈앞의 전위 역시 마스터임을 알 수 있었다. 부딪쳐 봐야 알겠지만 최소한 그는 자신의 아래가 아니었다. 긴장한 그는 전위를 노려보았다.

"네놈 따위가 파천님을 해하려 하다니! 내 창을 받아라! 간다!!"

제8장

우리도 한번 잘살아보세~!

우리도 한번 잘살아보세~!

　전위의 창에서 오러 블레이드가 솟구쳤다. 검이 아니라 창에서 유형의 기가 솟구쳐 올랐으므로 오러 스피어가 옳은 말일지도 몰랐다. 하지만 키에라스 공작은 지금 그런 도움되지 않는 생각을 하고 있을 수 없었다. 당장이라도 자신의 몸을 두 동강 낼 듯 파고드는 쌍철극을 막아야 했기 때문이다. 쌍철극은 키에라스 공작의 머리를 노리고 강력하게 휘둘러졌다.

　지지징!!

　간신히 막았지만 공작은 떨려오는 손을 멈출 수 없었다. 막강한 힘이었다. 눈앞의 사내는 같은 상급의 마스터였지만 그래도 자신과는 비할 바가 아니었다. 부르르 떨리는 손을 아래로 늘어뜨려 간신히 창을 흘러낸 그는 식은땀을 흘렸다.

　"우욱!!"

"하앗!!"

전위의 기합 소리가 울려 퍼지며 쌍철극이 허공에 빛을 발했다. 수없이 지징거리는 소리가 주위를 진동했다. 이미 주위의 상황은 결판이 나고 있는 상태였다. 십만이 넘는 케스로아 대군은 흐지부지 전멸되어 가고 있었고 그나마 훈련이 잘되어 있던 공작의 부대도 철기병들에게 하나둘 쓰러지고 있었다.

"으아아앗!!"

쉴 새 없이 공격을 퍼부어대던 공작이 마지막으로 젖 먹던 힘까지 몰아서 전위의 허리를 갈랐다. 어찌나 막강한 일격이었던지 순식간에 전위의 허리가 잘려 나갈 듯했다.

하지만 전위는 피식 웃으며 여유롭게 창을 들어 검을 비껴 막았다. 회심의 일격이었음에도 쉽게 공격이 막히자 공작은 절망감에 휩싸였다. 자신이 약한 것이 아니었다. 눈앞의 사내가 강한 것이었다.

"공격이 끝났나 보지?"

그리고는 쌍철극을 들었다.

"으아합!!"

전위는 엄청난 기합 소리와 함께 창을 있는 힘껏 내리 갈랐다. 시퍼런 기덩어리가 창을 휘감고 있었다. 공작은 눈앞이 아득해져 옴을 맛보았다. 그는 희망을 포기하지 않고 양손으로 머리로 내려쳐 오는 창을 막았다. 그러나 무리였다. 쌍철극의 육중한 파괴력이 공작의 검을 내려치자 공작은 손에서 검을 놓치고 말았다. 검이 손에서 떨어져 나가는 순간 오러 블레이드는 사라져 버렸다. 전위는 거기에서 멈추지 않았다. 그는 쌍철극을 휘둘러 공작의 머리부터 가랑이까지, 심지어는 말까지도 깨끗하게 두 조각을 내버렸다.

푸아학!!

피가 솟구치며 주위를 적셨다. 케스로아의 공작이며 검의 절대자였던 키에라스 공작은 결국 허망하게 죽어버리고 말았다. 싸움은 아침이 되어서야 끝을 맺었다. 케스로아 군은 애시당초 패배를 예감하고 뺑소니를 쳐 버린 마법사들과 소수의 포로들을 제외하고는 전 병력이 몰살당하는 비참한 결과를 맞이했다. 물론 공격한 메르 군과 조조군의 피해도 만만치 않았지만 십만이 넘었던 병력이 전멸해 버린 케스로아 군에 비하면 별것 아닌 피해였다. 그렇게 민한의 계략이 완벽하게 성공해 승리를 거둔 이 전투는 후일 '핏빛의 강' 전투라 불리며 전략가들에게 분분한 평가를 받게 되었다. 치사했느니 비겁했느니 하는 비판도 있었지만 대부분은 대단한 작전이었다고 평가하였다. 하지만 그것은 어디까지나 먼 훗날의 이야기였다.

조조는 기쁨을 감추지 않았다. 곽가와 모든 사람들의 반응도 마찬가지였다. 엘란드 남쪽 산맥 끝 자락에서 엄청난 양의 금은보화를 발견한 것 때문이었다. 어느 날 드워프들이 우연히 발견하고 알려와 사로트는 얼떨결에 엄청난 양의 재화를 얻게 되었다. 마치 누가 일부러 그 보물들을 준 것이라도 되는 것처럼 엄청난 보물이 사로트의 수중에 들어왔다.

"허허, 이것은 신께서 우리들에게 주신 보물이오. 아니 그렇소이까?"

"그렇사옵니다."

모든 이들이 책상에 놓인 보물을 바라보았다. 인부들이 동원되어 엄청난 양의 보물을 사로트로 옮기고 있었다. 그중 얼마간이 조조에게 직접 헌상되었다. 시에나는 빙긋 웃고 있었고, 농부로서 가난에 허덕이던 라스는 입이 대문짝만하게 벌어져 그 광경을 바라보고 있었다. 그것은 대부분의 사람들이 마찬가지였다.

"이 정도만 해도 최소한 몇 달은 마음껏 쓸 자금인데 이것이 극히 일부분이라니, 이제 파천이 승리하고 돌아오고 우리가 이것을 바탕으로 도시를 건설해 나간다면……."

상상만 해도 즐거웠던지 조조는 싱글벙글거렸다. 모두들 가식적인 체통들은 버리고 진심으로 기뻐했다. 그런데 그때 금상첨화로 민한이 파견한 전령이 도착했다.

똑똑.

"들어와라."

한 병사가 고해왔다. 전령이 도착했다고 말이다. 전령이라는 소리에 조조는 정색하며 들여보내라고 했다. 전령이 들어와 예를 갖추려 했지만 그가 막으며 결과부터 물었다.

"어떻게 되었는가?"

"대승이옵니다. 십만이 넘던 케스로아의 대군이 두 분 백작님과 메르 군의 공격 앞에 완전히 무너졌습니다."

병사는 들뜬 목소리로 알려왔다. 하지만 십만이 넘는 군대와 싸웠다면 이쪽의 피해도 클 것이다. 그 점이 다소 걱정되었던 조조는 병사에게 물었다. 병사는 민한에게 들었던 결과를 그대로 보고했다.

"이만 명의 병사들 중 약 오천 명이 전사하고 그와 비슷한 숫자가 부상을 입었다 합니다. 메르 군도 우리와 비슷한 피해를 입은 것으로 압니다. 하지만 케스로아 군은 전멸했습니다."

이만의 병사들 중 절반이 피해를 입었지만 그래도 만족할 만한 결과

였다. 조조와 곽가도 자신들이 직접 나섰다 하더라도 그 이상의 결과
는 이루어낼 수 없었을 거라고 생각했다. 통역 마법이 일상생활이 되
어버린 케이아느 역시 민한의 대승에 진심으로 기뻐하며 놀라워했다.
모두들 즐겁게 웃고 있었다. 정반대로 한쪽에서는 피눈물을 쏟으면서
땅을 치고 있겠지만 말이다. 언제나 전쟁은 이렇게 양면성을 지닌 것
이었다.

  민한뿐만 아니라 많은 병사들도 부상을 입었기에 일행은 전쟁이 끝
나고도 열흘이 훨씬 더 지나서야 사로트로 돌아올 수 있었다. 최대한
행군을 느리게 하고 돌아온 결과였다. 전쟁은 강에서 벌어진 대전투
이후 급격히 마무리 지어졌다. 십만이 넘는 군대가 전멸당했으니 당장
침공을 지속할 여력이 사라진 케스로아의 철군 덕이었다. 시작은 혼란
스러웠지만 끝은 너무 허탈했다. 원래는 민한이 메르 왕국의 수도인
메지안에 들어와 대대적인 승전 파티에 참석할 예정이었지만 상황이
여의치 않아 거절한 상태였다. 그래도 왕은 원군이 고마웠던지 여러
가지 선물들을 안겨주었다. 조조는 사로트 성문까지 나와 민한과 전위
일행을 맞이해 주었다. 민한과 전위가 말에서 내려 주군인 조조에게
예를 갖추었다. 그의 옆에는 호위처럼 따라다니는 허저와 책략가 곽가
가 서 있었다.
  "오오, 대승리를 거두었다니 역시 파천은 대단하오."
  "아닙니다. 제가 자만하여 만용을 부리다가 하마터면 적장에게 죽임
을 당할 뻔한 것을 전위님께서 구해주셨습니다. 이번 승리는 전위님이
계시지 않으셨다면 이룰 수 없었을 겁니다."
  "아니옵니다. 파천님께서 실로 엄청난 전공을 세우신 겁니다."

민한은 겸손하게 고개를 조아리며 미소를 지었다. 전위는 잔뜩 치켜세우는 그의 태도에 멋쩍어하면서도 기분이 좋은지 입가에 웃음이 가득했다. 조조가 자세히 보니 역시 민한이 어깨 쪽에 부상을 입은 듯이 보였기에 고개를 끄덕이며 전위를 치하했다. 그는 민한이 부상을 당했으므로 대대적인 잔치는 며칠 뒤로 미루었다. 지난 일주일 동안 마법사들에게 계속해서 '힐' 마법과 '리커버리' 마법을 받았기에 심한 상처는 대부분 치유될 수 있었다. 하지만 아직도 불편한 점은 남아 있었기에 그것을 미루어 짐작한 조조가 민한을 위해 잔치를 며칠 뒤로 미룬 것이었다. 따뜻한 배려에 그는 고개 숙여 조조에게 감사를 표시했다.

"우선 내 방으로 가지."

"예."

전위와 허저는 습관적으로 조조를 감싸며 호위했고, 민한과 곽가도 빙긋 웃으며 그를 따랐다. 병사들은 우선 해산되었고 일행은 조조의 방으로 안내되었다. 물론 잠자는 침실은 아니고 일하는 사무실 같은 방으로 말이다. 조조와 곽가를 따라 사로트의 중심 시가지를 지나던 민한과 전위는 현재 건설되고 있는 수많은 건물과 바뀌어진 모습들을 보며 감탄해 마지않았다. 자신들이 사로트를 떠난 지 얼마 지나지 않았는데 이런 상황일 줄은 몰랐다는 태도였다. 감탄하는 그들을 바라보며 곽가가 밝은 얼굴로 말했다.

"파천님과 전위님께서 자리를 비운 사이에 많은 일이 있었습니다. 아, 파천님께서 세운 계획이니 새삼스러울 것은 없으시겠군요. 하지만 저는 정말로 감탄했습니다. 이런 것들을 계획하시다니……. 이것들이 모두 제 기능을 발휘한다면 우리의 수입은 상상을 초월하게 될 겁니다."

　민한은 아무것도 아니라는 듯이 양손을 휘휘 내저으며 웃었다. 정말로 아무것도 아닌 것이기 때문이었다. 현대의 생활을 그저 이곳에 접목시킨 것밖에 없었다. 대부분의 것들이 마법이 있었기에 가능한 일이었다. 그게 없었더라면 거의 모든 것들이 그저 상상으로만 남았을 것이다. 이것저것 이야기를 나누면서 방에 도착하자 방을 지키던 병사가 예를 취해왔다.

　"술을 내오게."

　"예!"

　"자, 모두들 앉게나."

　곽가를 시작으로 모두가 착석하자 조조는 기쁜 마음을 숨기지 않고 조금 전의 이야기를 계속했다.

　"이제 우리의 위치는 반석처럼 견고해졌소이다."

　"그렇습니다."

　방 안의 모든 사람들이 그의 말에 고개를 숙이며 대답했다. 그때 조조의 명을 받은 병사가 물러 나가며 시녀들에게 술을 준비하라고 말했다. 원래 사로트의 병사였기에 의사소통에는 별다른 지장이 없었다. 그런데 왜 시녀들이 생겨나게 되었는가? 그것은 우락부락한 병사들의 시중에 익숙하지 않던 대부분의 인물들이 건의한 결과였다. 특히 허저의 강력한 건의 아래 이루어진 결과였다. 그래서 이미 약 백여 명의 시녀들이 이곳 저택에서 일하고 있었다. 그 이야기를 들으며 기뻐한 것은 다름 아닌 민한이었지만 말이다.

　'와우! 이제 우락부락한 병사들 말고 아리따운 시녀들을 자주 보겠구나!!'

"전쟁이 거의 마무리 지어졌으니 이제부터는 안으로 힘을 써야 할 때요."

"그렇습니다."

곽가가 맞장구를 쳐왔다. 잇달은 승리를 통해 어느 정도 자리를 잡은 상태였지만 여러 가지 내적인 측면은 많은 것들이 그대로였다. 이것들을 모두 옳게 고치고 사로트를 발전시켜야 한다는 것이 조조와 곽가의 생각이었다. 틀린 것도 없었기에 모두들 역시 고개를 끄덕였다.

"아, 파천이 돌아왔으니 봉효는 이번 프로젝트를 그에게 넘기고 사로트의 정무에 힘써주시오."

"예."

"허저와 전위도 전쟁이 마무리 지어졌으니 도시의 치안에 힘써주구려."

"알겠습니다."

허저와 전위가 고개를 숙일 때 밖에서 가냘픈 목소리가 들려왔다. 목소리로 보아 이번에 새로 들어온 시녀였다.

"술을 대령했습니다."

이제는 간단한 의사소통은 할 수 있게 된 조조와 곽가였다. 허저는 아직 그들에 비해 모자란 감이 있었지만 이들은 정말 엄청난 발전을 한 상태였다. 이곳에 넘어온 지 고작 한 달도 안 되어 간단한 의사소통의 경지를 이루게 된 것이다. 마법사들이 언어를 배울 때마다 머리를 열두 배씩 좋게 마법을 걸어준 결과였다.

"들어오너라."

말도 이제는 제법 하는 상태였다. 민한은 그 광경을 보면서 허탈감에 휩싸였다. 분명 자신은 대륙 공용어를 어느 정도 하게 된 때가 이곳으로 넘어온 지 일 년이 다 되어서였다. 물론 개인적인 능력의 차이야 있겠지만 그래도 너무 부러운 민한이었다. 그가 그러한 생각을 하고 있을 때 시녀가 방 안으로 들어섰다. 손에 든 쟁반에는 술과 약간의 안주가 놓여 있었다. 무럭무럭 피어나는 향기로 보아 매우 달콤하고 맛있는 안주임에 틀림없었다. 모두가 술과 안주를 보며, 특히 전위와 허저가 군침을 흘렸다.

"오랜만에 술이로군."

"이봐! 연회도 아닌데 작작 좀 밝히라구."

"……."

그런데 안주를 바라보며 즐거워하던 민한의 안색이 변했다. 그의 표정은 즐거워하는 전위와 허저와는 달리 뻣뻣하게 굳어 있었다. 민한의 시선은 정확히 시녀의 얼굴에 꽂혀 있었다. 그 시녀는 다름 아닌 민한을 뒤로한 채 복수할 거라고 울며불며 사라진 미디였다. 그를 바라보는 그녀의 입가에는 예전처럼 따뜻한 미소가 아닌 차가운 미소가 섬뜩하게 걸려 있었다. 가슴이 뛰었다. 어째서 미디가 이곳에 있는 것인지 민한은 감히 상상조차 못하고 있었다. 복수할 거라고 한 말이 그의 머리를 맴돌았다. 괜히 마음 한구석에서 불안감이 스멀스멀 피어올랐다. 경악한 얼굴로 시녀인 미디를 보고 있으니 조조가 웃으면서 농담을 해왔다.

"허허, 파천, 시녀가 그리도 아리따운가? 무엇을 그리 넋 놓고 바라보는 것인가?"

"아, 아닙니다."

그제야 민한은 놀란 가슴을 쓸어 내리며 정신을 차렸다. 하지만 힐끔거리는 눈을 볼 때 그가 얼마나 신경을 쓰는지 잘 알 수 있었다. 미디는 할 일을 마친 후 사뿐히 인사를 하더니 방에서 물러 나갔다. 넋 놓고 바라보는 민한을 보면서 주위에서 바라보던 모든 이들이 이상하게 생각했다. 정말로 반한 것 같지는 않은데 일개 시녀를 저렇게 경악한 얼굴로 바라보며 넋을 잃다니……. 하지만 일행은 그냥 그런가 보다 하고 넘겼다. 우선 민한이 시원하게 그 이유를 밝힐 것으로 보이지 않기 때문이었다.

민한은 혹시나 하는 마음에 자신의 반지를 쓰다듬었다. 무려 6클래스까지의 마법을 하루에 몇 번씩이라도 쓸 수 있는 반지였다. 그것은 세상에 알려진다면 피바람을 부를 만한 반지였다. 그는 몰래 독을 확인하는 탐색 마법을 시전했다. 원래 3클래스 마스터인 민한이었지만 이것은 4클래스의 마법이었다. 조조나 다른 이들의 안전을 위해 어쩔 수 없는 행동이었다. 하지만 술잔이나 술이나 그 어느 곳에서도 독은 발견되지 않았다. 미디가 그러면 그렇지하고 민한은 지극히 주관적으로 생각하며 안심했다. 다소 안일함이 느껴질 법도 한 태도였다. 잠시 뒤 조조는 한 손에 들린 술병을 들고 일일이 다른 이들에게 따라주었다. 한 잔씩 마시고 나서 조조도 잔을 들었다. 잔 안에 들어 있는 술을 입 안에 털어 넣은 그는 꿀꺽 소리와 함께 그 술을 삼켰다. 그리고는 본 이야기를 꺼냈다. 사적인 이야기야 며칠 뒤에 연회도 있을 테니 그때 가서 늘어놓으면 될 일이었다.

"파천, 오자마자 이런 이야기를 꺼내서 미안하네만… 관광 사업은 앞으로 어떻게 할 것인가? 보아하니 사로트의 개발은 드워프 때문에 별문제가 없을 것 같은데 말일세."

"드워프요?"

"아까 도시의 중심 지역으로 들어오면서 보지 못했나?"

민한이 의아해하면서 묻자 조조는 아까 보지 못했느냐면서 오히려 되물었다. 공사 현장에서 열심히 일하는 인부들이 죄다 드워프들이었는데 그걸 보지 못할 거라고는 생각하지 못했기 때문이다. 그렇다면 아까 본 사람들이 사람들이 아니고 죄다 드워프였다는 것이다. 키가 다소 작아서 이상하다 싶었는데 드워프일 줄은 상상도 못했다. 그럴 수밖에 없는 것이 이미 오랜 세월을 이곳에서 살아와서 이곳에 어느 정도 적응이 되어 그들에 대해 아는 것이 있기 때문이었다. 어느 드워프들이 인간들의 도시에서 같이 더불어 살겠는가 말이다. 이러했으니 상상하지 못한 것이 민한의 탓은 아니라고 할 수 있었다.

"그랬었군요. 전위님은 알고 계셨습니까?"

"하하, 저도 지금 알았습니다."

"허허, 이거 그들을 소개시켜 줄 걸 내가 잘못했나 보오."

민한은 급히 고개를 내저으며 대꾸했다.

"아닙니다. 그저 드워프들이 인간들의 도시에서 집단적으로 산다는 것이 이해가 되질 않아서……."

민한은 궁색한 변명을 내세우며 관광 사업에 관한 이야기를 꺼내기 시작했다. 이미 그 기초가 되는 특급 호텔이 지어지고 있었고 도박장과 십오층의 대형 문화 타운도 지어지고 있었다. 이것은 지금 당장 어떻게 할 수 있는 일이 아니었다. 그래서 민한은 그 밖의 것들을 이야기하기 시작했다.

"우선 온천과 경매장 같은 일반적인 시설은 당연히 지어야 하는 것이므로 제외하겠습니다. 우리가 지금 시급히 해야 할 것은 사르 항과 사로트를 잇는 특별한 교통편을 설치하는 것입니다. 현재 사르 항이 개발되고 사로트 역시 엄청난 속도로 발전하고 있습니다. 바다와 맞닿은 사르 항과 사로트를 더 빠른 속도로 가깝게 다닐 수 있다면 두 도시는 더욱 번창할 겁니다."

민한은 지금 조조에게 유람선의 운행을 건의하고 있었다. 사로트와 사르 항구에는 도시의 중앙을 지나가는 강이 있었다. 이전에 거론했듯이 사피아라는 이름의 강이었다. 이 강은 메르의 수도 메지안에까지 관통하는 매우 큰 강이었다. 사로트와 사르 항구까지의 사피아 강 주변은 대부분이 매우 기름진 평야였다. 곳곳에 울창한 숲도 있었고 드넓고 웅장한 경치가 즐비했다. 어떤 곳에서는 산에서 흘러나오는 폭포도 볼 수 있었다. 이곳에 유람선을 설치한다면 이동 속도도 훨씬 단축될뿐더러 추가 수입도 노릴 수 있었다.

"그리고 사르 항구의 북쪽으로 조금만 걸어가면 깎아지른 듯한 절벽이 있습니다. 바다가 한눈에 내려다보이는 관광지로서의 최적의 요지이지요. 물론 바다를 지킬 때도 최상의 지역이긴 합니다만."

그곳에 관광 코스를 짓는다는 추가 계획도 있었다. 이곳에 카지노와 몇 개의 호텔들이 건설될 예정이었다. 민한은 이러다가 질 나쁜 곳으로 변질되는 것이 아닌가 걱정도 했지만 그것은 구더기 무서워서 장 못 담그는 격이었다.

대략적인 브리핑이 끝나자 조조는 허저와 전위에게도 보고를 하라고 했다. 바로 기사단에 관한 내용이었다.

"기사들은 잘 육성되고 있습니다. 이천 명의 기사는 한 치의 허점도 없이 열심히 수련을 거듭하고 있습니다. 이런 속도라면 일 년 안으로 그럴듯한 기사단이 창설될 수 있을 것 같습니다."

"기사 쪽은 별문제가 없는 것 같군. 마법사 쪽은 케이아느가 맡았던가?"

"예."

허저가 대답해 왔다. 요즘 들어 케이아느와 친하게 지내고 있는 허저였기에 자신있게 말했다. 아울러 요즘 여러 일 처리 때문에 바쁘다는 말도 덧붙였다. 유난스런 태도에 모두들 묘한 눈빛으로 바라보자 그제야 그 의미를 깨닫고는 머리를 긁적이며 당황하는 허저였다. 이어 전위의 보고가 간단히 끝나자 조조는 수군 양성에 관한 내용도 거론했다. 아무리 휙휙 넘기고는 있지만 지루한 회의만 계속되었기 때문에 지겨운 면이 없지 않았다. 하지만 어차피 해야 할 것이면 빨리 끝내 버리는 것이 더 나았다. 수군을 창설한다는 웅장한 계획이었음에도 별다른 것 없이 오히려 더 빨리 마무리 지어졌다. 삼십 척 사천 명의 수군으로 낙찰을 본 것이다. 후닥닥 계획을 세워 버린 조조가 지나가는 말투로 웃으면서 물었다. 아마도 이게 본목적이 아니었을까 심히 의심되었다.

"파천, 근데 영화는 언제 완성되어 볼 수 있는 것인가?"

갑자기 영화 이야기가 나와 당황한 민한이었지만 이것의 대답은 이미 정해진 것이나 마찬가지였다.

"조만간에 선보일 수 있을 것입니다. 내일부터 마무리 작업에 들어갈 겁니다. 기대해 주십시오."

"허허, 무척 궁금하군. 어서 빨리 완성시켜 보여주시게나."

"알겠습니다."

조금 전 그녀의 모습을 본 터라 회의 중 내내 미디의 생각 때문에 혼란스러운 민한이었다. 어쩌자고 이곳의 시녀로 들어온 것이란 말인가? 그는 속으로 갸웃거렸다. 하지만 방금 전의 차가운 미소를 보았던 그는 몸서리를 치며 생각했다.

'미디가 변한… 것인가?'

뭔가 계속해서 엄습해 오는 불안감 때문에 방을 나가자마자 그녀부터 한번 만나보아야겠다고 다짐하는 민한이었다.

잠시 뒤 지루한 회의가 끝났다. 전위와 허저는 술이나 더 마시자며 먼저 와자지껄 어딘가로 사라져 버렸다. 그때 미디를 만날 생각에 급히 나가는 민한의 손목을 잡아채는 사람이 있었다. 민한은 도둑질이라도 하다 들킨 것처럼 가슴이 철렁했다. 시선을 돌려 손목 주인의 얼굴을 확인했다. 바로 곽가였다. 의아한 표정으로 그는 곽가에게 물었다.

"봉효님, 무슨 볼일이라도……?"

곽가는 방 안의 조조에게 들리지 않을 정도의 작은 목소리로 말했다.

"잠시만 저와 이야기를 나누시겠습니까, 파천님?"

"예? 아… 예."

곽가가 민한을 끌고 가다시피 해서 데리고 온 것은 인적이 드문 후원이었다. 여러 가지 꽃들이 저마다의 화사함을 뽐내며 자기가 제일임을 자랑하며 만발해 있었다.

'여름에도 꽃이 피나?'

쓸데없는 생각을 하고 있던 민한에게 곽가가 심각한 투로 말해 왔다.

"파천님, 물론 파천님이시기에 쓸데없는 긴말이 필요치 않겠지만 노파심에 말씀드립니다. 개인적인 일로 큰일을 그르치시면 안 됩니다."

"예?"

영문을 몰라 하는 민한에게 그는 한숨을 내쉬며 말을 이었다.

"아직 완벽하지는 않지만 첩보부도 가동되고 있는 상태입니다. 그 시녀가 민한님과 인연이 있다는 것은 저도 잘 압니다. 하지만 파천님께서 개인적인 감정을 앞세우시면 그 결과는… 참담할 겁니다. 아까 전에 술에 독이라도 있었으면 어찌 되었겠습니까? 그때 파천님께서는 나서서 주군께 말씀을 올리셔야 했습니다. 하지만 그것이 저에게는 더 골치 아픈 일이었겠지요. 뭐, 독을 타지 않았다는 것은 미리 알고 있었지만 말입니다."

"어, 어떻게?"

곽가는 이미 모든 것을 다 알고 있었다. 어떻게 알고 있느냐는 표정을 눈치 챈 곽가는 한숨을 쉬며 그것은 중요한 것이 아니라고 말해 주었다. 대신 중요한 것은 그녀가 분명 자신들이 끌어내린 스튜피드 후작의 딸이고 제1의 경계 대상이라고 덧붙였다.

민한은 곽가가 한 치의 오차도 없이 모든 것을 알고 있자 낙담했다. 개인적인 감정을 앞세운 것인지는 몰라도 조용히 만나서 따로 해결할 생각이었기 때문이다. 그녀를 먼 안전한 곳으로 보내고픈 민한의 생각은 여지없이 박살나 버렸다.

"파천님, 우리는 애시당초 그녀가 이곳을 다스리던 스튜피드 후작의 딸인 것도 알고 있었습니다. 그래서 이미 함정을 파고 기다리고 있는 상황이지요. 우리에게 제일 위협이 될 만한 세력을 미리 뽑아버리는 것이 좋기 때문입니다. 설마 그녀에게 아무런 힘이 없다고는 생각하지 않으시겠지요?"

"……."

곽가는 이미 세워진 계획을 설명해 주었다. 알면서도 위험하게 시녀로 삼은 이유는 남은 스튜피드 후작의 세력을 말끔히 청소하기 위해서였다. 그냥 아무런 이유도 없이 피바람이 몰아친다면 분명 민심이 흉

흉해질 게 뻔했다. 그래서 어쩔 수 없이 그녀가 조조를 해하게 만드는 그런 함정을 파놓고 그것을 빌미로 반란의 싹을 뿌리째 뽑는다는 계획이었다. 그래야 백성들도 어쩔 수 없이 수긍하게 될 것이었다.

'냉정하다.'

민한은 곽가에게 느껴지는 분위기가 매우 냉정하다는 것을 새삼 느꼈다. 정치가 원래 이런 것인가라고 생각되었다. 하지만 그의 말에는 틀림이 없었고 자신이 개인적인 감정으로 치우치고 있다는 것도 사실이었다. 하지만 이런 행동을 하면 안 되는 줄 알면서도 민한은 그렇게 행동한 자신을 보며 웃을 수밖에 없었다. 하지만 이젠 그것마저도 허락되지 않을 듯 보였다.

"알겠습니다. 제 명예를 걸고 앞으로는… 개인적인 감정으로 일을 그르치는 경우는… 없도록 하겠습니다."

"힘드시겠지만… 큰일을 위해서는 사사로운 감정은 버리셔야 합니다."

곽가도 이렇게 말하는 민한이 무척이나 힘들어 보인다는 것은 충분히 느끼고 있었다. 그리고 좀 더 깊숙한 곳에 자리 잡은 그의 마음도 이해했다. 곽가는 다시 한숨을 내쉬며 다소 부드럽게 변한 말투로 그를 타일렀다.

"아참, 이 사실은 주군께 비밀로 해주십시오. 저 빼놓고는 아무도 모르는 사실이었거든요. 하하!"

침울해진 그에게 너스레를 떠는 곽가를 보며 민한은 피식 웃으면서 고개를 끄덕였다.

곽가와 헤어진 민한은 미디가 있는 곳을 수소문하여 그녀를 찾아갔다. 이미 곽가가 알아버린 터라 이젠 따로 손쓸 수도 없었지만 그래도 이전에 자신이 벌인 행동에 대해서는 용서를 빌어야 마음이 편할 것 같았다. 미디를 만나서 약간의 위로라도 해야겠다고 생각한 것이다. 하지만 워낙에 저택이 컸던 탓일까? 민한은 미디의 숙소를 쉽게 찾을 수 없었다. 결국 지나가는 시녀들을 세워서 미디의 거처를 물었다.

"예? 미디라면 이쪽으로 쭉 가셔서 왼쪽으로 세 번 꺾어 가시면 있습니다."

"고맙소."

"저희는 이만."

수려하게 생긴 민한이 빙긋 웃어주자 시녀들은 얼굴이 붉어진 채 급히 자리를 떠났다.

'시녀나 꼬셔서 스캔들이나 일으킬까?' 라는 엉뚱한 생각을 하며 민한은 시녀들이 가르쳐 준 길로 걸어갔다. 제대로 가르쳐 준 것인지 민한은 쉽게 미디의 방을 찾을 수 있었다. 그는 방문을 두드렸다. 안에서 미세한 기척이 들려왔다. 아마도 미디일 것이다. 민한은 다소 긴장되어 방문을 열고 빼꼼히 고개를 내밀 미디를 생각하자 다소 설레이는 마음도 들었다. 공적인 일을 제외하면 아직도 그녀는 민한에게 절친한 동생이었다.

"누구세요?"

"아!"

문이 드디어 열렸다. 민한과 미디가 서로 얼굴을 바라보았다. 순간 미디의 얼굴이 석고처럼 뻣뻣하게 굳어졌다. 이미 예상했던 반응이다. 알고는 있었지만 막상 그녀가 그렇게 나오자 기분이 씁쓸해지는 민한이었다. 그리고 아울러서 곽가의 충고도 떠올라 더욱 기분이 울적해졌다.

"민한, 아니, 이제는 파천님이라고 불러 드려야 하나요?"

"미다……."

"당장 나가! 내 눈앞에서 사라져!!"

방에 한번 못 들어가 보고 문전박대가 그를 괴롭혔다. 민한이 무슨 말을 꺼내도 미다는 화를 내며 그를 외면할 뿐이었다. 결국 그는 본전도 못 찾고 이 말만 남기고 그곳을 떠났다.

"미안해."

너무도 짧은 만남이었지만 그 짧은 만남은 민한에게 많은 상처를 주기에 충분했다.

자신의 처소로 돌아온 민한은 키에라스 공작과의 대결보다 그녀를 만난 방금 전의 그 잠깐의 시간이 더 힘들었음을 체감했다. 하지만 이제는 확실하게 자신의 태도를 굳히기로 한 민한은 그저 안타까운 마음만 가질 뿐이었다. 곽가의 말대로 더 이상 개인적인 감정에 휘말릴 수는 없는 노릇이었다.

'별수없지.'

미안한 마음이 들긴 했지만 공과 사는 구분하기로 했으므로 그냥 그렇게 그녀의 앞길을 빌어줄 수밖에 없었다. 기분이 착 가라앉았다. 일도 손에 잡히지 않았다. 마음이 허공에 떠버린 그는 얼마간은 이런 기분이 유지될 것 같은 생각도 들어 더 이상 일을 하지 못했다.

그는 슬며시 의자에서 일어났다. 옆에 서서 잠시 창밖을 바라보던 그는 무거운 기분을 벗어보고자 곧 편안한 침대에 누워 눈을 감은 채 휴식을 취하기 시작했다. 민한이 그렇게 있을 때 누군가가 방문을 두드리는 소리가 들려왔다.

"라스입니다. 안에 계십니까?"

"파천님, 시에나도 왔습니다."

"응? 무슨 일이지?"

라스와 시에나가 노크를 했던 것이다. 무슨 일인가 싶어 그는 지금 만사가 귀찮은 상황이었지만 어쩔 수 없이 몸을 일으켰다. 문을 열자 그들이 인사를 하며 방 안으로 들어왔다. 민한은 그들을 소파로 안내했다. 그의 방에도 여느 방처럼 손님들을 대접할 수 있는 공간이 따로 마련되어 있었다. 그는 시에나와 라스가 자리를 잡고 앉자 마실 것을 권했다.

"무얼 마실 건가?"

"아, 괜찮습니다."

"저도요."

그들은 괜찮다면서 사양했다. 머쓱해진 민한은 화제를 돌려 그들의 방문 목적을 물었다. 웬만하면 이들은 사무 처리에 바빠 이렇게 따로 방문하는 일이 없기 때문이었다. 한참 서류에 파묻혀 있을 이들이었다. 무슨 큰일이라도 났나 싶어 민한은 다소 긴장감을 가지고 경청할 자세를 취했다.

"별건 아니고 드워프들이 짓고 있는 수많은 건물 말입니다. 최종적인 결정권을 쥐고 계신 파천님께서 한번 시찰을 하셔야 하지 않겠습니까?"

라스가 편안한 목소리로 물어왔다. 그의 말에 긴장감을 풀고 민한은 고개를 끄덕이며 말했다.

"한 번쯤은 돌아야겠지. 하지만 지금은······."

"무슨 일이라도 있으십니까?"

시에나가 갸웃거리면서 물었다. 갑자기 개인적인 일로 큰일을 그르치시면 안 된다고 한 곽가의 말이 떠올랐다. 한숨을 내쉰 민한은 입맛을 다셨다. 지금 자기가 귀찮다고 다음으로 미루는 것도 왠지 개인적인 일인 것 같은 생각이 들었다. 결국 그는 시찰을 나가기로 결정했다.

"아니, 지금 나갈 건가?"

"예."

"그럼 가지."

민한 일행은 저택을 빠져나가 드워프들의 건설 현장으로 발걸음을 옮겼다. 가면서도 민한은 마음을 새로 다잡았다. 앞으로는 공과 사를 구분하기로 한 약속을 끝까지 지키기로 말이다. 천여 명의 드워프가 여러 곳에 흩어져 열심히 건물을 짓고 있는 광경이 눈에 들어왔다. 워낙에 인간들과 다른 건축 방식이었기에 색다른 맛이 있었다. 그들은 자신들의 온갖 기술과 기교를 동원하여 멋을 낸 건물들을 짓고 있었다. 혼이라도 들어 있는 듯했다. 아직 기초 공사에 불과했지만 그것들을 한눈에 알아볼 수 있었다. 민한이 역시 드워프들과 인간들의 기술은 수준이 다르며 저 정도면 현대의 건설 기술과 비슷하겠다고 생각하고 있을 즈음 어디선가 드워프 하나가 허겁지겁 뛰어왔다.

"어이구, 파천님께서 납시셨군요?"

"예, 건물들을 보니… 정말 대단하다는 생각밖에는 들지 않습니다."

"제발 말을 낮추십시오. 듣기가 거북스럽습니다."

민한은 황당한 생각이 드는 것을 감출 수 없었다. 조조를 만나기 전에도 대륙의 웬만한 종족들을 거의 다 만나본 그였다. 이렇게 저자세로 나오는 드워프는 솔직히 말도 안 되었다. 자신이 만났던 드워프들은 하나같이 그들의 기술에 자부심을 가지고 인간들을 무시했다. 어떻게 보면 거만하기까지 했는데 이런 저자세의 드워프라니……. 그뿐만 아니라 이곳에 있는 천여 명의 모든 드워프가 그렇다니 더욱 황당해졌다. 조조에게 말로만 들었지, 실제로 그들과 대화를 나누기는 처음이었다.

'요즘은 드워프들도 예절 수업을 받나?'

엉뚱한 생각까지 하고 있을 때 눈앞의 드워프는 열심히 자신을 소개하기 시작했다.

"저는 이곳 드워프들의 우두머리 드라빔이라고 합니다."

"아, 예."

다시 존칭을 하자 드라빔은 거의 울먹거릴 듯한 표정으로 재차 말했다. 앞으로는 자신들에게 하대를 하라고 말이다. 민한은 몸을 가득 지배하는 어이없는 감정 때문에 자신도 모르게 고개를 끄덕였다. 고개를 끄덕이기가 무섭게 드라빔은 화사한 웃음을 지음과 동시에 감사하다고 수차 말해 왔다.

'요즘 드워프들은 너무나 예절이 바르군. 원래 안 하던 짓을 하면 죽을 때가 된 거라던데 드워프들도 한물갔나?'

계속해서 엉뚱한 생각만 하는 민한이었다. 옆에서 시에나와 라스가 빙긋거리며 웃고 있었다. 그들은 이런 상황이 벌어질 것을 이미 다 알고 있다는 표정이었다. 드라빔은 조심스럽게 시에나에게 물었다.

"시에나… 님, 이곳을 시찰하실 생각이십니까?"

"그래."

존칭어를 사용했던 민한과는 달리 시에나는 당연하다는 듯 하대를 했다. 더 웃긴 건 드라빔이 그런 하대에 오히려 그것도 황송하다는 듯 고개를 조아리고 있다는 것이었다. 민한이 뭔가 이상해서 고개를 갸웃거리고 있을 때 시에나가 말했다.

"어서 가시지요. 안내를 하도록."

"알겠습니다."

결국 민한은 왜 그런지도 모른 채 그녀에게 등 떠밀려 시찰을 시작했다. 시찰은 그가 여러 곳을 돌아다니며 일일이 확인하는 방법으로 이루어졌다. 드워프들이 그들의 자존심을 걸고 짓는 것들이라 별로 시찰의 필요성은 느껴지지 않았지만 옛말에도 백문이 불여일견이라고 했다. 확인해서 나쁠 것은 없었다. 오히려 안목을 넓히고 드워프들을 이해할 수 있는 기회가 될 수 있었다.

"이것은 특급 호텔로 예정된 건물입니다. 귀족들의 취향을 맞추기 위해 최대한 화려하고 고급스럽게 짓고 있습니다. 보시다시피 아직은 기초 단계이지만 나중에는 지하 이층, 지상 팔층으로 도합 십층의 건물로 거듭날 것입니다. 굳이 문화 센터에서 내려다볼 필요도 없을 겁니다. 이 건물에서도 사로트의 대부분 지역이 한눈에 들어오니까요."

민한이 고개를 끄덕이며 만족스러움을 표시하자 신이 난 드워프였다. 솔직히 자기들을 인정해 주는데 싫어할 존재는 아마도 없을 것이다. 시에나와 라스도 굳이 나서지 않고 드라빔의 설명을 듣고 있었다.

"대부분의 건물이 오층을 넘는 대형 건물입니다. 보잘것없는 저희 드워프들의 기술이 녹아들어 있지요."

보잘것없다고 말은 하면서도 자부심이 가득했다. 민한은 대형 건물이라는 말에 갑자기 이곳에 백층이 넘는 초대형 건물을 지으면 어떨까 하는 상상을 하기 시작했다. 생각을 하다 보니 지난번 무너진 월드 트레이드 센터가 생각났다. 그는 이곳에 그 건물을 지으면 어떨까라는 생각 속에 빠져 허우적거렸다.

"근데 그게 몇 층이었지?"

중얼거리는 것을 드라빔과 주위 일행이 들은 모양이다. 드라빔은 민한의 말뜻을 알아듣지 못해 정중하게 다시 물었다. 드워프의 자존심은 엿 바꿔 먹은 모양이다.

"아무것도 아닙니… 아니야. 단지 내가 살던 곳의 건물들이 생각나서 말이지."

또 존대를 하려던 그는 갑자기 바뀌어가는 드라빔의 표정을 보고 곧바로 말투를 바꾸었다.

'살다 살다 드워프들에게 존대를 받기는 처음이로군.'

이런 생각을 하며 민한은 호기심 어린 시선의 일행에게 설명을 하기 시작했다.

"내가 살던 곳에 유명한 빌딩이 하나 있었지. 63빌딩이라고 하는데 그 이유는 건물이 육십삼층이기 때문이었어. 하지만 어떤 나라에는 그것보다 두 배 이상 높은 건물도 있었지. 뭐, 테러를 받아 박살나긴 했지만 말야."

"테러요?"

테러의 말뜻을 이해하지 못한 다른 이들에게 민한은 '아!' 하며 그 이유를 설명해 주었다. 말로 안 될 때 동원 가능한 최악의 무력 과시 방법이 테러라고 말이다. 아, 그러고 보니 이곳에서도 못할 이유는 없었다.

'다른 나라에 테러나 할까? 폭탄의 제조 원리는 모르겠지만 이곳에는 마법이 있으니 말야.'

하지만 그것은 거의 불가능한 일이었다. 웬만한 크기의 도시에는 마법사들이 줄줄이 포진해 있었다. 최강의 마법 실력을 지닌 마법사가 아닌 이상 테러는 힘들었다. 아니, 테러는 가능하지만 살아 나오기가 힘들다는 얘기였다. 뭐, 죽기를 각오한 자살 테러가 있기는 있지만. 게다가 그것이 오히려 끔찍한 만큼 효과도 크긴 하지만 말이다.

그 뒤로도 몇 시간 동안 여러 곳을 돌아다니며 수많은 건물을 시찰한 민한 일행은 곧 피곤에 휩싸였다. 오랜 시간 돌아다니며 보고를 받고 일일이 확인을 하고 나자 무척이나 피곤했다. 그 건물들이 화려하고 멋있게 완공되었다고 하더라도 피곤했을 텐데 아직 기초 수준이었으니 더 피곤한 것이었다.

다리를 주무르는 라스와 시에나. 민한도 결국 아픈 어깨와 허리를 두들기며 잠깐 휴식을 취하기로 했다. 특히 그는 어깨 부상이 완전히 낫지 않은 상황이었던 터라 더욱 피곤했다. 몸이 안 좋으면 그냥 방구석에서 쉴 것이지 괜히 무리해서 나온 민한이었다. 길거리에 퍼질러 앉을 수도 없었기에 일행은 고개를 돌려 쉴 만한 장소를 찾았다.

마침 근처에 괜찮은 식당이 하나 보였다. 출출하기도 했고 쉴 만한 장소로는 안성맞춤이었기에 민한을 선두로 모두들 식당으로 발걸음을 떼었다. 겉에서는 그저 그랬는데 안으로 들어와 보니 제법 아기자기한 게 포근한 기분을 느끼게 했다.

"음, 분위기가 꽤 좋군요."

"그렇네?"

먼저 라스가 분위기가 좋다고 말하자 시에나가 맞장구를 쳐왔다. 민한도 질세라 기분 좋은 푸념을 늘어놓았다.

"오호! 왜 내가 이런 곳을 진작에 몰랐던 거지?"

말은 하지 않았지만 드라빔도 이곳의 분위기가 꽤나 마음에 들었던지 흐뭇한 표정을 짓고 있었다. 식사 때가 지나서인지 식당은 한산했다. 모두들 어디 앉을까 쓸데없는 고민을 하고 있을 때 시에나가 볼 것도 없다는 듯 먼저 중앙의 탁자에 턱 하니 앉아버리자 모두들 머쓱해하면서 그곳에 앉았다. 그녀가 막 주문을 하려던 찰나 대략 삼십 대로 보이는 인상 험악한 남자가 잽싸게 달려왔다.

"무얼 드시겠습니까?"

얼굴이 험상궂은 남자가 영업용 스마일 얼굴로 주문을 받으러 왔다. 지독하리만큼 험상궂은 얼굴이 웃는다는 것을 핑계로 더욱 찡그려지자 더 이상 참을 수 없었던 모양이다. 그때 민한이 재치를 발휘하지 않았다면 모두들 식사고 뭐고 자리를 박차고 도망갔으리라.

"아무거나 자신있는 요리로 4인분 가져다 주시오."

"알겠습니다."

아무래도 종업원인 모양이다. 제 딴에는 귀엽다고 생각하는지 그는 식당으로 쪼르르 달려가는 모습을 보여주었다. 주인장이 아무래도 실성한 모양이다. 모두들 고개를 절레절레 내저었다. 그리고 다시 생각했다. 그것은 바로 '저 사람만 잘라도 아마 매상이 두 배 이상은 뛸 텐데'라는 생각이었다. 모두들 살았다는 안도(?)의 한숨을 내쉬고 있을 때 문밖에서 소년으로 보이는 앳된 음성이 들려왔다.

"저기요, 먹을 것 좀 주세요."

문 앞에는 거지 차림의 한 소년이 서 있었다. 옷은 다 헤어져 살이 드러나 있었는데 매라도 맞은 모양인지 곳곳에 멍과 핏자국이 남아 있었다. 얼굴을 보니 얼마나 오랜 시간 동안 세수를 못했는지 땟국물이 줄줄 흐르고 있었다. 가여운 생각이 일행의 머리를 지배하려는 순간 그 동정심을 가로막는 목소리가 터져 나왔다.

"야! 여기가 어디라고 또 오는 거야? 당장 꺼지지 못해? 너 때문에 손님들이 거북해하시잖아!!"

아까 전의 그 험상궂은 남자였다. 그는 스피드하게 뛰어나가더니 소년의 앞에서 고함을 질러댔다.

"제발……. 누나가 아파서 누워 있어요. 누나에게만이라도 먹을 것을 주신다면 제가 일이라도… 윽!"

남자는 무릎을 꿇고 먹을 것을 달라는 소년을 발로 걷어찼다. 소년은 기운이 없어서인지 변변한 반항조차 못하고 외마디 신음을 흘리며 바닥으로 쓰러졌다.

제9장

세공되지 않은 원석

세공되지 않은 원석

그 광경을 지켜보던 민한이 제일 먼저 안색을 찌푸렸다. 못 먹어서 저렇게 비실거리는 소년에게 음식을 주지는 못할망정 발길질을 하다니. 그가 일어나 주위를 둘러보니 시에나는 아무렇지도 않은 양 무표정하게 있었고, 드라빔은 인간 세계는 그런가 보다 하고 가만히 있었다. 라스만이 어쩔 줄 모르고 안절부절못하고 있었다.

'내가 나서야 하나?'

민한이 쓰러져 있는 소년에게로 다가갔다. 험상궂은 남자는 그가 다가가자 자리를 비켜주었다. 자세히는 모르겠지만 예전에도 병사들과 함께 있는 것을 몇 번 본 적이 있었던 것이다. 그걸로 봐선 높은 신분임에 틀림없기에 이렇게 저자세로 나온 것이다. 민한은 그의 뜻을 알고 피식 웃었다. 내려다보니 소년이 입가에 피를 흘린 채 쓰러져 있었다. 아무래도 정신을 잃은 것 같았다. 한 방에 기절을 하다니, 못 먹어서 체력이 부족했던 것인지 안색이 하얗게 질린 채였다.

'호오, 잘생긴 소년이로군. 무슨 사정일까?'

그가 본 소년은 매우 잘생긴 소년이었다. 여자처럼 가냘픈 꽃미남은 아니었지만 마치 귀족처럼 준수한 용모를 가지고 있었다. 뭔가 사정이 있을 것으로 보였다. 누구나 사연은 하나쯤 있겠지만 이 소년의 사연은 좀 더 특별한 모양이었다. 왜 있잖은가, 여자의 육감이나 보통 사람들도 가지고 있는 예감 같은 거 말이다. 민한이 바로 지금 그러했다. 귀족들이 잘생긴 이유는 잘은 모르겠지만 보통 그들의 횡포 때문이라고들 한다. 본인이 못생겼거나 보통이라도 강제로, 혹은 자발적으로 아름다운 미녀와 결혼하여 자식을 낳는다. 그럼 유전의 법칙에 의해 자식들의 절반가량은 아름다워진다. 세월이 흘러 그렇게 수백 년이 지나다 보면 결국 귀족은 귀티가 나게 되고, 평민은 평민으로 전락하게 되는 것이다. 간혹 평민에서 미녀가 나온다면 바로 영주나 다른 귀족이 스카우트(?)했기 때문에 평민 중에서 아름답거나 준수한 사람을 찾기는 힘들었다. 불공평했지만 엄연한 현실이었다. 게다가 그들이 벌어들이는 돈으로 그들을 꾸미고 가꾸다 보면 더욱 차이가 나기 마련이었다. 그런 불공평이 있었기에 민한은 혹시 이 소년이 귀족이 아닐까 하고 생각되었다. 무릎을 꿇고 소년에게로 좀 더 다가가는 순간 소년의 눈이 번쩍 뜨였다.

퍽!!

소년은 눈앞의 인물이 아까 그 험악한 남자로 착각했는지 주먹을 휘둘렀다. 강하지는 않았지만 이것은 기분 문제다. 도와주려고 했는데 오히려 주먹을 날려 얼굴을 가격하다니, 보통 사람이었으면 화가 나서 마구 밟는 게 정상이었지만 민한은 오히려 얼굴을 쓰다듬으며 빙긋이 웃었다. 그것은 그가 맞으면 쾌감을 느끼는 변태가 아니라 그것을 애교(?)로 받아들인 결과였다. 민한이 앞에서 빙긋이 웃자 소년은 당황했다.

"아! 죄, 죄송… 합니다. 고의는 아니었어요."

귀족으로 보이는 사람에게 주먹을 날렸으니 이 일을 어쩐다 말인가? 최소한 감옥으로 끌려가 몇 년은 썩을 죄였다. 당황하여 어쩔 줄 모르는 소년에게 민한이 다정하게 말을 건넸다.

"괜찮아. 그보다 배가 고프니? 누나도?"

주먹을 날렸는데 오히려 다정한 말이라……. 눈앞에 있는 귀족의 본심을 모르는 소년으로서는 잔뜩 긴장해 경계를 하는 듯 보였다. 자신을 경계하자 민한은 웃으면서 소년을 일으켜 주었다. 왠지 포근한 기분에 소년은 약간의 긴장감을 풀었는지 쭈뼛거리면서 고맙다고 인사를 했다.

"가, 감사합니다."

"그러시면 안 됩니다. 당장 감옥에 처넣으……."

"되었네."

민한은 고개도 돌리지 않고 남자의 말을 무시한 채 소년에게 빙긋 웃어주었다. 긴장을 풀어주기 위해서였을까? 순진한 소년은 그를 좋은 사람으로 생각했는지 본 목적을 잊지 않고 다시 말했다.

"저기… 누나가 배가 고파서……."

만한은 고개를 끄덕였다. 그리고는 누나를 데리고 오라고 했다. 소년은 그 말에 안색이 나빠졌다. 누나가 아파서 누워 있다는 말을 기억 못한 민한 때문이었다. 아파서 누워 있는 사람을 데려오라고 했으니 놀리는 말로 오해할 법도 했다. 그제야 조금 전 소년의 말을 간신히 떠올린 민한이 멋쩍은 웃음을 터뜨리며 소년에게 말을 건넸다.

"아, 내가 네 말을 잊었구나. 그래, 그럼 이걸 줄 테니 누나에게 약도 사 먹이고 남은 건 생활비로 쓰렴."

민한은 주머니에 있던 전 재산 3,000여 골드를 건네주었다. 이 정도면 남매가 몇 달은 족히 쓰고도 남을 거금이었다. 선뜻 거금을 내어주는 눈앞의 귀족을 바라보며 소년의 눈에 의아함이 가득 차 올랐다. 그는 소년을 안심시키며 어서 가보라면서 고개를 끄덕여 주었다. 그제야 소년은 기쁜 표정으로 일어나 감사하다는 인사를 수없이 하더니 어디론가 뛰어갔다. 오랜만에 착한 일을 한 민한은 마음 한구석을 가득 메우는 행복감에 뿌듯해했다. 사라져 가는 소년의 뒷모습을 보면서 흐뭇해하고 있는데 뒤에서 라스가 다가왔다.

"파, 파천님, 설마 지금 가지신 도, 돈을 다 주신 겁니까? 그럼 이 음식 계산은 어떻게 하시려구요? 저는 돈이 없는데……."

"무슨 음식? 얼마나 되었다고 벌써 나온단 말인가? 이런 소란도 있었는데?"

어리버리하게 물어오던 라스가 묵묵히 손가락으로 탁자를 가리켰다. 언제 나왔는지 탁자에는 따뜻한 김이 모락모락 피어오르는 4인분의 음식이 먹음직스럽게 놓여 있었다. 민한은 반사적으로 돈을 가지고 있을 법한 시에나와 드라빔을 쳐다보았지만 그들의 반응도 하나같이 냉담했다.

도리도리.

없었다. 이런!! 아무도 돈이 없었다. 그들은 전부 민한이 사주는 걸로 알고 있었다. 애시당초 그들에게는 수중에 돈이 한 푼도 없었던 것이다. 문을 뛰쳐나가 보았지만 벌써 소년은 누나를 위해 전력으로 뛰어갔는지 그림자조차 보이지 않았다. 아뿔싸를 외치는 그에게 뒤에서 험상궂은 남자가 사악하게 웃고 있었다.

"도대체 저 음식은 언제 나온 거냐구?!"

"돈이… 없으십니까? 물론 외상 따위는 없다는 것쯤은 알고 계시겠지요? 푸하하하하!!"

"……."

모두들 침묵한 가운데 실성한 듯한 남자의 웃음소리만이 식당을 가득 메우고 있었다.

간신히 식당을 구사일생으로 빠져나온 일행은 골목길을 걷고 있었다. 두 번 다시 저 식당에는 가지 않겠다는 생각을 하면서 말이다. 모두들 한숨을 쉬면서 걸었다. 시원한 바람이 불어와 그들을 살포시 감싸 안았다.

"아, 시원해! 여름인데 이런 시원한 바람이 불다니 더위가 한풀 가시는 것 같아."

"라스님도 그러세요? 저도 무척이나 시원하군요."

갑자기 불어오는 바람을 맞으면서 드라빔과 라스가 즐거워하고 있었다. 찌는 듯한 더위가 일순간 사라진 것 같은 느낌이었다. 단지 시에나만이 전혀 그런 내색을 하지 않은 채 묵묵히 걷고 있었는데 이상하게도 그녀의 표정은 오히려 딱딱하게 굳어 있었다. 민한은 두 팔을 벌려 시원한 바람을 쐬었다. 얼굴을 간질이는 이 바람을 좀 더 느끼기 위해서였다.

"근데 갑자기 이런 시원한 바람이라니? 마치 가을이라도 된 것 같군."

여름에는 바람이 불어도 더운 바람이 불어야 하건만 이렇게 시원한 바람이라니……. 여기도 마법을 난사해 환경 오염 때문에 부작용이 온 건 아닌가 생각하는 민한이었다. 그런데 마법이 환경 오염이었던가?

"……."

시에나는 눈앞에 거슬리는 한 소년을 아까 전부터 눈치 채고 있었다. 은신술이 뛰어났음에도 그녀의 눈을 피해갈 수는 없었다. 하지만 위협은 되지 않을 거라고 생각했는지 아무 말 없이 잠자코 있었다. 일행은 다시 시찰을 하기 위해 건설 현장으로 가는 중이었다. 이제 두어 시간만 돌아본다면 마무리 지을 수 있었다. 시원한 바람을 맞으면서 일행이 일을 마무리 짓기 위해 가고 있는데 갑자기 어디선가 단검이 날아왔다. 그것은 아무런 기척도 파공음도 없이 민한을 노리고 날아왔다. 소드 마스터도 감히 눈치 채지 못할 만큼 살기가 없었고 기도 제어되어 있었다. 민한도 단검이 근처에 이르러서야 간신히 그 존재를 눈치 채고 몸을 비틀어 단검을 잡아낼 수 있었다. 아무래도 단검을 던진 이는 분명 고도의 훈련을 받은 자가 틀림없었다. 어쌔신이라 할지라도 기를 완벽할 만큼 숨길 수 있는 이런 고난이도의 테크닉은 없었다. 놀란 민한이 단검이 날아온 곳을 돌아보며 버럭 소리를 질렀다.

"누구냐!"

하지만 이미 단검을 던진 존재는 자취를 감춘 뒤였다. 매우 행동이 재빠른 것으로 보아 계획적인 것이 틀림없었다. 그런데 분명 자신은 단검 따위를 맞을 짓은 한 적이 없는데……. 설마 미디가 고용한 암살 자인가? 민한은 한숨을 내쉬며 쓴웃음을 지었다. 원한을 산 사람이 아직은 그녀뿐이었기에 그는 본능적으로 그런 생각을 떠올렸다. 누가 시킨 것인지 궁금해진 그가 뒤를 돌아보며 말했다.

"먼저 가 있으시오. 나는 누군지 확인하고 올 테니."

민한은 그 말이 끝나기가 무섭게 무서운 속도로 범인이 사라진 곳으로 몸을 날렸다. 라스와 드라빔이 급히 무언가 말하려고 했지만 이미 그는 멀리 사라진 뒤였다.

범인을 쫓던 민한은 쫓으면 쫓을수록 이상한 예감이 드는 걸 느꼈다. 벌써 삼십여 분. 단검을 던진 자를 잡기 위해 그 긴 시간 동안 이곳 저곳을 뛰어다닌 그였지만 범인의 그림자조차 찾을 수 없었다. 정말 재빨랐다. 이곳이다 싶으면 저곳으로 도망쳐 버렸고 저쪽으로 달려가면 이미 다른 곳으로 사라진 뒤였다. 숨찬 술래잡기 끝에 잠시 한곳에 멈추어 숨을 돌리던 민한은 무심결에 주위를 둘러보았다. 골목길이라서 그런지 지나가는 사람이 한 명도 없었다. 음산한 기운도 스멀스멀 피어나는 것 같았다. 불안한 기분이 드는 민한에게 아까 단검을 던진 소년이 스스로 모습을 드러냈다.

"여기까지 쫓아오시다니……. 어쨌든 저는 제 임무를 마쳤으니 이만."

범인은 바로 민한이 가엾게 여겨 주머니를 털어 돈을 건네었던 그 소년이었다. 소년은 약간 미안하다는 표정을 지은 채 어디론가 날쌔게 사라져 버렸다. 민한은 본능적으로 손을 뻗어 그 소년에게 무언가 말을 걸어보려 했지만 배는 이미 떠나고 없었다. 덩그러니 혼자 남게 된 그는 혼잣말로 중얼거렸다.

"저 소년이 나에게 단검을 던졌을 줄이야. 그런데 임무라니? 무슨 뜻… 이지?"

"호오, 이게 누구야? 명성이 드높으신 파천님이 아닌가?"

"누구……?"

갑자기 주위의 공간이 일그러지며 다섯 개의 검은 홀이 생겨났다. 그리고 거기서 다섯 명의 존재가 천천히 걸어나왔다. 민한은 분명 저건 텔레포트나 워프 같은 마법이 아니라고 확신했다. 공간을 일그러뜨리며 나타나는 존재들. 분명 보통 존재들은 아닐 거라고 확신했다. 그러고 보니 보통 검은 홀이라면 차원을 이어주는 게이트라던데……. 눈앞에 서 있는 세 명의 남자와 두 명의 여자. 그들에게서는 감히 범접치 못할 어마어마한 기운이 흘러나오고 있었다. 더 놀라운 사실은 이런 여파를 염려한 탓인지 그들은 이 주위에 결계 마법을 치고 있다는 사실이었다. 공간 왜곡 마법도 펼쳐져 있었다. 이런 어마어마한 기운에도 불구하고 지금 이 시각 마법사들은 아무도 눈치 채지 못하고 있었다. 그걸로만 봐도 분명 이들은 인간이 아닌 존재들이었다. 민한은 지금에서야 자신의 경솔한 행동을 후회하기 시작했다. 식당에서 나타난 소년도 분명 이들이 시켜서였을 것이다. 그 많은 병사들을 놔두고 단신으로 소년을 쫓아다니다 이런 결과를 불러온 것이다. 이제 머리를 굴려 이 상황에서 도망갈 궁리를 하기 시작하는 민한이었지만 결론부터 말하자면 이들에게서 도망칠 별다른 뾰족한 수는 없어 보였다.

"훗, 이렇게 간단하게 걸려들다니… 마왕께서 너무 과민 반응하신 것이 아닐까?"

"그러게 말이에요."

"저런 인간 따위가 무슨 중요한 인물이라고……."

그들은 민한을 보며 저마다 한마디씩 했다. 화가 날 만한 말들이었지만 그들의 기세에 눌려 버린 그는 단 한 마디의 말조차 할 수 없었다.

"우리 소개부터 하도록 하지. 나중에 죽어서 누구에게 죽었냐고 물으면 대답은 해야 할 테니까. 난 마계 서열 9위 켄이라고 한다."

켄이라는 마족이 먼저 나서며 자신을 소개했다. 성급하게 마족이라고 확신한 이유는 마계를 운운하는 존재들은 바로 그들밖에는 없기 때문이었다. 이들은 자신들의 능력을 자신하는지 약간의 긴장감도 갖지 않은 채 유유히 자신들을 소개하기 시작했다.

"그리고 이쪽은 차례대로 게라, 도리아, 트라쿠스, 도트미라고 하지."

그것은 네까짓 건 아무것도 아니라는 자신감이었다. 극단적으로 말해 손짓 한 번으로도 죽일 수 있다는 자신감이었고 실제로도 그런 힘을 가지고 있었다. 특히 켄이라고 하는 마족은 서열 10위 안에 드는 최상급 마족으로서 민한 같은 존재 열 명이 덤벼도 가볍게 처리할 만한 힘을 가지고 있었다.

민한은 그들이 마족이고 분명히 자신에게 어떤 볼일이 있을 거라고 생각했다. 그리고 그것은 그다지 좋은 일은 아닐 거라고 말이다. 하지만 그는 더 이상 그러한 생각을 할 수 없었다. 어마어마한 기가 그를 속박해 들고 있기 때문이었다.

"우리는 너를 처단하라는 한 분의 명령을 받고 이곳으로 급히 달려왔다. 뭐, 막상 와서 보니 급히 온 것도 부끄러울 정도지만 말이야. 네가 죽는 이유는… 네놈이 더 잘 알고 있겠지. 아니, 모를 수도 있겠군. 하지만 상관없어. 우린 널 죽이기만 하면 되니까 말이야, 세 번째 차원 이동자여."

우두머리로 보이는 마족이 민한에게 말했다. 장난스러운 말투는 어디로 갔는지 순식간에 음침한 말이 주위를 가득 메웠다. 분명 뇌에서는 도망쳐야 한다고 외치고 있었지만 민한은 그럴 수 없었다. 손가락

하나도 까딱할 수 없었다. 이미 무섭게 몰아치는 그들의 기에 온몸이 돌처럼 굳어져 버렸기 때문이다. 켄이라는 마족이 단지 손가락만 겨눴을 뿐인데도 민한은 침조차 삼키지 못하고 굳어 있었다.

파지직!

민한의 가슴을 겨눈 켄의 손가락 끝에서 스파크가 일기 시작했다. 거대한 기덩어리가 손가락에 응집되고 있었다. 유유히 비웃음을 보이던 아까와는 달리 지금은 차갑고 서늘한 미소를 짓고 있었다. 별로 신경 쓰지도 않는 것처럼 보였는데 손가락 끝으로 엄청난 양의 기가 모여들기 시작했다. 그리고 얼마 되지 않아 그것은 야구공만한 기덩어리를 이루었다. 마족은 민한을 향해 조용히 중얼거렸다.

"잘 가거라."

마침내 손가락을 벗어난 기덩어리가 민한에게로 총알처럼 날아들었다. 그리고 그가 피할 사이도 없이 민한의 가슴에 격중되었다. 민한은 입에서 피를 토하며 저만치 날아가 벽에 부딪쳤다. 가슴에서도 주먹만한 구멍이 뚫린 채 시뻘건 피가 분수처럼 솟구쳐 나오고 있었다. 제아무리 소드 마스터라고 하지만 이런 엄청난 존재들 앞에서는 별 볼일 없는 하나의 평범한 인간이었다. 그는 이미 정신을 잃어버렸는지 고개를 떨구고 있었다. 담벼락 가득 범벅이 된 핏자국만이 방금 전 무슨 일이 있었는지를 어렴풋이 나타내 주고 있었다.

스스슷!

장내에 한 명의 존재가 더 나타났다. 바로 시에나였다. 원래 마법을 쓸 줄 알았는지 그녀는 기척도 없이 나타났다. 그런데 왜 마법을 쓸 줄 안다는 것을 일행에게 숨겼단 말인가? 그녀는 주위를 둘러보았다. 그리고 한곳에서 시선이 멈추었다. 거기에는 피떡이 된 채 쓰러져 있는 민한이 있었다. 이미 주위는 피 천지였고 희생의 가능성은 없어 보였다. 피도 모자라겠지만 저 가슴에 뚫린 구멍은 어떻게 할까? 소드 마스터였기에 숨은 붙어 있었지만 그 어떤 신관이나 마법사가 달려온다 해도 이미 늦었다고 고개를 내저을 만한 상처였다. 그러나 그럼에도 불구하고 시에나는 아무렇지도 않아 보였다.

"네놈들이냐?"

"누구… 신지……?"

다섯 명의 마족은 눈앞에 나타난 저 존재를 보며 존대를 할 수밖에 없었다. 자신들의 결계를 깨고 왜곡된 공간에 버젓이 나타난 존재라면 분명 자신들보다 한참이나 위인 존재인 것이다. 조심스레 물어오는 그들에게 시에나는 차갑게 한마디 내뱉었다.

"시에나케트."

"허억!!"

말이 끝나자마자 그들은 이런 게 바로 놀란 것이다라는 것을 가르쳐 주는 듯 더 이상 놀랄 수 없을 정도로 경악했다. 분명 그들은 시에나케트라는 존재를 알고 있음이 확실했다. 게다가 놀라는 모습으로 봐서는 자신들보다 훨씬 높은 존재라는 것도 말이다.

"내가 경고했을 텐데? 지금 당장 마계로 돌아가 마왕에게 전해라. 네까짓 게 감히 나 시에나케트의 발걸음을 막는다면 그 즉시 가루로 만들어 버리겠다고 말이다."

"아, 알겠습니다. 무, 물러갑니다."

그리고는 뒤도 돌아보지 않고 사라져 버렸다. 그들이 사라지자 마력이 끊어져서인지 결계와 공간 왜곡 마법은 깨어지고 말았다. 시에나가 민한에게로 달려갔다. 그녀가 본 민한은 숨이 끊어지기 일보 직전의 상황이었다. 그러나 그녀는 도리어 웃음을 터뜨렸다. 차가운 얼굴과는 전혀 매치가 되지 않는 웃음은 의외로 더욱 아름다운 미모를 만들었다. 그녀는 민한의 어깨에 손을 대고 뭔가를 외쳤다.

"풋, 대단한 인간이야. 이 지경이 되고도 살아 있다니……. 회복!"

그녀가 한마디를 외치자 곧 하얗게 질려 있던 민한의 얼굴에 화색이 돌기 시작하고 구멍난 가슴이 빠르게 아물기 시작했다. 정말 놀라운 일이었다. 세상에 어느 누가 저런 힘을 가지고 있단 말인가? 곁에 어떤 존재가 있다 하더라도 놀랄 일이었다. 아마도 드래곤이라 할지라도 어떻게 할 수 없는 일일지도 몰랐다. 그러나 그녀는 말 한마디로, 그것도 웃으면서 그것을 이루어내고 말았다. 도대체 그녀는 누구일까? 궁금증만 피어올랐다.

민한이 정신이 들었을 땐 주위로 그가 아는 거의 모든 인물이 모여 있었다. 그들은 하나같이 초조해하면서 서성이고 있었다. 그가 눈을 뜨자 모두 감탄성을 터뜨리며 몰려들었다.

"정신이 드나?"

조조를 필두로 모든 이들이 그의 상태를 물어왔다. 민한은 자신이 살아났다는 사실이 믿을 수 없었다. 분명 그 마족의 공격에 당했는데 이렇게 멀쩡하게 살아 있다니……. 드래곤 같은 육체가 아니고서야 있을 수 없는 일이었다.

"제가 어떻게 여기에 있는 거죠?"

"나도 모르겠네. 병사들이 저택의 뜰에 쓰러져 있는 자네를 이곳으로 데리고 왔으니까 말일세."

고개를 돌려 주위를 살펴보니 여기는 자신의 방이었다. 길게 한숨을 내쉰 민한은 다시 눈을 감았다. 그것을 본 곽가가 말을 꺼냈다.

"자, 모두들 나갑시다. 파천님께서도 휴식을 취하셔야 할 테니 말입니다."

"알겠습니다. 그럼 파천님, 부디 몸을 아끼십시오."

"건강을 찾으셔야 합니다."

곽가의 말에 따라 방 안의 모든 사람들이 어쩔 수 없다는 표정을 지으며 한마디씩 하곤 방을 빠져나갔다. 마지막까지 남아 있던 시에나도 민한에게 짧막한 한마디를 남기고는 방에서 물러 나갔다.

"파천님, 과로이신 모양인데 부디 건강을 챙기세요. 그럼."

갑자기 휑하니 썰렁해진 방 안을 바라보고 있던 민한은 문뜩 떠오르는 생각에 가슴을 바라보았다. 급히 옷을 헤치고 가슴을 본 그는 멍하니 할 말을 잃었다. 뭔 일이 있었냐는 듯 가슴은 잡티 하나 없이 깨끗했다. 오히려 예전 수련할 때 다쳤던 여러 상처들까지 보이지 않았다. 거기에 몸 안에 충만한 이 기운은 무엇이란 말인가? 중급 마스터에서도 중간 정도에 불과했던 그가 어느새 상급을 눈앞에 두고 있었다. 그는 몸 상태를 점검하며 중얼거렸다.

"조금만 더 노력하면 상급의 마스터에 이를 수 있겠군. 하아, 죽을 고비를 넘기니 몸 상태가 이런 것일까?"

이해할 수가 없는 민한은 천천히 고개를 내저었다. 그들이 치료하고 갔다는 사실은 상상조차 되지 않았다. 병 주고 약 주고, 말도 안 되었다. 그럼 누굴까? 한참이나 생각에 생각을 거듭하던 그는 결국 해답을 찾지 못하고 포기해 버렸다. 조금 전의 여파인지 머리도 약간 아팠다. 결국 이불을 머리까지 뒤집어쓴 민한은 한숨을 내쉬며 잠을 청했다.

회의실에는 여러 명의 인물이 앉아 있었다. 케이아느와 몇몇의 마법사들이 통역을 위해 있었고 그녀 외에도 곽가, 전위, 허저, 시에나, 라스 등 저번 시험에 합격한 모든 인물이 모여 있었다. 모두 찻잔을 만지작거리며 침묵하고 있는데 곽가가 먼저 조조에게 말을 꺼내 그 고요한 침묵을 깨뜨렸다.

"파천님께서는 과로 때문에 쓰러지셨으니 당분간 휴식을 취하게 하심이 옳으실 듯합니다."

"나도 그렇게 생각하오. 하긴 파천이 요즘 일을 많이 하긴 했지."

전쟁에 참가하여 혁혁한 공을 세움과 동시에 지금은 거의 나았지만 어깨에 부상도 입었고 돌아오자마자 수많은 일을 다시 처리하기 시작했다. 관광 사업, 건설 사업, 세부적인 계획들까지 일일이 그의 손을 거치지 않은 것이 없다고 조조의 귀에 들려왔다. 그러했으니 당연한 결과라고 생각하는 조조였다. 곽가가 다시 침을 삼키고는 말을 꺼냈다.

"주군, 아직 남은 일이 있사옵니다."

"응? 남은 일이라……. 나는 도통 기억이 나질 않는데. 봉효, 무슨 계획이라도 있소?"

"아직 처리 못한 몇 가지가 남아 있사옵니다."

"으음."

조조는 궁금해졌다. 얼른 말해 보라는 그의 재촉 어린 시선에 곽가는 일어서서 이야기를 시작했다. 아마 공적인 일이었기 때문에 저렇게 자리에서 일어났을 것이라 예상되었다. 그리고 그 예상은 어김없었다. 그의 입에서 나오는 이야기는 바로 시험에 관한 내용이었으니까 말이다.

"저번 관리 등용 시험을 통해 이십여 명의 뛰어난 인재를 얻었지요."

곽가는 말을 멈추고 주위를 둘러보았다. 그들은 자신들을 지칭하는 곽가의 말에 부끄러워하며 잠시 고개를 숙였다. 다시 조조에게로 시선을 돌린 그는 계속해서 말을 이어갔다.

"이것은 일종의 문과라고 할 수 있습니다. 하지만 무과는 아직 치러지지 않았습니다. 비록 마법사와 기사들이 대거로 뽑혀서 훈련되고 있는 것도 무과를 대신하는 하나의 방편이었습니다. 하지만 저희들의 영토가 넓어지고 세력이 커짐에 따라 그만큼의 통솔자들이 더 필요합니다. 특히 사로트를 제외한 전 지역에서는 아직 군대 체제가 정비되지 않았습니다. 물론 계획은 세워졌지만 말입니다."

곽가의 말이 이어지자 모두들 집중해서 그의 말을 듣고 있었다. 조조는 천천히 고개를 끄덕이면서 동감을 표시하고 있었다. 서류상으로 정비된 군대 체제였지 아직 실질적으로 그들을 수족처럼 부릴 수 없는 상황이었다. 사로트에서 멀리 떨어진 곳일수록 그러했다.

"그렇구료. 내가 그걸 잊고 있었군. 좋소, 모든 것을 봉효에게 일임하겠소."

"그리고 이번에 저희들이 사로트를 얻었음에도 처음부터 큰 공을 세운 본래의 병사들에게는 약간의 포상금밖에 지급되지 않은 상태입니다. 현재 일만여 명 정도이온데 저는 그들을 따로 편성하여 특수군을 편성해서 보다 특별한 대우를 했으면 합니다. 언어 문제가 아직 해결되지 않아서 문제가 있긴 하지만 이 정도는 가능하다고 생각합니다. 그리고 그 병사들 중에서 따로 삼백 명의 병력을 뽑아 각각 백오십 명으로 나누어 전위, 허저 장군 등에게 친위 부대로서의 역할을 다 하게

함이 옳을 것 같습니다."

"하긴 목숨을 걸고 우리에게 충성을 바쳤는데 돌아온 것은 약간의 포상금뿐이니 불만이 많을 것이오. 봉효 그대의 말대로 이번 기회에 그들만 따로 추려서 기사단에 필적하는 철기병 군단을 만드는 것이 어떻겠소? 개개인을 기사들과 동급으로 대우하면서 말이오."

솔직히 차원을 넘어오는 불안한 상황이었는데도 그들은 인간으로서의 두려움을 극복하여 결국에는 자신들이 살 터전을 손수 만들어내고 말았다. 그런데도 대우를 못 받았으니 심정이 어떠할 것인가? 민한은 언어 문제 때문에 후일로 미루자고 했지만 곽가는 아니었다. 당장 그들의 위치만이라도 어느 정도 높여서 대우를 해주자는 것이었다. 곽가가 아니었으면 그들은 어쩌면 용기를 잃고 사라져 갔을지도 몰랐다. 목숨의 대가가 약간의 돈뿐이었다면 그들은 좌절했을 것이다. 그리고 보면 그들에게 있어서 곽가는 구세주 같은 존재라 할 수 있었다. 이미 철기병이 약 사천여 명이 있었지만 그들과는 비교할 수 없을 정도로 강력하게 키워보자는 조조의 제안이었다.

"재정이야 엘란드 산맥에서 나오는 보물만으로도 충분할 테니."

"알겠습니다. 그리고……."

"휴우, 봉효, 그만 하게나."

곽가가 다시 뭔가 건의할 생각으로 말을 꺼냈지만 조조의 말에 가로막혔다. 조조는 매우 지루한 모양이었다. 하긴 요 근래에 자주 있었던 회의이니 이골이 날 만했다. 그는 고개를 절레절레 내저으며 말했다.

"모든 걸 봉효에게 맡길 테니 알아서 해주시오. 요즘 들어 너무 회의가 많아서……."

그가 푸념을 늘어놓고 있는데 방문을 두드리는 소리가 들려왔다.

똑똑.

"들어오게."

방문을 열고 나타난 한 병사는 자신을 바라보는 수많은 시선에 순간 당황했지만 곧 자신의 목적을 깨달았다.

"지금 사로트에 크샤센 제국의 사신이 들어왔습니다."

"크샤센?"

크샤센이라면 케스로아 북쪽에 위치한 강국이 아닌가? 원한 산 일도 없고 따로 친한 것도 아니었는데 이렇게 사신까지 올 줄이야. 역시 아무도 예상치 못한 답이었던지 고개를 갸웃거렸다. 곽가조차 곰곰이 무언가를 생각하며 잠자코 있었으니 다른 사람들이야 볼 것도 없었다.

"음, 파천을 다시 불러야 하나? 아니지. 좋아, 우선 그들을 이곳으로 모셔오도록 해라."

"알겠습니다."

병사가 물러 나가자 모두들 소란스러워졌다. 아마도 그들의 방문 목적에 대한 이야기인 것으로 보였다. 점차 시끄러워가자 참지 못한 조조가 그들을 조용히 시키려고 했다. 그러던 찰나 라스가 자리에서 일어남으로써 조조의 목적은 말 한마디도 하지 않고 이루어질 수 있었다.

"아마도… 사르 항구에 관련된 이야기일 겁니다. 우리가 현재 대대적으로 사르 항구를 증축하고 상업 지대를 육성하고 있으니 아마 상업 동맹을 체결하자고 하지 않을까 생각됩니다."

그의 말에 곽가가 가볍게 고개를 끄덕여 동의를 표하며 일어섰다.

"그것보다는 좀 더 심화된 내용일 겁니다. 예전부터 비공식적으로도 사르 항구에는 크샤센의 선박들이 드나들었으니까요. 모르긴 몰라도 그 이상의 내용이 될지도 모릅니다. 가령 메르에서 떨어져 나와 자신들에게로 붙으라든지 말입니다."

웅성웅성.

곽가의 말에 다시 회의실이 소란스러워지기 시작했다.

회의가 소란스러워지자 조조가 나서서 진정을 시켰다. 하지만 수군
거리는 소리는 쉽게 수그러들지 않았다. 그럴 수밖에 없는 것이 크샤
센의 사신이 가져다 주는 의미가 가볍지 않기 때문이었다. 그들이 가
져다 주는 의미. 아마 국가들의 관계에 관해서 조금이라도 아는 인물
들은 '허' 하며 감탄을 터뜨리게 하고도 남음이 있었다. 사로트의 입
장에서 보자면 크샤센 제국은 현재 묘한 위치에 있었다. 메르 왕국과
도 우호 관계를 맺고 있고 그 위쪽에 위치한 케스로아 왕국하고도 동
맹 관계였다. 물론 우호보다는 동맹 관계가 가져다 주는 의미가 더 컸
지만 말이다. 그동안 케스로아와 메르가 앙숙이었지만 그렇게 두 나라
가 운명을 좌우할 만한 전쟁을 벌이지 않은 것도 그들이 중재를 해서
였다. 그런데 이번에 조조라는 인물이 사로트를 점령하고 메르 왕국에
서 독립된 공국을 형성함으로써 관계가 약간 복잡하게 돌아가게 된 것
이다.

"우리의 지리적 위치는 물론 정치적 위치까지 아마 저들은 파악하고
있을 겁니다. 우리가 케스로아에 붙으면 메르 왕국은 안으로부터 쉽게
무너지고 마는 것이니까요. 그렇게 되면 케스로아는 크샤센과 어깨를
나란히 할 만큼 대등한 관계, 혹은 그 이상이 될지도 모릅니다. 크샤센
제국이 자신들의 이익을 계산해 볼 때 절대로 그렇게 놔둘 리 없지요.
그래서 봉효님 말대로 저들은 우리를 자신들의 편으로 끌어들이거나
중립의 위치를 고수하라고 요청해 오겠지요."

"일리가 있소."

시에나의 좀 더 자세한 말에 고개를 끄덕이는 조조였다. 어쨌든 확실한 것은 그들이 이곳으로 들어와 봐야 알 것이었다. 조조 일행이 다소 무거운 회의를 하고 있을 때 마침내 크샤센의 사신들이 들어왔다.

'응?'

모두가 눈에 이채를 띠었다. 회의실에 들어온 사람은 두 명의 남자와 한 명의 여자로 모두 세 사람이었다. 물론 이들이 사신 일행의 전부는 아니었다. 사신은 당연히 혼자 오지 않는다. 여러 수행원을 이끌고 오게 되는데 그들을 통솔하는 자들이 보아하니 이 세 사람인 듯했다. 그런데 그 가운데 한 명이 여자라는 것이다. 물론 여자를 무시하는 발언은 아니었지만 놀랄 일은 놀랄 일이었다. 그러나 더 놀라운 사실은 잠시 뒤에 일어났다.

"저는 크샤센의 사신 크리스 메아크스 백작이라고 합니다. 본 국 황제 폐하께옵서 내리신 명령을 받잡고 조조님을 뵙게 되었습니다. 잘 부탁드리겠습니다."

"허!"

본의는 아니었지만 조조는 감탄을 터뜨렸다. 놀랍게도 저 크리스라는 여백작이 사신 일행의 우두머리였다. 여자의 몸으로 저 백작의 자리에 올라간 이가 몇이나 될 것인가? 분명 저 크리스라는 사람은 뛰어난 능력을 가진 인물이 틀림없었다.

"내가 사로트를 다스리고 있는 조조 맹덕이라고 하오. 이리로 앉으시오."

"감사합니다."

크리스가 빈자리에 앉았다. 다른 두 사람은 그녀보다 직위가 한참이나 아래였는지 그녀가 앉고서야 예를 갖추고 자리에 앉았다. 모든 이가 긴장한 채 그녀의 입만 주시했다. 이윽고 그녀는 입을 열었다.

"우선 공국을 인정받으심과 동시에 공작이 되신 것에 대해서 저희 황제 폐하께옵서 축하의 말씀을 전해달라고 하셨습니다."

"고맙소."

이것은 긴장감을 풀고 뒤통수를 치려는 고난이도의 방법이었다. 정치에 감각이 없으면 몰라도 있다 못해 넘쳐흐르는 조조가 눈치 못 챘을 리 없었다. 곽가도 눈치 챈 모양이다. 꼭 저렇게 나오면 뒷말이 무서운 법이다. 일행은 긴장감을 풀지 않은 채 그녀의 말을 경청했다.

"저희 폐하께옵서 말씀하시길 사로트는 메르 왕국과 동맹 관계를 유지하여 케스로아를 상대하라고 하셨습니다. 아울러 정식으로 사르 항구의 교역을 인정하라고 덧붙이셨습니다. 마지막으로 저희 폐하께옵서는 공작님께 크샤샌 제국 최고의 작위인 대공의 작위를 내리신다고 하셨습니다."

"……."

말투가 오만했다. 부탁조도 아니고 완전히 명령조였다. 상대하라, 인정하라, 내린다. 완전히 조조를 무시하고 있는 말투였다. 그것을 눈치 챈 모든 이들이 화를 내며 그녀에게 항의하려고 하는 찰나 곽가가 웃으면서 그녀에게 말했다.

"크샤샌 제국 황제 폐하께옵서는… 올해 연세가 어떻게 되십니까?"

엉뚱한 곽가의 질문에 크리스는 아무것도 모른 채 빙긋 웃으면서 대답했다.

"올해로 쉰일곱 되십니다."

하지만 그녀의 화사한 웃음은 곧 일그러지고 말았다. 비웃음이 가득한 곽가의 말 때문이었다.

"역시 연세가 있으시니 노망이 드셨나 봅니다. 감히 저희 공작 각하께 그런 오만방자한 소리를 하시다니요."

"이익!!"

순간 화가 치밀어 오른 크리스였지만 그녀도 고수였다. 즉시 다시 웃는 얼굴로 포커페이스를 맞춘 그녀는 조조에게로 얼굴을 돌렸다. 아마 조조가 만만해 보였나 보다. 하지만 그것은 그녀의 착각이고, 오산이었다.

"음, 듣자 하니 크샤센 제국은 요즘 들어 멸망의 구렁텅이로 빠져 들고 있다고 하던데 정말로 그렇소이까?"

조조가 한술 더 떠 크리스를 놀려댔다. 그녀도 이번엔 참을 수 없었나 보다. 약간 상기된 얼굴로 그녀는 조조에게 또박또박 물어왔다

"그러한 말도 안 되는 소리는 누구에게서 들으셨습니까?"

조조에게 그런 말을 해준 사람이 지금 눈앞에 있다면 검으로 난자할 기세였다. 조조가 막 대답하려는 찰나 회의실 문쪽에서 한 사람의 목소리가 들려왔다.

"본인이 그랬소이다, 크리스 메아크스 백작."

그녀가 고개를 홱 돌려 문 쪽을 바라보니 한 인물이 당당하게 회의실 안으로 들어오고 있었다.

"파천, 그냥 쉬고 있지 힘들게 왜 이런 곳까지 나왔소?"

바로 민한이었다. 그는 조조에게로 다가와 예를 취한 뒤 주위를 둘러보며 간단한 목례를 하고는 빈자리에 앉아 다시 말을 꺼냈다.

"아닙니다. 사신이 왔다는데 어찌 감히 편하게 누워 있을 수 있겠습니까? 더구나 이렇게 친히 방문해 주신 사신께서는 명성이 자자하신 크리스 메아크스 백작님이신데 말입니다."

눈앞의 사람은 자신을 알고 있었다. 그러나 정작 크리스 자신은 눈앞의 인물을 본 적이 없었기에 고개만 갸우뚱거리고 있었다. 민한은 그런 그녀를 바라보며 입꼬리를 말아 올렸다. 당연히 본 적이 없겠지. 하지만 민한은 그녀를 잘 알고 있었다. 여자의 몸으로 백작까지 올라간 실력있는 사람이라는 것을 말이다. 본 적은 없지만 들은 것은 많았다. 그녀는 잠시 어벙한 표정을 짓다가 자기가 그랬다는 말이 번뜩 떠올라 안색이 험악해졌다.

"당신이 그랬다고요?"

말이 갈수록 험악해진다. 하지만 조조와 곽가 및 다른 모든 사람들은 민한을 믿었기에 잠자코 있었다. 그런 그들의 기대를 민한은 저버리지 않았다. 그는 당당하게 그녀에게 당연하다는 말투로 말했다.

"그렇소. 나 파천이 그랬소이다. 본인 역시 백작이오. 그런데 당신이라는 말은 듣기에 심히 거북하구려, 크리스 메아크스 백작!"

"흠, 그러시다면 우리 크샤셴 제국의 힘을 너무 과소평가하신 거로군요. 작은 공국의 백작 따위는 하룻밤에 사라지게 할 수도 있는데 말입니다."

민한의 도발에도 크리스는 전혀 동요하지 않고 비웃음을 지으며 그에게 받아쳤다. 일종의 기 싸움이었다. 진다면 진 쪽이 훨씬 발언권이 약해질 수도 있는 문제였다. 크리스는 그것을 잘 알았다. 눈앞의 인물이 보통내기가 아니라는 것도 알았다. 은근히 조조가 나서서 말려주어 흐지부지 끝나기를 바랐으나 조조는 오히려 흥미롭다는 듯 지켜보고 있었다.

'제길, 어쩌다가 내가 이런 쓰레기 같은 놈들에게!'

속으로는 이렇게 욕을 퍼부으면서도 겉으로는 미소를 짓는 대단한 포커페이스였다.

"이런 말싸움 따위는 그만두고 본론부터 이야기하시지요."

"그렇소. 본인 역시 이런 장난을 그만두고 크샤센 제국의 사신이신 크리스 메아크스 백작과 이야기를 좀 더 나누고 싶소."

조조가 아쉽다는 듯한 표정으로 나서며 중재를 했다. 결국 말싸움은 싱겁게 무승부로 끝났다. 말싸움이 끝나 회의할 분위기가 다소 만들어지자 시에나가 곧바로 말을 꺼냈다.

"크리스님의 뜻은 결국 조조 공작 각하를 수족으로 삼아 우리 사로트 공국을 속국화시키겠다는 뜻 아닙니까?"

"맞습니다. 저 또한 그 의견에는 찬성할 수 없습니다. 동맹을 맺고, 맺지 않는 것은 모두 조조 공작 각하의 뜻으로 이루어집니다. 지금 크샤센의 이런 행동은 외교권과 기타 여러 가지 권리를 침해하는 것으로 보입니다."

라스도 시에나의 말에 동의하며 좀 더 공격적인 말을 꺼냈다. 곽가는 평소에는 어리숙한 라스가 일할 때면 눈을 번뜩인다는 사실을 새삼 깨달았는지 흥미로워했다. 시에나와 라스의 말에 뭔가 반박하려는 말을 꺼내려던 크리스는 곽가에게 가로막혀 버렸다.

"주군, 크샤센 제국의 이런 말도 안 되는 요구를 받아들여서는 안 됩니다. 시에나님과 라스님의 말처럼 저들은 지금 우리의 고유 권한을 침해하고 있습니다. 당장 사신을 내치소서."

곽가의 발언을 시작으로 회의실 안의 분위기는 험악해져 버렸다. 당장 저 크리스라는 오만한 사신을 내치자는 분위기로 몰려가고 있었다. 조조는 이러한 분위기 속에서도 침착하게 생각을 하고 있었다. 잠시간 눈을 감고 생각에 빠져 있던 그가 눈을 뜨고 민한을 바라보았다. 민한은 바로 그 의미를 알아차렸다. 자신의 뜻을 물어보고 있는 것이다. 민한은 혀로 입술을 한번 훑고는 말을 꺼냈다.

"당장 저 오만 무례한 크리스라는 사신을 참수하여 크샤센 제국의 황제에게 그 목을 보냄이 어떠합니까? 저 방자한 일개 사신 따위가 주군을 농락하고 우리 사로트를 업신여겼으니 죽여 마땅합니다."

크리스의 안색이 하얗게 질렸다. 사신을 죽인다는 것은 거의 없는 일이었지만 거의 그렇다는 이야기였다. 한마디로 말해서 죽인 적도 가끔은 있다는 이야기였다. 더군다나 저 파천이라는 사람은 크리스가 보기에 한다면 하는 사람으로 보였다. 갑자기 목숨의 위협을 받자 적잖이 당황하는 크리스였다.

"파천, 농담하지 말게나. 자네의 얼굴에 '이것은 농담이다' 라는 것이 보이는군. 그래, 자네의 의견은 어떠한가?"

"하하, 역시 주군이시군요. 저의 고차원적인 농담을 이해하시다니."

고차원적인 농담이라……. 너무 살벌하고 썰렁한 농담이었다. 어이없어하는 주위를 쓰윽 둘러보며 머쓱한 표정을 지은 민한은 본래 자신의 의견을 꺼내기 시작했다.

"대공의 작위 따위야 말할 것도 없이 거절하셔야 합니다. 크샤센 제국 따위에게 굴복할 수는 없는 일이지요. 하지만 그들과의 정식 교역은 우리에게도 돌아올 이익이 많습니다. 아울러 메르 왕국과 동맹을 맺고 케스로아를 견제하는 것도 저희들의 방향과 일치하지요. 그 정도는 받아들이셔도 무방할 것 같습니다. 하지만 반드시 크샤센 제국과 사로트 공국은 동등하다는 것을 전제 조건으로 하고 나서 받아들여야 할 것입니다. 현실과 실리를 얻어야 하니까요."

"으음, 역시 파천의 생각과 나의 생각이 같군. 봉효도 말은 그렇게 했지만 결국에는 파천과 같은 의견이 아니었나?"

"하하, 알고 계셨군요."

곽가의 웃음에 크리스는 어이가 없어졌다. 외교가 장난인 줄 아나? 하지만 그녀는 어떻게 나설 자리가 못 되었기에 그저 잠자코 자리를 지켰다. 조조는 그런 그녀의 속마음을 짐작했는지 편안한 미소를 지으며 말을 꺼냈다.

"크샤센과 우리가 동등하다는 것만 서류상으로 밝혀주신다면 받아들이지요. 물론 대공의 작위 따위는 사절입니다. 아, 그리고 파천, 영화 제작은 끝났는가?"

조조가 파천에게로 고개를 돌리며 물었다. 민한은 갑작스런 질문에도 별다른 당황감 없이 태연스럽게 대답했다.

"나중에야 저도 알았지만 제가 없는 사이에도 케이아느가 감독이 되어 영화는 계속 찍어서 얼마 전 완성되었다 합니다. 제가 마지막으로 한번 보고 수정을 한다면 내일 중으로는 결과를 보실 수 있을 것으로 생각합니다."

"며칠 안으로 결정을 내릴 것이니 그동안 너무 방에만 있지 말고 밖으로 나와 영화도 보고 하시구려. 파천이 만들었는데 정말 재밌을 것 같소이다. 어떻소이까?"

영화? 그런 것은 듣도 보지도 못한 크리스였다. 당연히 호기심이 피어올랐고 저 파천이라는 인물이 만들었다는 말에 그녀는 보기로 결정했다.

"감사합니다."

"아, 그럼 지루한 회의는 이것으로 마치겠소. 다들 물러가 쉬시오."

"예."

조조의 말에 회의장에 자리 잡고 있던 사람들은 고개를 조아리며 물러 나갔다. 조조 본인도 말을 마치고는 휴식을 취하기 위해 방으로 발걸음을 옮겼다. 크리스는 하마터면 죽을 뻔해서인지 진땀을 흘리며 그 자리를 물러 나왔다. 현재 그런 그녀의 머리 속에는 이런 생각이 떠오르고 있었다.

'샤로트, 조조라는 인물과 그 신하들……. 아직은 세공되지 않은 원석이지만… 과연 세공된다면… 이 대륙에 어떠한 결과가 초래될 것인가?

제10장

곽가의 함정

곽가의 함정

크리스 메아크스 백작. 온갖 일을 겪어 경험도 풍부한 사람이었다. 그런데 그런 그녀가 눈앞의 광경을 바라보며 놀라움을 감추지 못하고 있었다. 그녀가 바라보는 곳. 그곳의 중심에는 민한이 있었다.

"헤헤, 걱정 마십시오. 열심히 최선을 다하고 있습니다."

"고맙소."

존대하며 깍듯하게 예를 차리는 드워프와 익숙한지 고개를 끄덕이며 말을 받아주는 민한. 그녀는 그 황당한 광경에 놀란 것이다. 인간에게 예의를 차리는 드워프라……. 그뿐이 아니었다. 그것은 오히려 시작에 불과했다. 사로트에 건설 중인 저 수많은 건물. 민한에게 그것의 간략한 설명을 들은 뒤에는 아예 입을 벌리고 멍해져 버렸다. 저 파천이라는 인물은 도대체 과연 인간이 맞단 말인가? 그녀는 이해할 수 없었다. 사로트를 두루 구경하며 크리스는 발전해 나가는 사로트를 보며 많은 생각에 잠겼다. 너무도 빠른 속도로 발전하고 있다. 그 속도가 실로 감탄이 절로 나올 정도였다. 게다가 이제 와서 곰곰이 생각해 보니 저 파천이라는 인물과 그의 주인인 조조, 그 밖의 많은 인물들까지……. 세공되지 않은 원석이라는 자신의 평가가 과연 옳은 것인지 의구심까지 들게 되었다.

"도착했군요."

크리스는 지난 이틀간 방에서 나오지 않았다. 회의 때문에 겁에 질려서인지 남아 있는 다른 일 처리를 했는지는 몰랐지만 그런 것까지 간섭할 권리는 그 누구에게도 없었기에 별다른 말은 하지 못했다. 지금 그녀가 사로트를 구경하고 민한과 여러 인물들의 안내를 받아 오게 된 곳은 바로 영화가 개봉되는 극장이라는 장소였다. 궁금하기도 했고 파천이라는 사람이 만들었다는 영화도 보고 싶어서 가자는 말에 거절 한번 하지 않고 좇아 나온 것이었다. 극장은 아직 지어지지 않았기에 이번 개봉은 사로트의 중심 지역인 광장에서 이루어졌다. 이미 광장에는 오만에 달하는 사로트의 시민들이 몰려 있었다. 그 밖에도 치안 유지를 위해 약 일만의 병사들이 엄중히 경계를 서고 있었다.

"파천님, 오셨습니까?"

"봉효님! 아, 주군께서도 계시는군요."

"허허, 내가 나오지 않는다면 누가 나선단 말인가? 이쪽으로 앉으시게. 사신께서도 이쪽으로 앉으시구려."

조조의 친절에 크리스는 형식적으로나마 감사의 표시를 하며 자리에 앉았다. 민한이 자리에 앉자 마법사 여러 명이 나서서 대형 스크린을 다시 한 번 점검했다. 그리고 서둘러 수정구를 준비했다. 잠시 뒤 세팅이 끝났다. 부산하던 움직임이 잦아들자 민한이 자리에서 일어나 준비된 단상 위로 올라갔다. 영화의 모든 부분에서 영향력을 발휘한 그가 나서지 않는다면 누가 나서겠는가? 모두들 그 사실을 잘 알고 있었기에 고개를 끄덕이며 그를 주시했다. 수만 쌍의 눈동자가 자신에게로 쏠렸음에 민한은 약간 떨리긴 했지만 겉으로는 표시조차 내지 않았다. 크리스의 눈길도 이유 중의 하나였지만 보다 근본적인 이유는 그가 원래 이런 것을 기대하고 있기 때문이었다. 그는 증폭 마법이 걸려 있는 확성기로 입을 가져가더니 이윽고 말을 꺼냈다.

"우선 영화란 것을 만들 수 있도록 전폭적인 지원과 응원을 아끼지 않으신 사로트의 주인이신 조조 맹덕 공작 각하께 감사의 말씀을 올립니다. 그리고 아침부터 이곳에 나오신 시민 여러분께도 감사의 말씀을 전합니다. 원래는 영화란 것이 무엇이냐부터 말씀드리려 했으나 옛말에도 백 번 듣는 것보다 한 번 보는 것만 낫다 하였으니 지루한 말씀은 드리지 않겠습니다. 자, 본론으로 들어가도록 하죠. 알고 계신지 모르겠지만 이 영화의 제목은 '로미오와 줄리엣' 입니다."

제목이 발표되자 곳곳에서 열광적인 반응이 나타났다. 민한이 워낙에 이곳저곳을 쑤시고 다니며 촬영을 했기에 사로트의 시민들 중에서 영화란 것을 찍는다는 사실을 모르는 이는 하나도 없었다. 게다가 촬영 중간중간에 보여진 키스 신과 러브 신, 소드 마스터인 허저와 전위의 결투 신 등등 온갖 화려한 모습들 덕분에 시민들은 하나같이 매료되어 있어 이미 예약된 대박이었다.

"자, 그 주인공들을 소개하도록 하죠. 나오시지요."

영화에 출연한 모든 스태프와 주인공, 조연들이 나와 인사를 하기 시작했다. 그중에는 로미오와 줄리엣 역을 맡은 죠엘과 샤에리도 있었고 원작에는 없는 그들만의 호위무사로 나온 허저와 전위도 있었다.

케이아느도 나와서 고개 숙여 시민들에게 밝은 미소를 지어주었다. 잠시 저마다의 소감을 말한 뒤 이들은 함께 시민들에게 고개를 숙였다.

"많은 관심과 성원 부탁드립니다."

다시금 곳곳에서 열광적인 반응이 터져 나왔다. 민한은 그런 그들을 진정시키고 본격적인 영화의 개봉을 선언했다.

"이제부터 영화의 역사를 펼쳐 나가도록 하겠습니다. 마법사들은 준비하고 신호를 기다려 주시기 바랍니다. 케이아느님도 준비해 주십시오."

사적인 자리에서는 말을 트고 지냈지만 이 자리는 공적인 자리였기에 반말을 할 수는 없었다. 그 상황을 이해한 케이아느는 고개를 끄덕이며 마법사들을 이끌고 어디론가로 사라졌다. 텔레포트 마법이었다. 눈앞에서 사라져 버린 마법사 일행을 바라보던 시민들에게서 우레와 같은 함성 소리가 끝없이 울려 나왔다. 민한의 첫 작품인 '로미오와 줄리엣'이 선을 보이려는 순간이었다.

케이아느는 주위의 마법사들에게 주의를 주었다. 이런 상황에서 실수란 용납되지 않았다. 하지만 연습을 수차례 거듭했기에 그녀뿐 아니라 모든 마법사들이 자신이 있었다. 더구나 이것은 무리하게 마나를 쏟아 붓는 것이 아닌 그저 기억된 영상을 내보내는 적은 양의 마나만을 필요로 했기에 부담감도 없었다. 한 마법사가 수정구에 마나를 흘려 넣고 중얼거리며 주문을 외우자 수정구에서 빛이 흘러나오기 시작했다. 그 빛은 하늘을 뚫을 듯 나가다 광장에 위치해 있던 대형 스크린에 가로막혀 그 화려한 몸을 드러냈다. 빛이 대형 스크린을 비추자 사람들은 환호성을 멈추고 쥐 죽은 듯 조용해졌다. 그에 걸맞게 주위의 불빛들도 소등되며 스크린만 환하게 빛나기 시작했다. 잠시 뒤 스크린에서 영상이 흘러나오기 시작했다. 펑펑거리며 마법이 폭발하는 광경이 제일 먼저 눈에 들어왔다. 스크린에 펼쳐진 두 마법사가 쏘아대는 위력적인 마법의 모습을 보며 여기저기서 감탄이 터져 나왔다. 잠시 동안 여러 번 강한 마법이 펼쳐졌다. 두 마법사의 마법은 어느 측의 우세라고 성급하게 판단할 수 없을 정도로 팽팽했다. 각축 끝에 먼지가 피어오르며 대결은 결국 무승부로 끝난 듯 보였다.

"마법이 장난이 아닌데?"

한쪽의 마법사가 씨익 웃으면서 말해 왔다.

"마법서 한 권 읽었을 뿐인데……."

두 마법사의 의미심장한 짧은 대화가 끝나고 곧이어 아름다운 여성의 목소리가 흘러나왔다.

"여러분의 마법에 대한 환상을 현실로 가져다 드립니다. 마법 학교 빈라디움."

사로트에는 현재 두 개의 기사 학교와 마법 학교 하나가 지어지고 있었는데 이것은 그것에 대한 광고였다. 그 광고를 바라본 시민들은 마법에 대한 호기심과 환상이 샘솟듯 솟아났다. 마법 학교의 광고에 뒤질세라 기사 학교에 관한 광고도 곧이어 나왔다. 기사들의 훈련 장면을 이미지 캡쳐한 포스터 사진. 기사가 되고 싶은 욕망을 충동질하는 포스터 사진이 흘러나오며 웅장한 음악도 흘러나왔다. 이만하면 아마도 마법 학교 선전과 맞먹는 광고 효과였다. 그 밖에도 관광 사업이나 기타 여러 가지 광고도 흘러나왔다. 민한의 계획에 의해 만들어진 것들이었다. 사실 이것만큼 효과가 있는 것도 드물기 때문이었다. 그리고 잠시 뒤 드디어 영화가 본격적으로 상영되기 시작했다. 이렇게 시작부터 관객들의 몰입을 유도한 '로미오와 줄리엣'은 귀족들도 사랑이라는 감정을 느낀다는 것을 잘 말해 주고 있었다. 게다가 평민들의 거부감 또한 거의 없었고 귀족들의 허영심도 어느 정도 채워줌으로써 모든 이들에게 극찬을 받았다. 특히 허저와 전위의 결투 장면에서는 손에 땀을 쥐게 할 정도로 긴장감과 박진감이 넘치는 모습을 보여 주었다. 특히 검에 어느 정도 조예가 있는 용병이나 병사들에게서 더욱 엄청난 갈채를 받았다. 누구라 할지라도 소드 마스터들의 대결을 보고 싶어했기 때문이다. 기회가 적어 일생에 한 번 볼까 말까 한 장면을 이들은 영화란 것을 통해 욕구 충족을 한 것이니 극찬이 나올 수밖에 없었다. 영화가 상영되는 중간에 환호성도 이어졌고, 때로는 웃음과 슬픔도 이어졌다. 마지막 장면에서 로미오가 죽고 줄리엣도 쓰러져 비극적인 장면이 연출되자 여자들은 거의가 울었고 남자들도 훌쩍거리는 이들이 태반이나 되었다. 크리스도 영화를 보고는 침을 튀겨가며 칭찬을 아끼지 않았다.

"대단합니다. 이것을 정말 파천님께서 만든 것입니까?"

"뭘 이 정도 가지고……."

회의 때 가졌던 감정들이 희석될 정도로 그녀는 어쩔 줄을 몰라 했다. 그녀의 반응에 조조와 그 일행은 빙긋이 웃었다. 민한은 크리스에게 다음 계획도 알려주었다. 그에게서 사로트에서의 상영이 마무리되면 메르 왕국 전 지역에서 영화를 개봉한다는 계획을 들은 그녀는 크샤센 제국에도 영화를 팔아줄 것을 요청했다. 이런 사정을 황제에게 고한다면 거절할 리 없다는 것이다. 그 역시 거절할 이유가 없었기에 민한은 옆에 앉아 있던 조조의 재가를 받아 흔쾌히 승낙했다.

결국 '로미오와 줄리엣'은 개봉 첫날부터 대박을 터뜨리며 엄청난 수입을 올렸다. 부수적으로 여러 광고를 통해서 그것들의 인식에 대해 얻은 효과도 상당했다. 영화가 만들어지기 전까지는 연극이 그것을 대신했다. 그것도 귀족들만이 누릴 수 있는 특권이었다. 하지만 영화가 만들어짐으로써 그 특권을 이제 평민들도 누릴 수 있게 되었다는 것에서 이번 영화의 의미가 컸다.

"파천, 정말 대단했소. 이런 감명 깊은 영화를 만들어내다니……."

"대단한 영화였습니다."

"감사합니다, 주군. 봉효님께도 감사합니다."

주위에서 그를 아는 사람들이 치하를 해왔고 잠시 뒤 정리를 마치고 돌아온 케이아느와 마법사들도 싱글벙글거리며 민한에게 축하한다고 인사를 해왔다. 그런 그녀에게 민한은 어차피 같이 만든 거 아니냐면서 빙긋 웃어주었다. 그 밖에도 주위의 모든 인물들이 민한에게 축하의 메시지를 전달해 왔다.

"축하드립니다."

"역시 파천님이시군요."

시에나와 라스, 그리고 그 밖의 다른 사람들까지 극찬을 아끼지 않았다.

"대단합니다!!"

"정말 이런 것을 만들어내시다니 존경스럽습니다."

시민들도 기립 박수로 영화의 성공을 알려왔다. 아직 처음이라 사로트에 한정된 성공이었지만 이것이 메르 왕국과 크샤센 제국에서 역시 성공을 거두게 된다면 돈은 둘째 치고 사로트의 위상이 올라갈 것이 뻔했다.

꼬르륵.

시끌벅적한 가운데에서도 우렁찬 배꼽시계가 주위를 압도했다. 주인공은 바로 허저. 모두의 눈이 그에게로 향했다. 얼굴이 벌게진 그는 고개를 수그린 채 어쩔 줄 몰라 했다. 그런 그를 보며 조조가 박장대소를 터뜨렸다.

"하하, 유쾌한 일이 이어지는구려! 자, 모두들 식사하러 가시지요. 내가 너무 오래 붙잡고 있었나 보오."

"죄송합니다, 주군."

"자, 밥이다, 밥!!"

조조의 허락이 떨어진 마당에 예의를 차릴 필요는 없었다. 조조는 같이 식사를 못하는 처지를 간단하게 설명하고는 전위와 케이아느 및 몇몇 마법사들을 거느리고 남은 일 처리를 위해 거처로 돌아갔다. 남은 사람들도 저마다 끼리끼리 몰려서 그들만의 단골 식당으로 흩어졌다. 민한도 곽가, 허저, 시에나, 라스 둥들과 함께 식당으로 갈 움직임을 보이고 있었다.

"근데 어디로 가지?"

"파천님, 제가 분위기 좋고 맛도 괜찮은 곳을 알고 있으니 그리로 가시죠."

곽가가 자신이 아는 곳이 있다면서 그리로 가자고 했다. 민한은 별 생각 없이 그러자고 대답했다.

"좋습니다."

왁자지껄한 분위기 속에 이들은 웃으며 발걸음을 옮겼다.

곽가와 허저를 제외한 모든 이들이 입을 쩍 벌린 채 넋이 나가 있었다. 민한과 시에나, 그리고 라스는 무슨 일인지 뻣뻣하게 굳어져 있었다. 그들의 모습을 갸우뚱거리며 의아해하던 곽가는 결국 민한에게 그 이유를 물었다.

"왜 그러십니까? 혹시 마음에 들지 않으십니까? 그러시다면 다른 곳으로……."

"흐흐, 마음에 들지 않다니요? 너무 마음에 들어서 탈이지요. 안 그래, 시에나, 라스?"

"빠드득!! 그럼요. 마음에 들다마다요."

"이, 이곳은 저희들이 너.무.너.무 좋아하는 식당이랍니다."

이들은 겉으로는 그저 그렇지만 속으로는 아기자기하고 포근한 분위기까지 느껴지는 눈앞의 식당을 바라보며 이를 갈고 있었다. 이 식당으로 말하자면 바로 이전에 민한 일행이 외상값 갚느라고 생고생을 했던 바로 그 식당이었던 것이다. 그것을 알 리 없는 곽가와 허저는 고개를 갸웃거리며 먼저 식당 안으로 들어갔다. 뒤이어 민한과 시에나, 라스 등도 발걸음을 식당 안으로 옮기고 있었지만 어째 뒤에서 누가 잡아당기기라도 하는 것인지 걸어가는 그들의 모습은 힘겹게만 보였다. 이런 이들에게 결정타를 날리는 사람이 한 명 있었으니…….

"어서 오십시… 앗! 또 오셨군요?"

얼굴이 험상궂은 남자가 느끼한 영업용 스마일을 보이고 있었다.

'젠장!!'

곽가와 전위는 아무것도 모른 채 그저 씨익 웃으며 자리를 잡았다. 식당 한가운데의 저 자리는 예전에 민한과 그 일행이 욕을 보았던 바로 그 자리가 아닌가? 민한과 시에나, 그리고 라스 등은 몸으로 엄습해오는 불길한 예감을 피할 수 없었다. 하지만 곽가는 그 자리에 앉아 태연히 주문을 하기 시작했다. 서비스가 너무 끝내줘서인지 냉수가 한 잔씩 순식간에 일행의 앞자리에 놓여졌다. 그것보다 식당 안에 아무도 없었기 때문일까?

'과한 서비스도 결국에는 좋지 않은 것이던가?'

스피드한 음식 덕분에 결국 외상을 하고 무너져 버렸던 그였기에 이런 친절한 서비스가 불안할 따름이었다.

"음, 오늘의 스페셜 요리는 뭡니까?"

곽가가 익숙해진 대륙어로 스페셜 요리가 무엇이냐고 묻자 험상궂은 남자는 안색을 더욱 찡그리며 나름대로 정성껏 대답하기 시작했다.

"헤헤, 역시 아시는 분이군요. 오늘은 바로 저희들이 자신하는 메뉴, 바로 '아기 돼지 삼형제'입니다."

아기 돼지 삼형제. 어째 어디서 많이 들어본 말이다. 민한은 엽기적인 메뉴의 이름에 황당해하면서 아기 돼지 삼형제를 떠올렸다. 어릴 적 아기 돼지 삼형제의 무용담(?)을 들으며 커왔던 그는 결코 그것을 먹을 수 없을 것 같은 느낌이 들었다. 민한은 거북해지는 속을 눌러 내리며 곽가에게 말했다.

"다른 것은 없습니까? 속이 거북해서 느끼한 것은 좀······."

"음, 그렇다면······."

곽가는 메뉴판을 보았으나 아직 글이 서툴러서인지 무슨 음식들인지 알 수가 없었다. 결국 그는 제 무덤을 파고 말았다.

"아무거나 자신있는 요리로 5인분 가져다 주시오."

"알겠습니다."

험상궂은 남자가 부엌 쪽으로 사라지자 일행은 모두 한숨을 내쉬었다. 마주치기만 해도 불편한 저 얼굴. 가게가 아직까지 망하지 않고 버티는 것이 용할 정도였다. 모두가 남자의 얼굴을 떠올리면서 몸서리치며 공감하고 있었다. 일행이 가슴을 쓸어 내리며 뭔가 이 가라앉은 분위기를 띄워보고자 이야기를 나누려고 하는데 식당 문밖에서 소년으로 보이는 앳된 음성이 들려왔다. 정말 불길하다. 어째 저번이랑 패턴이 똑같다. 민한이 설마 설마 하며 몸서리를 치고 있을 때 그 설마가 사람을 잡고 말았다.

"저기요, 음식 좀 주세요."

문 앞에는 거지 차림의 한 소년이 서 있었다. 옷은 다 헤어져 살이 드러나 있었는데 매라도 맞은 모양인지 곳곳에 멍과 핏자국이 남아 있었다. 얼굴을 보니 얼마나 오랜 시간 동안 세수를 못했는지 땟국물이 줄줄 흐르고 있었다. 그 소년을 바라보고 있던 민한, 시에나, 라스가 헛바람을 들이키며 소리를 질렀다.

"뜨아!!"

"허억!!"

"너, 넌!!"

맙소사! 바로 그 소년이었다. 하마터면 그 소년 때문에 죽을 뻔한 민한이 그대로 곱게 봐줄 리 없었다. 그는 식탁에 놓여 있던 나이프 하나를 집어 들고는 소년에게로 몸을 날렸다.

"앗!"

소년도 당황했는지 비명을 질렀다. 하지만 그도 당하고 있지만은 않았다. 잽싸게 몸을 날려 식당 안으로 뛰어든 소년은 식탁 위에 있던 나이프를 집어 든 것이다. 문 앞에서 뒤를 돌아 그 광경을 보고 있던 민한은 이를 갈았다.

"이익! 한번 해보자는 거냐?"

"제발… 누나가 아파서 누워……."

소년은 최대한 불쌍하게 보이려고 노력했으나 이미 흥분한 민한에게 그 소리와 모습이 눈에 들어올 리 없었다.

"두 번은 속지 않아!!"

나이프를 굳게 움켜쥔 그는 소년에게로 몸을 날렸다. 그 모습을 본 소년은 이를 악물며 순식간에 안면 몰수한 뒤 역시 나이프를 움켜쥔 채 덩달아 달려들었다. 일행 모두가 무기를 소지하고 있지 않았기 때문에 벌어진 결과였다. 소년도 몸에 소지한 무기가 없는 모양이었다.

쨍!!

나이프가 허공에서 빛을 발했다. 흥분해서 미처 오러 블레이드를 형성시킬 생각을 못한 민한 때문인지 두 나이프는 허공에서 수없이 부딪치며 불꽃을 튀겼다. 채 십 초도 되지 않아 나이프의 이빨들이 다 나가버리자 둘은 옆에 놓여 있던 다른 나이프를 들고 다시 어우러지기 시작했다.

차창!! 쨍!

불꽃이 튀기며 곳곳에서 의자와 책상이 날아가고 부서지는 어지러운 광경이 펼쳐졌다.

"저희들의 자랑 '빨간 모자'가 나왔……!"

와장창!!

기물이 수없이 파괴되자 그 시끄러운 소리 때문인지 험상궂은 남자가 부엌에서 들고 오던 음식들을 바닥에 떨어뜨리는 실수를 저질렀다. 접시들이 깨져 나갔음에도 그는 아랑곳하지 않고 소년에게 덤벼들었다. 민한이 먼저 저런 짓을 했을 거라고는 생각되지 않기 때문이었다. 분명 저 망할 녀석이 난동을 부려 저 손님이 나선 것이라고 그는 굳게 믿었다. 용기있게 기합을 지르며 달려들었지만 그는 어이없게 소년의 한주먹에 나가떨어졌다.

"크악!!"

그동안 소년은 실력을 숨겨왔던 것이다. 왜 그런지는 몰랐지만 나가 떨어진 남자가 열이 받았던 모양인지 옆에 굴러다니던 의자를 소년에게 집어 던졌다. 그의 경험에 의하면 분명 소년은 저것을 맞고 비명을 지르며 쓰러져야만 했다. 굶기를 밥 먹듯이 한 소년이기에 힘이 없을 거라고 계속 생각해 왔기 때문이다. 실제로도 그의 발길질에 소년은 맥을 추지 못했다. 하지만 이게 웬걸?

"핫!!"

그 자리에서 몸을 번쩍 띄우더니 그대로 몸을 돌려 발차기로 날아오는 의자를 정확하게 박살내 버리는 것이었다. 멋진 격파 솜씨였다. 멍해져 있는 험상궂은 남자를 향해 인상을 찡그려 보인 후 소년은 다시 나이프를 쥐고 휘둘러 댔다.

'이놈, 제법인걸?'

아까 전부터 흥분을 가라앉힌 민한이었다. 하지만 이런 소년에게 오러 블레이드를 쓸 생각은 없었다. 그냥 잡아서 전에 왜 그랬느냐고 물어볼 생각이었다. 안일한 생각인지도 몰랐지만 예전에 그의 앞에 나타났던 막강한 인물들을 보자면 소년은 최소한 마족이 아닌 것이 확실하기 때문이었다. 하지만 그의 실력은 생각한 것 이상이었다. 민한의 화려한 검술을 손쉽게 막아내었고 '어! 요놈 봐라?' 하며 실전 검술로 상대했는데도 소년은 밀리지 않고 잘 막아내었다. 오히려 막아냄과 동시에 반격까지 해오는 경우가 태반이었다.

퍼억!!

잠깐 딴생각을 하는 사이 팔꿈치 기술이 민한의 명치를 파고들었다. 그때 그가 고통으로 잠시 고개를 수그린 기회를 틈타 도망하려던 소년을 도망치지 못하도록 문앞에서 가로막은 사람이 있었다.

"이런, 파천님이 실수하신 건가, 아니면 봐준 건가? 어찌 되었든 넌 움직이면 죽는다."

아직 어설픈 대륙어였지만 나름대로 열심히 공부한 결과였다. 실제로 소년은 그 말뜻을 알아듣고 움직이지 못하고 있었다. 기회를 틈탄 허저의 막강한 주먹이 배를 강타했다. 평소 때의 라스와 맞먹는 어리버리함은 어디로 갔는지 그는 진지하게 주먹을 휘둘렀다.

퍽!!

소년은 수 미터를 날아가 바닥으로 처박혔다. 하지만 그런 강한 충격을 받았음에도 전혀 동요 없이 비명 소리조차 지르지 않았다.

"대단한 아이로군."

"독종이로군."

곽가도 감탄했다. 민한은 한숨을 내쉬며 나이프를 고쳐 잡았다. 얼핏 봐도 혹독한 훈련을 받은 것으로 보였다. 어쌔신으로 키워진 것일까? 민한은 이 생각 저 생각을 하면서 벌써 일어나 있는 소년에게 서서히 다가갔다.

슈우욱!

오러 블레이드가 형성되었다. 바스타드 소드나 롱 소드가 아닌 일개 고기나 써는 나이프였지만 오러 블레이드는 눈이 시릴 정도로 아름다웠다. 시퍼런 기가 굽이굽이 솟구치자 그 광경을 본 주위의 사람들에게서 탄성이 터져 나왔다. 보는 눈이 부족한 것이 안타까울 따름이었지만 그래도 탄성 소리는 식당을 가득 메웠다. 소년도 그 장면을 보고는 헛바람을 들이켰다. 그러나 곧 비장한 표정으로 바뀌었다. 아무래도 죽음을 각오한 것일까?

"너, 그냥 항복하지 그래?"

"……."

소년은 대답 대신 들고 있던 나이프를 힘껏 던졌다. 어차피 나이프를 휘둘러 보았자 저 무지막지한 오러 블레이드에 의해 잘려 나갈 것이 뻔했으니 이것이 바로 소년이 임기응변으로 취한 마지막 공격이었다. 더불어 그와 동시에 몸을 한쪽의 탁자 뒤로 날리고 있었다. 긴장감이 풀어진 상태의 허를 정확하게 찌른 기습 공격이었지만 안타깝게도 민한은 가볍게 나이프를 막아내었다.

"이런이런, 이렇게 어설픈 공격이 통할 듯싶었나?"

민한은 괜히 소년을 겁주려고 목소리를 깔았다. 정말 할 짓 없는 인간이었다. 하지만 당하는 입장에서는 그것이 장난이 될 수는 없었다. 잔뜩 긴장한 소년은 침을 한번 꿀꺽 삼켰다. 조용한 식당에 침 삼키는 소리가 울려 퍼졌다. 그리고는 곧바로 이단 옆차기를 하며 민한에게 달려들었다. 이것이 그가 할 수 있는 최후의 공격이었다. 무기도 집을 여력이 없었다. 그러는 순간 검이 목에 닿을 테니까 말이다. 민한은 명치에 똑같이 팔꿈치로 한 방 먹이려고 몸을 움직이려는데 뒤에서 날카로운 비명이 들렸다.

"멈춰요!!"

시에나가 이런 비명을 지를 리는 없는데……. 몸을 뒤로 빼고 고개를 돌린 민한의 눈에 한 가녀린 소녀가 들어왔다. 허리까지 늘어진 아름다운 금발과 비취 빛의 어여쁜 눈동자를 가진 소녀였다. 그는 소녀의 아름다운 모습을 보고는 금세 아까 전까지만 해도 굳어 있었던 안색을 밝게 펴며 웃었다. 그리고 느끼한 말로 물었다.

"왜 그러십니까, 아름다운 레이디시여?"

"……."

모두들 뻣뻣하게 굳어졌다. 특히 라스는 몸에 소름이 좌악 돋아나는지 얼어 있었다. 시에나만이 아무렇지도 않은 듯 차가운 표정을 유지한 채 소녀를 노려보고 있었다.

"전… 저 소년의 누나예요."

"누나 되십니까? 아, 허저님! 그래서 제가 처음부터 웬만하면 그냥 봐주자고 하지 않았습니까?"

"저, 저기 파천님!!"

갑자기 자신의 죄를 뒤집어씌우는 그를 보며 황당해하며 뒤통수를 버벅대는 어리벙벙 허저였다. 모두들 병찐 얼굴로 그렇게 민한을 바라보았다. 아무것도 모르는 소녀는 민한의 마수에 넘어가 그저 허저를 째려볼 뿐이었다. 가뜩이나 마음 약한 허저. 아름다운 소녀의 눈 째림을 받자 마음의 상처를 입고 한구석에 틀어박혀 버리고 정작 죄를 뒤집어씌운 민한은 아름다운 소녀의 에스코트를 담당하고 있었으니 정말 통탄할 노릇이었다.

"누, 누나!!"

소년은 누나의 손이 저 망할 불한당 자식의 손에 굳게 붙잡혀 있는 것이 마음에 들지 않았다. 그래서 몸을 날려 민한에게로 덤벼들었다. 그의 실력을 잘 알고 있는 민한은 차마 아름다운 소녀 앞인지라 오러 블레이드를 형성시키지는 못하고 그저 손으로 막으려 했다. 하지만 곧 이어지는 엄청난 장면은 민한의 노력을 순식간에 삽질로 만들어 버렸다.

"매직 애로우!!"

허공에 솟아난 세 개의 매직 애로우. 분명 그 마법은 소녀가 펼친 것이었다. 실력으로 보아서는 대략 2클래스 익스퍼트의 수준인 초급 마법사인 것으로 보였지만 저런 미소녀가 마법을 펼친다는 것 자체가 놀랄 일이었다. 약한 마법이었음에도 소년은 누나의 마법이라서 그런 것인지 아니면 정말 매직 애로우가 무서워서인지는 몰라도 그 마법에 격중되어 배를 움켜쥐었다. 저 정도의 매직 애로우라면 맞아도 그냥 강하게 얻어맞은 수준이었기 때문에 소년은 그냥 배를 움켜쥐고 비틀거릴 뿐 별다른 해는 입지 않았다.

"방금 와서 잘은 모르겠지만 분명히 네가 잘못한 것일 거야. 안 그래? 게다가 내가 아파서 누워 있다고 거짓말을 했을 테고."

그러고 보니 이 소년의 누나가 이곳에 있다고 하는 것이 말이 되지 않는 것이었다. 분명 누나가 아파서 누워 있다고 했는데……. 정황으로 보아 소년이 대범하게 거짓말을 한 것으로 보였다. 다른 이들은 그냥 그런가 보다 하고 넘어갔지만 민한은 그렇지 못했다.

"이런, 그러고 보니 누나가 아파서 누워 있어? 새빨간 거짓말이잖아? 감히!!"

"용서해 주세요. 제 동생이 아직 철이 없어서 그래요, 파천 백작님."

이름을 알고 있는 소녀. 그는 자신을 잘 알고 있는 듯 보여 고개를 갸웃거렸다. 하지만 곧 고개를 끄덕였다. 방금 전 영화를 발표하면서 그 난리를 쳤는데 모르는 것이 오히려 이상한 일이었다. 그런데 저 구석에서 눈치만 살피고 있는 험상궂은 남자는 왜 민한을 몰랐던 거지? 어쨌거나 민한은 화사한 미소를 지으며 소녀에게 아무것도 아니라는 태도를 취했다. 분명 소녀가 없었으면 반 죽여놓았을 텐데…….

"용서해 주시면 부탁 하나 정도는 들어드릴 수 있어요. 이래 뵈도 저희들이 정보는 많이 다루고 있거든요. 저희들이 할 수 있는 것 정도는 들어드릴 수 있어요."

정보라……. 그렇다면 이들은 도둑 길드나 암살자 길드에 가입된 것일까? 갈수록 정체를 파악하기 힘든 남매를 보며 입맛을 다시고 있는 민한은 별로 필요 없다면서 사양하려고 했다.

"뭐, 별로 필요한 것은……."

"아, 부탁드릴 게 있습니다."

곽가가 갑자기 끼어들었다. 일행의 시선이 그에게로 쏠렸다. 특히 시에나가 흥미롭다는 얼굴로 그를 쳐다보고 있었다. 모두의 관심이 집중된 가운데 곽가의 입이 열렸다.

"며칠 뒤에 공작님이 사로트 주변으로 몬스터 토벌을 나간다고 소문 좀 퍼뜨려 주십시오. 정보를 다룬다니 그 정도는 쉽겠지요?"

"알겠어요. 그럼 용서해 주신 걸로 믿고 저희들은 이만."

소년과 소녀가 말이 끝나기가 무섭게 미련없이 사라져 버렸다. 그제야 라스가 생각이 난 것이 있다는 듯 민한과 곽가에게 말했다.

"그러고 보니 저 녀석들은 백작님들께 줄곧 반말을 했습니다. 당장 쫓아가 혼쭐검을 내주심이……."

"되었네. 그런데 봉효님, 무슨 일로 그런 이야기를 꺼내신 겁니까?"

민한은 분통을 터뜨리는 라스를 만류하며 아까 전 그런 말을 한 곽가를 쳐다보며 의아하다는 표정으로 물었다. 시에나는 그저 빙긋이 웃고만 있었는데 알고 싶지도 않은 모양이었다. 그러나 궁금했던 민한과 나머지 사람들은 곽가만을 쳐다보고 있었다. 구석에 있던 허저도 큰 눈을 껌벅거리며 곽가의 말을 기다렸다.

"뭐, 별것 아닙니다. 저번에 파천님께서 사신으로 가는 도중 몬스터들을 만나신 적이 있잖습니까?"

"그랬었지요. 문화가 발달된 지역에 그런 몬스터들이라니……."

"그래서 토벌을 하는 것입니다. 그런 지역에 몬스터가 있다면 피해를 보는 것이 여러 가지일 테니까요. 굳이 그런 부탁을 한 것은 사로트 시민들에게 몬스터에 대한 주의력을 주려고 한 것일 뿐이죠."

"그렇군요."

그제야 민한과 라스, 허저 등은 고개를 끄덕이며 이해가 된다는 표정을 지어 보였다. 입술이 한쪽으로 말리며 씨익 웃고 있는 곽가. 왜 그런 웃음을 짓고 있는지 모르겠지만 솔직히 그런 것까지 물을 수는 없는 일이었다.

"자, 그럼 식사나 하실까요?"

곽가가 분위기를 전환시키며 탁자 위에 놓여진 음식들을 가리키며 말했다. 음식들은 저마다 먹음직스럽게 김을 모락모락 피우며 '날 잡아잡수' 하며 웃고 있었다. 그런데 도대체 언제 그 바닥에 박살났던 접시들은 다 치우고 새 음식이 탁자 위에 놓였는지 정말 신비로운 사내였다. 얼굴이 험상궂은 것만 뺀다면 능히 종업원으로서 전 대륙을 재패할 수도 있을 그런 남자로 보였다.

일행은 식사를 하면서도 영화나 사로트에 대한 이야기로 꽃을 피웠다. 라스와 시에나의 지식이 이곳에서 빛을 발했고 민한도 만만치 않았다. 곽가는 연신 고개를 끄덕이고 있었고 솔직히 뭔 소린지 통 알아듣지 못하는 허저는 접시에 얼굴을 박고 먹는 것에만 열중하고 있었다.

"음, 그렇게 된 것이로군요. 휴우, 배도 부르니 그럼 다시 일을 하러 돌아갈까요?"

"그러죠."

말이 끝나기가 무섭게 험상궂은 남자가 쪼르르 달려왔다. 정말 대단하고도 무서운 남자였다. 저마다 굵은 땀방울 하나씩 머리에 매단 일행은 서로 자기가 계산하겠다고 나섰다. 단지 시에나만이 지갑을 두고 왔다며 난처한 얼굴이었다. 이들의 뜻은 무척이나 좋았다. 하지만 현실은 냉정한 것이었다.

"어라? 지갑이……?"

"저, 저도 없는데요?"

"이럴 수가?"

비어버린 자신의 품속을 뒤져 보며 멍하니 서 있던 민한은 뭔가 알았다는 듯 아뿔싸를 외치며 고함을 질렀다.

"이런 망할 놈의 자식!! 어린 놈이 벌써부터 도둑질이야?!"

소년이 일행의 지갑을 깡그리 털어가 버린 것이다. 이런 모습들을 바라보고 있던 험상궂은 남자.

"돈이… 없으십니까? 물론 외상 따위는 없다는 것을 알고 계시겠지요? 푸하하하하!!"

"……"

다시 한 번 그때의 그 장면이 연출되었다. 모두들 침묵하고 있는 가운데 실성한 듯한 남자의 웃음소리만 식당을 가득 메웠다.

어둠침침한 장소. 어떤 곳의 지하실로 생각되는 그곳에는 촛불만 하나 켜져 있어서인지 무언가 은밀한 분위기를 뿜어내고 있었다. 역시 그곳에 있는 사람들도 꽤나 은밀한 인물들로 보였다. 그들은 무언가 초조하게 기다리고 있었다. 그때 문이 열리며 한 소년과 소녀가 들어왔다.

끼이익!

문이 오래되서인지 그 특유의 마찰음이 방 안에 울려 퍼졌다. 소년과 소녀가 방 안으로 들어오자 기다리던 인물들은 너도나도 그들에게 몰려들며 궁금한 것들을 묻기 시작했다.

"도대체 어떻게 된 거야?"

"제대로 처리가 된 건가?"

쏟아지는 질문들을 손 한 번 내저음으로 조용히 시켜 버린 소녀는 차가운 미소를 지으며 말했다.

"잘 처리되었어요. 그들은 우리가 미디님을 따르는 존재들임을 모를 뿐 아니라 아예 이런 조직이 있다는 것도 모르고 있었어요. 저런 어설픈 작자들에게 후작님이 돌아가시고 아가씨께서 쫓겨나셨다니…….빠드득!!"

소녀는 그 아름다운 이목구비를 잔뜩 찡그리며 이를 갈았다. 소년도 험상궂은 얼굴로 고개를 끄덕였다. 그들은 구체적인 방안을 내놓기 시작했다. 방 안에 몰려 있던 십여 명의 사람도 잔뜩 긴장하고 그 방안을 들으려 했다.

"기회는 왔어요. 저 조조라는 놈과 그 부하들이 몬스터 토벌을 나가는 때가 바로 그때예요. 찜찜한 것은 곽가 봉효라는 인물이 일부러 그것을 소문을 내달라고 했는데 정황으로 보아 겉으로는 사로트 시민들의 안전을 지키려고 경각심을 일깨우려는 것 같아요. 아울러 그들의 마음을 더욱 꽉 잡아보려는 것이겠지요. 일석이조라고나 할까요? 하지만 일부러 그런 것을 부탁한 저의는 아직 파악되지 않았습니다."

"그런데 그것이 미리 깔아놓은 함정일 가능성은 없나?"

뒤에서 팔짱을 끼고 심각한 얼굴로 소녀의 말을 듣고 있었던 한 사내가 분위기를 잡고 물었다. 소녀는 그를 바라보며 풋 하고 웃음을 터뜨리며 대답했다.

"물론 십중팔구 함정이겠지요. 하지만 그것을 극복하고 오히려 저들의 허를 찌른다면 최소한 저들의 수뇌부 정도는 싹쓸이할 수 있을 거예요."

이어서 좀 더 세부적인 계획들이 나오기 시작했다. 곽가의 함정인 줄 알면서도 덤벼드는 그들의 저의는 알 수 없었지만 왠지 불길한 기운이 감돌고 있었다.

"노파심에서 하는 소린데 아가씨께는 이 사실조차 전하면 안 됩니다. 분명 그들은 아가씨의 신변을 철통같이 감시하고 있을 테니 말입니다. 그러니……."

이곳 어둠침침한 방에서 모종의 계획이 이루어지고 있었다.

또 다른 방. 왜 모의를 하는 곳마다 이런 분위기인지는 알 수 없지만 이 방 역시 어둡고 은밀한 티가 팍팍 나고 있었다. 이 방에는 세 명의 사람이 이야기를 나누고 있었다. 그중 한 명은 놀랍게도 곽가 봉효였다. 도대체 그는 왜 이런 곳에서 은밀하게 이야기를 나누고 있는 것일까?

"때가 왔소이다. 우리가 사로트에서 세력을 굳히느냐 마느냐는 오직 그때에 달려 있소. 분명 내가 볼 때 점심때의 소년, 소녀들은 미디라는 하녀의 첩자임에 분명하오. 어떻소?"

"저희들도 파천님과 봉효님 일행이 식사하고 계실 때 숨어서 지켜보았는데 아무래도 뭔가 있기는 있는 것 같았습니다. 하지만 그들이 미디라는 하녀의 첩자임을 확신할 수는 없는 일이지 않습니까? 다른 곳의 첩자일 수도 있고 하다못해 그냥 평범한 도둑 길드의 회원일 수도 있습니다. 어째서 그렇게 확신하고 계시는 것인지……."

"이것은 내 직감이오. 물론 몇 가지 의심되는 단서가 있기는 하지만 주된 요인은 바로 직감이지."

직감이라……. 그것 하나 믿고 이런 엄청난 일을 계획하는 곽가가 정말 안쓰러울 뿐이었다. 하지만 그는 자신의 직감을 굳게 믿고 있었다. 솔직히 단 한 번도 빗나간 적이 없는 예리한 것이기도 했지만 말이다. 하지만 이런 상황에서까지 직감을 믿고 있는 곽가의 과감한 태도가 과감하다 못해 어이가 없을 정도였다.

"믿겠습니다. 그럼 저희들이 어떻게 하여야 합니까?"

곽가는 빙그레 웃으며 계획하고 있는 바를 이야기하기 시작했다. 직감이 맞다면 분명 소녀는 함정에 걸려들 것이다. 아니, 걸려든 척하고 허를 찌를 게 뻔했다. 그것을 또다시 역이용하자는 계략이었다.

"이번 계획의 목적은 두 가지요. 하나는 저 후작의 잔존 세력들의 소탕, 그리고 또 다른 하나는 바로 파천……."

목소리가 점점 작아져 이제는 들리지 않을 정도로 작아져 버렸다. 하지만 다른 두 사람은 고개를 끄덕이다가 경악 서린 표정을 짓는 것으로 보아 뭔가가 있기는 있는 모양이었다.

날은 이미 어두워져 있었다. 밝게 빛나고 있는 달만이 이들의 계획을 아는지 방그레 웃으며 덩그러니 떠 있었다.

제11장

**빼앗으려는 자와
지키려는 자**

빼앗으려는 자와
지키려는 자

　며칠이라는 짧고도 긴 시간이 흘러 마침내 몬스터 토벌을 하는 날이 다가왔다. 조조의 재가를 받기는 매우 수월한 일이었다. 그냥 사로트의 시민들에게 피해가 가는 괴물들이라고 했더니 당장에 토벌 명령이 떨어진 것이다. 곽가는 그런 조조의 모습에 만족한 미소를 지었다. 사로트의 광장에서는 아침부터 병사들의 모습이 눈에 들어오고 있었다. 보병 오천과 철기병 오천. 아직 철기병 군단을 편성하기에는 무리가 있었던 터라 지금 모습을 드러낸 철기병들은 예전부터 있던 철기병들이었다. 하지만 몬스터 정도를 상대하기에는 무리가 없을 정도로 강한 존재들이었다. 일만의 병사들 앞에 드디어 조조가 모습을 드러냈다. 옆에서는 이미 케이아느와 마법사들이 대기하여 통역 마법을 준비하고 있었고, 또한 그의 주위에는 그의 심복이라고 할 수 있는 여러 인물들이 줄줄이 포진해 있었다. 이윽고 조조가 말문을 열었다.

"사로트를 수호하는 정의의 병사들이여, 그대들은 지금 무엇을 하러 떠나는 것인지 아는가? 바로 그대들의 자식과 아내와 가족들을 지키고 사로트를 몬스터의 흉포한 저주로부터 물리치기 위해 떠나는 것이다! 그대들은 전부가 용사들이다! 사실 나라를 구하고 더 나아가 대륙을 구해야 용사라는 호칭을 얻는 것이 아니다! 자신들의 소중한 것, 아끼는 것들을 용기있게 지킬 줄 아는 자가 바로 용사인 것이다! 그래서 나는 감히 그대들을 모두 용사라고 부르겠다!"

"와아아아!!"

병사들의 함성이 광장을 진동했다. 그동안 강도 높은 훈련을 받은 모양인지 그들은 개개인이 눈빛을 번쩍이며 잘 훈련된 용사의 모습을 보여주고 있었다. 조조가 손을 들자 그들은 기다렸다는 듯 함성을 멈추었다.

"사랑하는 용사들이여, 정보에 의하면 이번 몬스터들은 한두 마리가 아니라 무려 수천을 헤아리는 대대적인 숫자라고 한다!"

웅성웅성.

조금 전 모습은 다 어디로 갔는지 병사들은 그 소리를 듣고 술렁이기 시작했다. 하긴 아무리 정예라 할지라도 수천이나 되는 몬스터들을 토벌하러 간다니 정말 간 떨리는 일이 아닐 수 없었다. 하지만 조조는 거기서 말을 멈추지 않았다. 조조의 피를 토하는 외침에 다시 광장은 적막감에 휩싸였다.

"그러나 조금 전 말했듯이 자신의 아끼고 사랑하는 것들을 지킬 수 있을 때에야 비로소 용사라는 호칭을 얻을 수 있다! 그 대가는 그대들의 피가 될지도 모르고 더 나아가 고귀한 목숨을 바쳐야 할지도 모른다! 하지만 나는 자신있게 말할 수 있다! 그러한 고통을 극복해야만 그대들이 사랑하는 모든 것들을 지킬 수 있다고 말이다! 위대한 사로트의 용사들이여!! 그대들의 용기가 필요하다! 그대들이 아니고서는 저 웅크리고 앉아 살육할 기회만 엿보고 있는 저 흉포한 몬스터들을 무찌를 수 없다! 하늘에 닿는 그런 용기를 사로트를 위해, 사랑하는 가족들과 그 외 모든 것들을 위해 빌려주지 않겠는가?"

"와아아!!"

조조의 간단한 연설이 끝나자마자 병사들의 우레와 같은 함성 소리가 광장을 들썩일 정도로 진동했다. 저마다 무기를 뽑아 들고 함성을 질러대고 있었다. 정말 무서운 기세였다. 병사들의 마음을 움직인 조조의 연설이 그런 기세를 가져온 것이었다. 그 광경을 지켜보던 사로트의 수많은 시민도 감동했는지 박수를 치며 환호성을 질렀다.

"주군, 짧지만 마음에서 우러나오는 그런 연설이었습니다."

"고맙소. 그런데 준비는 다 되었소이까?"

"예. 병사들의 준비는 보시다시피 완벽하게 끝났고 병참 및 기타 보급 물자도 준비를 완벽하게 마친 상태입니다. 메르 왕국으로도 공문을 띄워 이것이 몬스터 토벌임을 확실히 밝혔습니다. 모든 준비는 완벽합니다."

곽가로부터 준비 완료의 확답을 받은 조조는 다시 몸을 돌려 병사들을 내려다보았다. 저마다 갖가지의 다른 모습으로 다가오는 병사들. 그런 그들을 이용한다는 생각은 이미 버린 지 오래인 조조였다. 이미 수족처럼 아끼고 사랑하게 된 그들이었다. 많은 피해가 없길 하늘에 기원하며 조조는 우렁차게 검을 뽑아 들었다.

"사로트의 용사들이여!! 전군 출진하라!!"

"우와아!!"

조금 전보다 더욱 커다란 함성이 광장은 물론 사로트 전역을 가득 메웠다.

멀리서 그런 모습들을 착잡하게 바라보고 있는 사람들이 있었다. 그들은 바로 이번 기회를 틈타 사로트의 세력을 되찾으려는 움직임을 보이는 후작의 잔존 세력들이었다.

"벌써 시민들은 그들에 대한 적개심과 위화감을 버려가고 있다. 하아, 하지만 어쩔 수 없는 일이지."

"우리도 힘을 내자구! 저들의 저런 모습은 가식일 뿐이야. 단지 시민들을 이용하고 쓰레기처럼 다시 버릴 거라구!!"

일부러 용기를 내고자 그렇게 말해 보았지만 모두들 착잡한 마음으로 허리춤의 무기들을 쓰다듬고 있었다. 소년과 소녀도 마찬가지였다. 그러나 그들은 자신들의 목표가 있었기에 애써 그러한 생각들을 떨쳐내고 있었다.

"저들의 악한 이기심과 가면을 갈기갈기 찢어놓고 말겠어."

"응, 누나."

곽가도 그 순간 눈을 감은 채 어디선가 바라보고 있을 이들을 떠올리며 한숨을 내쉬고 있었다. 실상 몬스터 토벌이란 이들의 제거를 위해 일부러 만든 계획이었다. 자신들이 시민들과 병사들을 이용하며 기만하는 것이 아닌가 하는 생각이 들었다. 하지만 어쩔 수 없었다. 그런 생각을 떨쳐 낸 곽가는 반드시 후작의 잔존 세력들을 소탕하고 말겠다고 굳은 결심하고 있었다. 바야흐로 빼앗으려는 자와 지키려는 자가 비공식적으로나마 맞부딪치게 되는 순간이 다가온 것이다.

드디어 군대가 성을 나섰다. 일만의 군대는 질서 정연하게 목표인

사피아 강 유역으로 진군을 시작했다. 조조는 친히 앞에서 병력을 지휘하며 나아갔고 그 뒤를 곽가, 민한, 허저, 전위, 케이아느 등이 따랐다. 사로트 성에는 시에나와 라스 등을 남겨 조조가 성을 비운 동안에도 정무 처리가 원활하게 돌아가도록 했다. 예상되는 기간은 열흘 정도. 그 기간 중에 모든 것이 결판날 것이다. 누가 사로트의 실권을 장악하게 될 것인지 말이다. 그것을 아는지 모르는지 군대는 계속해서 사피아 강 유역을 목표로 진군하고 있었다. 일만의 군대였음에도 사피아 강에 도착하는 데에는 하루 정도의 시간밖에는 걸리지 않았다. 왜냐하면 사로트를 지나가는 강도 사피아 강. 솔직히 사로트도 사피아 강의 유역이라고 할 수 있었다. 단지 이들이 원하는 사피아 강 유역은 좀 더 상류에 위치한 곳이라는 것뿐이었다. 하루 거리밖에 안 되는 곳인데도 몬스터들이 가끔 눈에 띄는 것이 이상했다. 여기로 말하자면 얼마 전까지만 해도 메르의 정가운데 위치한 지역으로서 치안이 아주 잘되어 있는 곳이었다. 조조의 등장으로 사로트 일대가 다소 혼란스러워진 것은 사실이지만 그렇다고 그가 몬스터들을 대량으로 풀어놓았을 리도 없고 수많은 몬스터가 나타날 리 없는 곳이었다. 그런데 현실은 그렇지 못했다. 어떤 이유이든 간에 몬스터는 확실하게 있었고 그들의 흉포한 목소리가 간간이 들려올 정도였다.

군대는 마침내 목적지에 이르러 우선 진영을 설치하기 시작했다. 몬스터들을 완전히 소탕하기 위해서는 본거지가 필요했던 것이다. 아침부터 시작한 공사는 저녁이 되어서야 마무리 단계에 들었다. 주위를 감시하는 삼천의 병사들을 제외하고 나머지 칠천의 병사들이 모두 달려들어 이룩한 성과였다. 그것을 바라보고 있던 조조가 말했다.

"봉효, 듣기로 이곳은 치안이 좋은 곳이라 하던데 눈앞의 이 상황은 무엇이오? 흉포한 괴물들이라니?"

"전에 계획을 말씀드렸을 때와 마찬가지로 이유는 확실히 모릅니다. 하지만 몬스터라는 괴물들이 이렇게 수천이나 몰려서 그 위세를 떨치고 있는 것은 확실합니다. 그래서 병력까지 동원해 나온 것이 아니겠습니까?"

그 말을 듣고 있던 다른 사람들도 고개를 끄덕였다. 누가 일부러 풀어놓지 않은 이상 나올 일이 없는 몬스터였다.

"혹시 누군가가 고의적으로 풀어놓은 것이 아닐까요? 예를 들어 소환술사 같은 사람들이 말입니다."

민한이 말을 꺼냈다. 그의 말에 모두들 눈을 껌벅이면서 옳은 것 같다는 표정을 지었지만 케이아느가 정면으로 부정하고 나섰다.

"듣기로 몬스터들의 수는 적어도 오천이 넘는 많은 수라고 합니다. 소환술사들 수백 명이 달려들어 오랜 시간 동안 소환에 미쳐 있지 않은 이상 불가능한 일입니다. 이곳 서대륙에 소환술사라고 하는 자들은 고작해야 백여 명 남짓에 불과하니까요. 아마 어떤 환경의 변화나 인간이 아닌 자들의 짓일지도 모릅니다."

일리있는 말이었다. 소환이 결코 그렇게 쉬운 일이 아닌 것은 확실했다. 숙달된 소환술사라 하더라도 하루에 오크 두어 마리 정도가 고작이니까 말이다. 오우거 같은 경우에는 한 마리가 간신히 소환될 정도였다. 그녀의 말에 조조가 신음을 흘렸다.

"으음, 잘은 모르겠지만 불가능한 일이라고 하니 그런 것이겠지. 하지만 우리들이 저들을 쓸어버려야 한다는 것은 변함없는 사실이오. 무엇보다 코앞에 이런 대규모의 괴물들이 있다는 것 자체가 불안한 일 아니겠소?"

"그렇습니다."

이번엔 허저, 전위도 나서서 긍정을 표시했다. 이들이 이야기를 나누고 있을 동안 드디어 진영이 완성되었다. 모두들 내일부터 시작될 몬스터 토벌을 생각하며 한숨을 지었다. '많은 병사들이 죽거나 다칠 텐데' 하면서 말이다. 그리고 작전을 세우기 위해 조조를 위시한 모든 인물들이 임시로 지어진 막사로 모였다. 급조된 막사여서인지 썰렁하기는 했지만 회의를 하는 데는 별로 지장이 없었다.

"자, 내일부터 본격적인 몬스터 토벌에 들어가게 되오. 좋은 책략이 있는 사람은 말해 보시오."

솔직히 몬스터 토벌을 하는 데 별다른 책략이 있을 리 없었다. 그냥 몬스터들을 몰아서 한곳에 모이게 만든 후 함정을 이용해 포위 작전으로 박살을 내는 것이 정석이었다. 약 한 시간 정도 진행된 회의에서도 나온 최종적 결론 또한 이것과 별다를 바가 없었다. 이들은 우선 오천의 병사를 동원해 이곳저곳을 들쑤시고 다니며 몬스터들을 상대하며 나머지 오천의 병력으로 함정을 만들기로 했다. 땅을 파고 그 속에다 칼 따위를 거꾸로 박아놓은 함정이나 다른 무시무시한 함정 외에도 케이아느가 만들게 될 마법진도 있었다. 여러 마법사들과 합동으로 만들게 될 이번 마법진은 크기만도 무려 직경 백여 미터에 이르는 초거대 마법진이었다. 발동시키는 순간 그 안의 모든 생물체가 통구이가 될 그런 것이었다. 다만 만들기까지의 시간과 그곳에 쏟아 부어지는 마나의 양을 고려해 열흘간 케이아느와 마법사들이 밤샘 작업을 해야 할 것이다. 그들은 그렇게 열흘 동안 죽어라 마법진을 만들게 되었다. 그들 외에 함정을 만들기 위해 삼 일 동안 투입되었던 오천의 병사는 함정을 완성한 뒤 둘로 나뉘어 한쪽은 곽가가 대장이 되어 마법사들을 지키게 되고, 다른 한쪽은 별동대로서 몬스터들을 몰아가는 임무를 맡게 되었다. 그 대장에는 민한과 허저가 맡게 되었고 오천의 본진에는 조조, 전위가 맡게 되었다. 계획대로만 된다면 열흘 만에 거의 모든 몬스터들을 토벌할 수 있겠지만 그것이 말처럼 쉬운 일만은 아니었기에 병사들은 물론 그들을 지휘하는 사람들까지 한 치의 긴장감도 거둘 수 없었다. 이렇게 대략의 계획을 완성시킨 조조 일행은 곧바로 내일을 위해 잠자리에 들었다. 그런 그들을 멀리서 지켜보는 자들이 있음은 꿈에도 상상치 못하고 말이다.

"흐음, 진영을 보니 과연 대단하다는 말밖에 나오지 않는군."

"지금 너, 저 녀석들 칭찬하냐?"

"조용히들 하세요."

소녀가 다른 두 사내를 가로막았다. 그런 그녀의 눈에도 싸늘함이 깃들어 있었다. 복수심에 불타고 있는 그런 눈이었다. 한마디로 두 사내의 이야기를 가로막은 소녀는 주위에 서 있는 사람들에게 말을 꺼냈다.

"정보에 의하면 몬스터 토벌은 열흘간 진행된다고 합니다. 우리는 몬스터 토벌이 끝난 후에야 움직일 겁니다. 놈들이 몬스터 토벌을 마친 후 힘이 어느 정도 빠지고 긴장감이 풀렸을 때 득달같이 덮치는 겁니다. 우리의 숫자는 정확히 백 명에 불과합니다. 일만이나 되는 놈들과는 비교할 수 없지요. 그래서 우리는 정면 승부보다는 허를 찌르는 작전을 수행하게 될 겁니다. 세부 사항은 이미 알고들 계실 테니 별다른 말은 하지 않겠습니다. 참, 미디 아가씨는 어떻게 하고 계신가요?"

소녀의 말이 끝나기가 무섭게 옆에 서 있던 한 사내가 나서며 대답했다.

"열흘이 되는 날 우리들의 거처로 은밀하게 모시게 될 거다. 이미 아가씨를 위해 정예 멤버 열 명이 준비하고 있지."

"그렇군요. 좋아요. 그럼 우리는 다른 것은 생각하지 말고 저들의 수뇌부만 노립시다. 솔직히 병사들이야 아무 죄가 없으니 말이죠. 물론 저놈들의 부하들이야 죽어도 상관없지만 말입니다. 우리는 특히 파천이라는 놈과 조조라는 놈을 주요 대상으로 삼아 노려야 할 것입니다."

"알겠습니다."

백 명의 사람이 저마다 고개를 수그리며 명령을 받고 있었다. 소녀가 대장인 듯 나머지 사람들을 호령하고 있었다. 물론 그녀의 옆에는 동생인 소년도 있었다. 이들은 예전에 식당에서 민한 일행과 작은 일이 있었던 바로 그들이었다. 짧은 대답이 끝나고 순식간에 백 명의 사람들이 소리도 없이 주위로 사라져 버렸다.

그 시각, 그들 못지않게 바쁜 사람이 있었다. 그는 바로 곽가였다. 미디 일파의 계획을 직감으로 확신하고 있는 그는 두 명의 사람과 함께 이야기를 나누고 있었다. 이들 두 사람은 원래 일개 병사에 불과했는데 곽가가 그들을 눈여겨보고 마음에 들어 뽑은 것이다. 원래는 조조의 특수 호위를 목적으로 뽑았지만 지금 그들은 조조를 보호함과 동시에 곽가가 창설한 첩보단인 '다크'의 우두머리를 맡고 있었다. 첩보단의 인원은 무려 천 명. 개개인이 정보 수집과 동시에 크고 작은 사건들을 맡아 해결하고 있었다. 이들에게 미디 일파의 움직임이 우연히 걸려든 것이었고 긴장한 곽가에 의해 결국 이렇게까지 사태가 커져 버린 것이었다.

"봉효님이 지시하신 대로 놈들의 구체적인 세력과 명단을 알아왔습니다. 이번 사건에 대한 대략적인 계획들도 대부분 밝혀냈습니다."

"수고했소!"

곽가가 감탄 어린 음성으로 그들을 치하했다. 처음에는 단순한 정보 수집 단체로서 발돋움했던 '다크'가 이제는 지하로 잠적해 이런 일들까지 수행하고 있었다.

"이번 계획에 투입된 놈들의 숫자는 정확히 백 명입니다. 명단은 보시다시피 앞에 놓인 것과 같습니다. 그리고 열 명 정도가 미디라는 하녀에게 접근하려는 모양인데 아무래도 해를 당하기 전에 빼돌릴 계획인 것 같습니다."

"음, 그렇다면 그 하녀를 좀 더 은밀한 곳에 감금시켜야 하지 않겠는가?"

"그러실 줄 알고 이미 조치를 취했습니다."

정말 놀라운 두 사람이었다. 각각의 이름은 1호와 2호. '다크'에서는 이름이 아닌 숫자로 불렸고 숫자가 낮을수록 높은 위치에 있었다. 일개 병사에 불과하던 이들이 이제는 이런 막중한 일까지 해내고 있었다. 곽가는 새삼 인간의 잠재력에 감탄하지 않을 수 없었다.

"그런데 봉효님, 궁금한 것이 있습니다. 어째서 먼저 선수를 쳐서 그들을 잡아들이지 않는 것인지 저희로서는 이해가 가지 않습니다."

두 사람은 이해가 가지 않는 듯 궁금한 것을 물어왔다.

"왜냐하면 확실한 물증이 필요해서지. 현장범이라면 즉결 처형도 가능한 일이 아닌가? 게다가 그들을 이렇게 함정에 빠뜨려 제거한다면 사로트의 시민들도 별다른 동요는 없을 테니까 말일세. 제일 큰 이유는 선수를 친다면 확실하게 다 잡아들일 수 없을 가능성이 크기 때문이야."

"그렇군요."

곽가는 그들의 질문을 친절하게 답해주었다. 이미 그는 이런 말까지 할 정도로 이들을 굳게 신뢰하고 있었다. 이들도 그런 곽가의 신뢰에 보답하겠다는 마음으로 무장되어 있었다. 이들은 밤이 저물도록 구체적인 계획을 짰다. 거의 '다크'의 절반에 해당하는 인원이 이번 작전에 투입되었다. 이번 작전에서 실패란 용납되지 않았기에 모두들 긴장감을 풀지 않고 있었다. 작전의 실패란 그들의 목숨을 버려야 한다는 것과 같았다.

다음날 아침 태양이 그 수줍은 자태를 보이며 동쪽에서 솟아올랐다. 신선한 공기가 사피아 강 유역을 포근히 감싸 안고 있었다. 병사들도 물론 조조 일행까지 기분이 좋은지 편안한 미소를 짓고 있었다.

"날씨가 아주 선선하군. 여름이 이제 물러나려는 건가?"

"그런 것 같습니다. 가을이 오는 것 같군요."

곽가가 고개를 조아리며 말을 받았다. 이미 준비가 완료된 상태였다. 병력이 두 갈래로 나뉘어 이미 자신들의 임무에 충실키 위해 명령이 떨어지기만을 기다리고 있었다. 민한, 곽가, 케이아느, 허저가 우선 삼 일간 같이 머무르게 되었고 조조와 전위는 오천의 병사들을 거느리고 떠나게 되었다.

"출동 명령을 내리게."

뿌우우우!

진격의 나팔 소리가 진영에 울려 퍼졌다. 오천의 병사 모두가 이미 몬스터에 대한 두려움을 어느 정도 희석시킨 상태였다. 민한의 생각에 따라 몇 마리 몬스터를 시범 삼아 잡아서 그들의 두려움을 풀어준 것이다. 오크는 물론 오우거까지 대처 방법을 몇 시간에 걸쳐 설명한 탓에 병사들의 모습에서는 자신감이 넘쳐흐르고 있었다. 언제 이런 준비까지 한 것인지 민한의 철저한 준비성에 감탄이 절로 나왔다.

진격의 나팔이 울리자 오천의 병사가 조조와 전위를 필두로 진영을 빠져나가기 시작했다. 그들은 사기가 충천해 있었는데 그들에게 그런 용기를 불어넣은 것은 당연히 조조였다. 보통 대장은 중간에 섞여 있거나 후방에 있기 마련인데 조조는 맨 선두에서 진두지휘를 하고 있었다. 그렇기에 병사들의 사기가 더욱 오를 수밖에 없었던 것이다.

"병사들이여! 진군하라!!"

게다가 우렁차고 믿음이 우러나오는 목소리가 그들을 이끌고 있었다. 오천의 군대는 몬스터 토벌을 위해 이렇게 아침부터 진영을 떠나 출동했다. 그런 그들의 모습을 바라보고 있던 나머지 민한 일행이 입을 열었다.

"조조님과 전위님이 가셨으니 별문제는 없겠지요."

"그런데 두 분 다 실제적으로 몬스터를 상대해 보신 적이 없을 텐데 괜찮을까요?"

자신있게 말하는 민한과는 달리 케이아느는 조조와 전위를 걱정하고 있었다. 아무래도 경험이 없다는 것은 확실히 약점이 될 수도 있었다. 하지만 곽가는 그런 그들의 말에 빙긋 웃으며 무사태평이었다.

'내 예상이 맞다면 몬스터 토벌이 끝날 때까지는 별문제가 일어나지 않을 것이다. 보아하니 그쪽에 제법 머리가 따라주는 인물이 있는 것으로 보인다. 그러니 함정임을 알면서도 덤벼드는 것이겠지. 그게 아니라면 바보 천치이거나. 하지만 그럴 가능성은 거의 없다. 그들이라

면 아마도 긴장이 풀리고 군대가 피로하게 될 마지막 날이나 아니면 돌아가는 길에 기습을 해올 것이다.'

거의 정확한 예측이었다. 곽가의 선견지명. 그것은 실로 무서운 것이었다. 주위에서 걱정과 괜찮다는 쪽으로 나뉘어 이야기를 계속하고 있을 때에도 그는 이러한 생각을 떠올리며 후작의 잔존 세력들을 비웃고 있었다.

"봉효님."

"으음, 응?"

민한이 곽가에게 말을 걸어왔다. 그는 비밀스러운 이야기가 있었는지 물어볼 것이 있다면서 곽가의 소맷자락을 붙잡고 아무도 없는 곳으로 끌고 갔다. 곽가는 어리둥절했지만 결국 그와 이야기를 나누게 되었다.

"궁금한 것이 있어서 이렇게 봉효님을 이리로 모시고 온 겁니다. 제가 보아하니 이번에 아무래도 뭔가 숨기고 있으신 듯한데 도대체 그것이 무엇입니까?"

진작부터 뭔가 이상함을 느끼던 민한은 드디어 곽가에게 단도직입적으로 물었다. 하지만 그는 민한에게 사실대로 말할 수 없었다. 이 은밀한 계획의 구체적인 내용은 자신의 주군인 조조도 몰랐다. 조조뿐아니라 그 누구에게도 알려줄 수 없는 일이었다. 만약 정보가 새어 나가기라도 한다면 끝장이었다. 믿을 것은 곽가 자신이 키워온 '다크' 밖에는 없었다. 더구나 민한은 그 계획 속에 주인공으로서 자리매김하고 있는 상태가 아닌가? 곽가는 진실을 말할 수 없었기에 쓴웃음을 지었다.

"무엇입니까? 그렇게 웃지만 마시고 이야기를 해주시지요."

"제대로 보셨습니다. 이번에 벌어질 일이 있기는 있습니다만 말씀드릴 수 없는 일이니 꾹 참고 계신다면 저절로 알게 되실 겁니다. 하지만 파천님, 충고 한 가지만 하겠습니다. 부디 마음을 굳게 잡수십시오. 냉정하고 차갑게 대처하셔야 합니다. 적어도 이번만은 말입니다."

민한에게 도통 알아들을 수 없는 말만 남긴 곽가는 자신의 일을 처리하기 위해 발걸음을 옮겼다. 알 수 없는 말. 민한은 혼란스러워했지만 곽가의 말을 되뇌어보았다.

"냉정하고 차갑게라……. 도대체 무슨 말일까?"

함정이 준비되고 마법진이 그 완성에 착수되고 있을 무렵 조조와 전위도 열심히 몬스터들과 상대하며 전투를 벌이고 있었다. 몬스터라서인지 구체적인 전술로 상대해 오지 않아서 상대하기는 수월한 편이었다. 처음에는 실제로 부딪친 수백 마리의 몬스터들을 보며 떨리기도 했지만 이제는 자신감이 넘쳐흘렀다.

"물러서지 마라!! 활을 쏴라!!"

슈슈슉!!

수십여 대의 화살이 오우거의 몸을 강타했다. 주위로도 백여 발이 넘는 화살이 쏟아져 내렸다. 주위에서 글레이브를 휘두르면서 함성을 지르고 있던 다섯 마리의 오크가 피를 뿜으면서 쓰러졌다. 하지만 오우거는 수십 대의 화살을 맞고도 멀쩡했다.

"장창병! 앞으로!! 포위 전술을 사용하라!!"

다섯 명이 한 개 조로 구성된 장창병들. 그들은 마무리 작업을 처리하고 있었다. 화살로 몬스터들의 힘을 뺀 뒤 장창으로 움직임을 묶고 마지막으로 칼을 든 병사들이 마무리하는 톱니바퀴처럼 잘 돌아가는 방법이었다. 실제로도 효과가 있었다. 다만 오우거나 더 강한 몬스터들이 간혹 나타날 때면 다수의 사상자가 발생하기는 했지만 앞에서 번쩍거리며 창을 휘두르는 전위에게 대부분 처리되었다.

"오우거가 고통스러워한다!! 마지막 숨통을 끊어주어라!!"

퍼퍼퍽!!

십여 개의 도가 날아들며 오우거를 난자했다. 결국 오우거는 비참하게 죽음을 맞이하고 있었다. 공격 명령을 대륙 공통어와 본래의 언어를 섞어 쓰는 혼잡한 가운데서도 그는 당황하지 않고 침착했다. 병사들이 원래 사로트의 병사들과 그의 수하들이 섞여 있었기 때문에 나타난 결과였다. 아직 철기병 군단을 편성한다는 계획이 이루어지지 않았기에 발생된 결과이기도 했다.

"크르르!"

오우거가 숨이 끊어지자 병사들은 이마에 솟아난 땀을 닦아내며 다른 목표물을 찾아 돌아다녔다. 벌써 군대의 주위에는 죽어 널브러진 몬스터들로 가득했다. 이제야 말하는 것이지만 조조의 수하들이 들고 있는 것은 검이 아니라 도였다. 남아 있는 일만가량의 병사들이 대부분 검이 아니라 도를 들고 있는 것이었다. 솔직히 도가 전투에서는 효과적이었고 날을 세우는 시간도 검에 비해서 매우 적게 들기 때문에 전쟁에서는 유리했다. 전투를 한번 치르고 나면 날이 상하기 마련이다. 그런데 날 세우는 시간이 삼 분의 일에 불과하다면 엄청나게 유리한 것이다. 그래서인지 조조의 군대에서 병사들이 검을 들고 있는 경우는 점점 줄어들었다. 물론 기사단이나 장군들은 검을 소유하기는 했지만 일반 병사들은 대부분 도나 창으로 바뀌어가고 있었다.

"저기 몬스터의 무리가 또 있다!! 전투 준비하라!!"

조조가 말을 몰며 검을 허공에 휘둘러 병사들의 사기를 북돋웠다. 눈앞에 들어온 것은 약 십여 마리 정도의 오크 무리였다. 첫날에는 아무 생각 없이 그냥 한 바퀴 돌며 몬스터들을 쓸어버리는 것이 목적이었기에 조조는 부담없이 검을 들고 말을 달릴 수 있었다.

"하아앗!!"

조조의 검이 빛을 뿜자 오크 한 마리의 목이 잘려 나갔다. 아직 소드 마스터의 수준은 아니었지만 그래도 조조의 실력 또한 무시할 것은 못 되었다. 그가 홀로 말을 몰아 달려나감으로써 당황한 것은 병사들이 아니라 전위였다. 창을 휘두르며 무용을 과시하던 그는 말을 달려나가는 모습의 조조를 보고는 기겁해서 그를 따라갔다. 어쨌든 총사령관이 앞에서 직접 검을 휘두르고 있으니 사기가 충천한 병사들은 뿌듯한 마음을 가지고 몬스터들을 휩쓸어갔다. 첫날부터 승승장구였다. 이미 계획된 것이어서인지는 몰라도 이날 하루 동안 쓰러뜨린 몬스터만도 일천 마리가 넘었다. 병사들의 피해도 전사자만 백여 명이 넘었고 부상자도 그 배에 이르렀지만 그래도 큰 전과라고 할 수 있었다. 더욱이 이 전과는 오천 명이 모두 나서서 이룩한 것이 아니라 두 부대로 나뉘어 세 시간씩 번갈아가며 싸워 이룬 전과였다. 저녁 무렵까지 곳곳에서 전투를 벌여 많은 몬스터를 토벌해 승전고를 울린 조조의 부대는 한밤중이 되어서야 진영으로 돌아올 수 있었다.

"수고했소."

"아닙니다. 주군께서야말로 노고가 크셨습니다. 어서 들어가 쉬시지요."

"좀 피곤하긴 하구려. 그럼 파천과 곽가도 쉬게. 전위도 그만 물러가고."

"그럼 쉬십시오."

민한과 곽가가 마중 나와 있었다. 피곤했는지 조조는 사양없이 막사로 돌아가 버렸다. 그와 다를 바 없이 온갖 신경을 쏟았던 다른 이들도 감겨지는 눈꺼풀을 간신히 붙잡으며 숙소로 돌아갔다. 나머지 사람들도 일부러 나오지 않은 것이 아니었다. 이미 피곤에 지쳐 잠이 든 상태여서 조조를 맞이하지 못했던 것이다. 그래서인지 하루 동안 조조가 몬스터들을 휩쓰는 사이 많은 함정이 만들어졌다. 이런 속도라면 삼 일이 아니라 이틀로도 충분할 것으로 보였다. 하지만 조조는 예정대로 삼 일 후 출동 명령을 내릴 생각이었다. 이틀 동안 밤샘 작업을 해가며 함정을 만든 병사들에게도 휴식을 주어야겠다는 그의 따뜻한 마음에서 우러나온 결정이었다.

벌써 몬스터 토벌이 벌어진 지 구 일이 지나고 있었다. 이제 이 밤만 새면 마지막 몬스터들에 대한 총공격이 이루어질 것이다. 그동안 이미 반 수가량의 몬스터들을 쓰러뜨렸고 남아 있는 숫자도 이제 반 정도밖에 되지 않았다. 벼락치기의 위력인지 열흘째 아침이나 완성될 것이라던 마법진이 구 일째 밤이 되자 완성되어 버렸다. 이미 함정도 그 이빨을 은밀히 숨긴 채 그 날카로움을 드러낼 날만을 기다리고 있었다.

"모든 것이 내일이로군, 내일. 몬스터도, 우리들의 운명도."

"봉효님?"

파천이었다. 요새 자꾸 뭔가를 캐려고 곽가를 졸졸 좇아다녔지만 곽가가 그렇게 어수룩할 리 없었다. 덕분에 고생만 하고 본전도 찾지 못한 그였다. 하지만 끈질기게도 계속해서 곽가에게 다가왔다.

'에휴, 파천님도 어지간히 질기시군. 하지만 가르쳐 줄 수는 없는 일이지. 우리들의 운명과 나의 개인적인 복수도 이 일에 달려 있으니까. 근데 질투 따위로 벌인 복수치고는 파천님께 너무 잔인한 짓이 되지 않을까?'

"무슨 일이십니까?"

"이제 묻지 않겠습니다. 저도 포기할랍니다. 근데 내일 하루 동안은 무척이나 바쁘겠군요."

"그렇겠지요, 파천님."

"알겠습니다. 그럼 저는 제 진영으로 돌아가도록 하지요. 편안한 밤 보내시길 바랍니다."

이미 진영에는 고요함이 깃들고 있었다. 다수의 경비병만이 눈에 불을 켜고 주위를 살펴보고 있을 뿐 적막감만이 감도는 모습이었다. 그리고 시간이 흘러 날이 밝았다. 병사들은 전날 밤을 설친 사람들이 많았는지 대부분 손으로 벌게진 눈을 비벼대고 있었다. 하긴 몬스터 토벌의 마지막이자 가장 위험하기도 한 전투가 있을 텐데 편안히 잠을 잤다는 것이 더 이상할 것이다.

조조도 밤을 설친 듯 부어오른 얼굴로 모습을 드러냈다. 밥 짓는 연기가 피어오르고 병사들은 어쩌면 생애 마지막 밥이 될지도 모를 식사를 마쳤다. 그동안 그 고귀한 영혼을 바친 병사들, 부상당한 병사들을 모두 합치면 일천 명이 약간 넘었다. 몬스터들의 피해에 비하면 경미하다고 할 수 있었지만 오늘은 그렇게 어물쩍거리듯 넘어가지 않을 것이다. 몬스터들도 최후의 발악을 할 것이고, 병사들도 최후의 공격을 가하겠지.

이윽고 모든 준비를 마친 병사들이 각자의 무기를 움켜쥐고 행군하기 시작했다. 포위 섬멸 작전. 상부에서 내려온 명령이었다. 모두들 긴장감을 가지고 행군했다. 보통 때였으면 이미 흘러나왔을 잡담도 없었다. 지난밤처럼 적막감만이 감돌 뿐이었다. 드디어 조조의 명이 떨어졌다.

"공격하라!!"

본군이 함성을 지르며 몰려가는 모습이 눈에 들어왔다. 그 모습을 바라보고 있던 민한과 허저도 각자 무기를 하늘로 치켜든 채 고함을 질렀다.

"돌진!!"

엄청난 함성 소리가 대지를 울렸다. 포위된 몬스터들을 향해 달려가는 병사들. 이제 잠시 후면 몬스터들과의 치열한 전투가 벌어질 것이었다. 삶과 죽음을 가르는 접전이 말이다. 병사들은 어젯밤 몬스터들이 도망가지 못하도록 포위한 채 잠을 지새워서인지 그 화풀이를 하기 위해 달려가는 듯 보이기도 했다. 하지만 몬스터들이 그렇게 녹록한 존재들인가? 그들의 주류를 이루고 있는 오크는 물론 오우거도 보이고 가끔가다 오우거 이상의 대형 몬스터들도 보였다. 민한과 허저가 이끄는 오천의 철기병과 조조, 전위, 곽가가 이끄는 나머지 보병 군단들이 몬스터들을 덮쳤다.

"캬오!!"

철기병들과 보병 군단의 장창을 맨몸으로 받아낸 몬스터들은 고슴도치가 되어 기괴한 비명을 지르며 여기저기서 쓰러졌다. 오크들은 대부분 한 방에 즉사했지만 오우거 이상의 대형 몬스터들은 그렇지 않았다. 그들은 피를 흘리면서도 괴성을 지르며 손에 든 망치를 이리저리 휘둘러 대었다.

퍽!!

망치가 장창을 내지른 병사의 머리에 내리꽂혔다. 퍽 하는 호박 깨지는 소리와 함께 사방으로 피가 분수처럼 튀었다. 머리가 깨지며 뇌수도 줄줄 흘러나왔다. 뇌수가 잔뜩 묻은 망치가 다시 빛을 발하자 또다시 쿵 하는 소리가 들렸다. 하지만 이번에는 세 명의 병사가 전력을 다해 그 망치를 받아냄으로써 오우거의 뜻은 이루어질 수 없었다. 그 순간 약점을 노린 철기병들이 오우거의 전신을 장창으로 찔렀다. 이미 군대와 몬스터들이 난전을 벌이고 있다는 증거였다. 한참을 피 튀기며 팔다리가 날아가는 그런 참혹한 모습이 이어졌다. 조조, 민한, 허저, 전위, 그 밖의 모든 인물들이 최선을 다해 몬스터들을 박살내었다. 특히 민한은 반지의 힘을 빌어 온갖 마법을 난사하면서도 실력이 껑충 향상한 검의 위력을 여지없이 과시하고 있었다. 잠시 뒤 때가 무르익었다. 그리고 어느 순간 명령이 내려졌다.

"물러나라!! 물러나라!!"

작전이 시작된 것이다. 이미 쓰러져 있는 수백여 명의 병사를 제외한 전 군대가 일사불란하게 후퇴하기 시작했다. 등을 돌리고 무작정 퇴각하는 것이 아니라 먹잇감을 유인하듯 상대하며 천천히 물러서고 있었다. 하지만 그것을 아는지 모르는지 몬스터들은 흉포한 괴성을 지르며 자신들에게 고통을 알려준 병사들을 쫓아갈 뿐이었다.

병사들이 함정 지역에 이르렀을 때 순식간에 산개하면서 흩어졌다. 이미 함정의 위치 파악을 숙지한 병사들은 안전 지역으로 도망치고 있었다. 간혹 가다 당황한 병사들이 함정에 걸려 전사하는 경우도 있었지만 그들은 극소수였고 대부분 무사히 뒤로 물러날 수 있었다. 이런 정황으로 보아 병사들이 미리 훈련했다는 것을 알 수 있었지만 오크나 몬스터들은 당연히 그런 훈련을 받지 못했을 것이 뻔했다. 그리고 그 참혹한 결과가 곳곳에서 나타났다.

"쿠아아아!!"

"끄아악!!"

함정이 발동되면서 수백을 헤아리는 몬스터들이 순식간에 세상을 하직했다. 하지만 함정을 가득 메워 버린 상태임에도 불구하고 남은 이천 마리가량의 몬스터들은 끈질기게 병사들을 쫓아왔고 어느 순간부터 사방으로 흩어진 병사들 대신 그 자리를 채우고 있는 것은 바로 그들이 되었다. 순간 케이아느의 낭랑한 목소리가 전장에 조용히 울려 퍼졌다.

"개방하라!! 모든 것을 파괴하는 저주의 불길!! 무저갱 속의 심연의 불길이여! 봉인을 푸노니 너의 그 모습을 드러낼지어다!! 그레이트 헬 파이어!!"

백여 미터가 넘는 거대한 불길이 주위를 압도하면서 넘실거렸다. 이미 주위에 흩어져 있던 병사들도 그 장엄한 광경에 넋을 잃고 바라보고 있었다. 듣기 괴로운 비명 소리도 불길에 먹혀 버린 듯했다. 무려 7클래스의 마법이었다. 이제 겨우 5클래스를 넘어서려고 폼을 잡는 케이아느가 만들 수 없는 것이었지만 민한의 마법 반지 덕인지 원래 예상했던 것보다 훨씬 강력한 마법이 되어 있었다. 물론 마나 통제력이 달리는 바람에 오랫동안 그 마법을 유지할 수는 없었지만 말이다. 그러나 결국 마법에 힘입은 사로트의 군대는 결국 남은 몬스터들을 토벌하고 승리를 거머쥐게 되었다. 하지만 예상보다 피해도 컸기 때문인지 하루 정도 이곳에서 머무르고 가기로 계획이 변경되었다. 이렇게 몬스터 토벌은 오랜 준비 기간을 걸쳐 단 몇 시간의 짧은 시간 동안 마무리 지어졌다.

하지만 곽가는 이것이 끝이라고 생각하지 않았다. 오히려 본 게임은 이제부터라고 판단하고 있었다. 예상이 맞다면 후작의 잔존 세력, 즉 미디 일파가 어떤 조치를 취해올 것이다. 후작이 외국으로 망명한 마당에 이런 일을 벌이다니, 곽가는 코웃음을 치면서도 한편으로는 긴장감에 휩싸여 있었다.

저벅저벅.

순찰을 도는 병사들이 보였다. 벌써 어둑어둑해져 있었다. 열흘째 되는 날이 이렇게 무사히 저무는 것일까? 병사들은 피곤에 절어 벌써부터 저마다 막사에 널브러져 잠을 청하고 있었다. 격한 전투를 몇 시간이나 치렀으니 당연한 일이었다. 순찰을 돌고 있는 수백여 명의 병사도 낮의 격전 때문인지 컨디션이 매우 저조해 보였다. 그들이 노리기에는 아주 적합한 시기라고 할 수 있었다. 곽가의 명에 따라 지금 이 진영의 한쪽 편 숲 속에는 '다크'의 절반에 해당하는 인원이 숨어들어 있었다. 은신술이 뛰어난 단원이라 할지라도 진영으로 숨어들면 조조나 허저, 전위, 민한 등 그들의 정체를 파악할 인물들이 한두 명이 아니었기에 번거로워도 다소 떨어진 곳에서 사태를 주시하고 있었다.

사사삭.

진영의 외곽 부분일까? 한곳에서 사부작거리는 소리가 들려왔다. 누구일까? 하지만 병사들은 전혀 눈치 채지 못한 듯 그냥 멀뚱히 그 지점을 그냥 지나쳤다.

"휴우, 걸리지 않았군. 위험했어."

"그러니까 조심하라고 했잖아."

소곤거리며 서로 말다툼을 벌이는 이들. 결코 좋은 뜻으로 이곳을 방문하지는 않은 것 같았다. 곽가의 예상이 정확하게 맞아떨어진 것일까? 이들은 곧바로 어둠에 의지해 어디론가 사라져 버렸다. 깨어 있는 사람이라고는 순찰을 도는 병사들밖에 없는 그런 야심한 시간에 일이 터지려 하고 있었다. 그때였다. 갑자기 어디선가 비명 소리가 들려왔다.

"으악!!"

날카로운 비명 소리였다. 웬만한 비명 소리가 아니었기에 자고 있던 병사들의 막사에 줄줄이 불이 들어옴은 물론 조조와 그의 부하들도 전부 깨고 말았다. 고요한 가운데 갑자기 들려온 비명 소리. 그것의 진원지는 진영 외곽 쪽이었다. 얼마 되지도 않아 순찰을 돌고 있던 병사들이 줄줄이 달려왔다. 그곳에는 놀랍게도 세 명의 병사가 날카로운 검에 목숨을 잃은 듯 피를 흘리며 쓰러져 있었다. 대번에 잠에서 깨어 그곳으로 달려온 곽가는 몸을 감싸고 드는 불안감을 떨쳐 버릴 수 없었다. 최소한 그가 상대하고 있는 이들은 이런 어수룩한 허점을 노출시킬 리 없었다. 계획이야 '다크'에 의해 대부분이 밝혀진 상황이었지만 그래도 이건 아니었다.

"도대체가……."

"크아악!!"

갑자기 반대편에서 또다시 비명 소리가 들려왔다. 흉포한 괴성까지 들려왔다. 몬스터였다. 그것도 오우거 수십 마리였다. 몬스터들을 거의 소탕한 상황에서 이런 몬스터들이 대규모로 나타날 이유는 없었다. 누군가의 계획적인 음모였던 것인가? 곽가가 그곳으로 달려가 보니 이미 조조는 물론이고 케이아느, 민한, 전위, 허저 등이 모두 와서 몬스터들의 모습을 넋 놓고 바라보고 있었다. 미처 대부분의 병사들이 준비가 되지 못한 상황이라서인지 오우거들은 거침없이 진영 안으로 파고들어 난동을 부리고 있었다. 허겁지겁 달려온 사람들 대부분이 무기한 자루 달랑 들고 있을 뿐 변변한 갑옷 하나 걸치지 못한 상황이었다.

"막아라! 안으로 들어오게 해서는 안 된다!!"

"크악!"

"으아악!! 살려줘!!"

병사들이 나서서 막았지만 역부족이었다. 곳곳에서 비명 소리가 들려오고 망치에 맞아 땅바닥에 뻗어버리는 병사들만 늘어갔다. 결국 조조 일행이 나설 수밖에 없는 상황이 되고 말았다.

"우리들이 먼저 막고 있을 터이니 곽가 그대가 병사들을 수습하여어서 지원해 주시오!!"

"예, 알겠습니다."

멍하니 상황을 지켜만 보고 있던 곽가가 정신을 차리고는 어디론가 뛰어가고 나머지 인물들은 무기를, 케이아느는 마법을 캐스팅할 준비를 했다. 제일 먼저 오우거들에게 달려나간 인물은 다름 아닌 민한이었다.

"하앗!!"

그는 거칠 것 없이 오우거들을 상대해 나갔다. 황홀한 정도로 아름다운 오러 블레이드가 오우거들의 몸을 여지없이 갈라놓고 있었다. 허저와 전위도 마스터만의 힘인 그것을 동원하여 여지없이 오우거를 상대해 나갔다. 상급의 소드 마스터 세 명이 오우거를 휩쓸고 그 뒤를 조조와 남아 있는 병사들이 상대했다.

케이아느도 정신을 가다듬고 정확하게 마법을 뿌려가며 오우거를 견제해 나갔다. 허를 찔린 기습이었기에 처음에는 당황했던 조조군이 었지만 이들이 시간을 끌면서 어느 정도 여유를 가지자 무장을 마친 병사들이 줄줄이 달려들었다. 그 결과 결국 오우거들을 한 시간여 만에 모두 차가운 바닥에 눕혀 버릴 수 있었다. 그제야 한숨을 돌린 조조는 이마에서 흘러내리는 땀을 소매로 닦았다. 그는 혼쭐이 났다는 듯 곽가에게 말했다.

"자다가 이 무슨 날벼락인가? 아직 토벌치 못한 괴물들이 남아 있었단 말이오?"

"저… 그것이……."

곽가나 민한 등도 전혀 예상치 못한 결과였기에 얼버무릴 수밖에 없었다. 분명 몬스터들은 토벌이 완료된 상황일 텐데……. 의아했지만 별다른 이상한 점을 찾지 못한 그들은 어쩔 줄 모르고 있을 뿐이었다. 조조는 주위에 멀뚱히 서 있던 민한 등에게 말했다.

"아직 몬스터들이 남아 있는 것 같소이다. 내일 마저 토벌해야겠소. 우선은 순찰병을 세 배로 늘이고 내일 아침부터 다시 토벌에 들어가도록 합시다."

"알겠습니다."

혼란이 마무리되자 병사들은 아찔했던 좀 전의 상황을 떠올리며 몸서리를 쳤다. 하지만 그들은 그러면서도 쓰러져 있는 부상자들을 옮기고 전사자들을 치우는 것을 잊지 않았다. 잠시 뒤 다시 조조군은 적막감에 휩싸였다. 다른 점이 있다면 순찰병들이 세 배로 늘어나 눈을 번뜩이며 순찰을 돌고 있다는 점뿐이었다. 다시 숙소로 돌아간 병사들과 조조 일행은 내일은 반드시 저 흉포한 놈들을 소탕하리라 다짐하며 다시 피곤함에 잠을 청하기 시작했다. 곽가도 '다크'의 우두머리들을 불러 진영 주위의 경계를 강화토록 한 후 임시 책상에 앉아 무엇이 잘못된 것인지 곰곰이 따져 보기 시작했다. 이렇게 시끄러웠던 하루가 그래도 무사히 지나가는 듯 보였다.

〈제1권 끝〉